胡学文 著

逐影记

中篇小说集

广西师范大学出版社
·桂林·

逐影记
ZHUYING JI

图书在版编目（CIP）数据

逐影记：中篇小说集 / 胡学文著. --桂林：广西
师范大学出版社，2022.5
ISBN 978-7-5598-4870-3

Ⅰ．①逐… Ⅱ．①胡… Ⅲ．①中篇小说－小说集－
中国－当代 Ⅳ．①I247.5

中国版本图书馆 CIP 数据核字（2022）第 050349 号

广西师范大学出版社出版发行

（广西桂林市五里店路 9 号　邮政编码：541004 ）
　网址：http://www.bbtpress.com
出版人：黄轩庄
全国新华书店经销
广西广大印务有限责任公司印刷
（桂林市临桂区秧塘工业园西城大道北侧广西师范大学出版社
集团有限公司创意产业园内　邮政编码：541199）
开本：880 mm × 1 240 mm　1/32
印张：10.375　　字数：210 千
2022 年 5 月第 1 版　　2022 年 5 月第 1 次印刷
定价：78.00 元

如发现印装质量问题，影响阅读，请与出版社发行部门联系调换。

目录

逐影记

2002 年　秋

　　马远站在公路边，看着对面的田野、树林，还有更远处的羊群。树已泛黄，收割过的田野灰褐中夹着青绿，那八成是补种的晚茬麦。一辆红色轿车老远就摁喇叭，马远往后挪了挪，再往后就摔沟里了，可喇叭叫个不停。马远生气地说，嚷嚷什么？我又没站路中央。话音未落，轿车已射过去。片刻后，蓝色的厢式货车由远而近，司机似乎犯困了，货车抽筋似的忽左忽右。马远紧张得直冒冷汗，他回头瞅瞅深沟，跳落的瞬间，脑顶忽然一凉。沟底聚着厚厚的枯叶，没摔疼。他摸摸头顶，没有一丝云，怎么就下雨了？

　　马远不知自己为什么站在路边，肯定是有原因的，但他想不起来。他忽而清醒，忽而脑袋像灌了泔水，几小时前的事也会忘得干干净净。马远也撞过墙，想不起来，就急，就撞，恨不得把脑袋撞烂。常常头破血流，还是什么也想不起来。慢慢地，马远习惯了。慢慢等，这是唯一的法子。也许一小时，也许两小时，泔水就渗没了。最久的一次，他被泔水泡了两天。

一行大雁飞过天空，你鸣我叫，像是吵架。马远终于想起来了，他是要到镇上买东西的。

你到底要不要？相亲也没这么细！老板娘终于不耐烦了。马远"嘿"一声，让你说中了，相亲我就看了一眼。老板娘撇着嘴，你相人？人相你吧？马远说，甭管谁相谁，一眼就定了。老板娘说，你的利索劲儿哪去了？马远又比较一番才选定。茂密的花草中间是心形图案，挺漂亮的，就是奶油太薄了。老板娘把生日蛋糕装进盒里，用红线捆个十字。马远嘟囔，奶油太少了。老板娘说，奶油吃多了不健康，原来倒是多，卖不动。马远说，我不怕……你另装点儿？老板娘往前推了推，下次你提前订，我给你做个纯奶油的。

杂货店采购的是盐、酱油、花椒、小苏打，当然还有奶糖。马远说，上次你卖给我的都是缺尾巴的，那不好吃。店主各抓一把，一种是QQ，一种是OO，让马远选。包装差不多，但价格不同。马远说，人长尾巴是怪物，糖长尾巴身价倒高了。

炒货摊在十字街口，马远捏了一撮麻籽。摊主问，来多少？马远问，新炒的？摊主说，旧的夏天就断货了。妻子喜欢嗑麻籽，她的薄嘴唇似乎就是为嗑麻籽生的，马远没她那么利索。马远再捏时，摊主说，你慢慢尝，天黑还早着呢。马远眯了眼，没说话。像是新的，来二斤，马远说。摊主哼一声，活这么大，我没说过一句瞎话。正待走开，对面的音像店突然亮起嗓子。是他爱听的口梆子。他有一个播放机，唱各式各样的歌，其中就有口梆子。几个月前播放机被猪啃烂了。他该离开的，还有东西未买。可口梆子的魔力将马远牢牢定住。就一会儿，不会有事的，他想。

连听三曲，马远恋恋不舍地拽起脚。搞活动呢，买一赠一，店主向马远推荐。马远比较一下，还是选了常买的闷倒驴。村里有小卖部，但什么东西都贵，一瓶酒至少贵两块。马远走到门口，忽又转回，你还没找我钱呢。店主叫，大叔，没这么赖账的，你给我二十，我找了你四块。马远疑惑，找了？店主说，你自己瞅瞅呀。马远的手伸进兜里，泔水开始往脑里灌了。他木桩一样定住。店主问，你这是怎么了？马远说，你别这么瞪我！店主的眼睛更大了。马远的目光依次扫过货架上的烟酒，然后转向门口。他在门口的小马扎坐下，一手搂包，一手拎着蛋糕盒子。店主急了，你这是干什么？马远说，你让我坐一会儿。店主从抽屉捏出四张一元钞，马远满脸惊愕，你欠我钱了？等会儿……店主说，等什么？对面就是派出所，警察一来你就走不了啦。

米东清就是那个时候出现的。一个失败的戒烟者。他坚持了一年零四个月，在某个夜晚前功尽弃。没以前抽得凶了，每天买一盒，抽完为止。从派出所到烟酒店不足二百米，每天一趟也没什么。有一次店主包了两条烟给米东清，米东清沉了脸，说你小子别害我。店主长了记性，再也不敢把整条烟给米东清。

什么时候来的？米东清的目光在马远皱巴的脸上停住。店主问，米警官认得这个人？马远也跟着问，你认识我？你是警察？米东清笑着点点头，我当然认识你。马远说，我什么都记不起了。米东清说，不要紧，慢慢想。马远说，怎么也舀不尽。米东清说，等我忙完，开车送你回去，哪儿也别去，就在这儿等我。店主给马远倒了杯水，说，没想到你和警察还挺熟。

米东清忙完，匆匆赶到烟酒店。人呢？他问。店主说，早走了，我怎么也拦不住。店主拿起烟盒，抽出一支给米东清，小心翼翼地问，不要紧吧？米东清犹豫一下，接了。抽了两口，又冷着脸说，下次不要引诱我啊。店主嘿嘿笑了，干吗和自己过不去呢？多也是抽，少也是抽。米东清说，别让我犯错。店主说，我哪敢呀。穿越马路，米东清仍往那个方向扫了扫。

那会儿，马远正在树林坐着。从公路拐下不久，脑里便湿答答一片。他站了一会儿，目光被树杈上红色的鸟勾住。鸟扑着翅膀，却没有飞离。他猜红鸟被套在树杈上了。这么折腾，一会儿就没命了。拎的东西多，马远跌跌撞撞的。突然立定。马远喘着粗气，发现那不是鸟，而是一只红色塑料袋。马远咧嘴一笑，骂你个害人精。虽然上当了，但突然轻松许多。

树身并不光滑，疙疙瘩瘩的。马远靠了靠，又往前挪了挪。杂草枯黄，一根根变得坚硬。狼尾巴草更是像一支支细长的箭。马远的脚腕被射中，麻麻的。日已西斜，看不到大雁的影子。

马远打了个盹，梦见了妻子。他跑，妻子在身后追。他不知为什么跑，妻子为什么追他。然后他绊了一跤，醒了。妻子却没有远去，她的脸像红薯干。马远问，你咋来了？妻子说，我不寻你，你又要在树林过夜了。即使被泔水泡涨，马远也能认出妻子。只有她一个人不会被抹去。马远说，等等就好了。妻子哼了一声，我还等你买回咸盐炒菜呢。

炕上放一个小红桌，中间是绿色的塑料盆。女孩跪在桌边，把剥掉荚的红豆扔进塑料盆里。马远瞅着她，女孩始终耷拉着眼皮。马远问，你是谁呀？女孩重重地把红豆丢进盆里，不理他。马远问晚他一步进屋的妻子，这谁呀？妻子说，豆豆……你外孙女！马远嘀咕着拍拍额头。脑袋哗啦啦乱响，像无数的豆子在滚。

2000 年 夏

晚间新闻结束，米东清换了频道，起身接水。几十年的习惯，白天很少喝水，夜晚则像个大水罐。正是盛夏，久未下雨，空气粗糙，一触即燃似的。虽然开着门窗，米东清还是把半袖衬衫的扣子解开。桌上两个茶叶筒，其中一个放着茶叶，另一个则是黑豆。戒烟后，黑豆是他漫长夜晚的情人。刚嚼了两粒，走廊响起嗒嗒嗒的脚步声。虽然电视声音很大，但在干燥的夜晚，嗒嗒声仍令米东清嗅到仓皇和急促。他站起，迅速把扣子系好。

女人出现在门口。抢劫！她上气不接下气地、惊恐地指了指，仿佛抢劫犯就在不远处的角落。

米东清抓起钥匙就走。他发动车，女人拽开副驾驶的门。他让她系上安全带，女人却扳开灯镜，照了照，理了理凌乱的头发。然后才把安全带系上。米东清想起离婚时老婆甩给他的一句话，你算哪门子警察，过了二十年，你连我半毫心思也不懂。半毫，基本可以忽略。米东清斜斜女人，暗想，我是他妈的不懂。这个动作与她的惊恐不符，若带着口红，没准还要涂抹几下吧。

在女人的指点下，米东清把警车停在路边。镇上店铺虽多，但一般不到八点就关门了。营业的多是饭馆、杂货铺，还有性用品商店。这些招牌都没有"安娜粉店"引人注目。米东清报到那天，所长请他吃饭，就在安娜粉店对面。别的牌子只是牌子，安娜粉店却有许多装饰。白天那些霓虹灯管并没有多么奇特，到了夜晚，闪烁的灯光使安娜粉店像浓妆艳抹的舞女。所长自然注意到米东清的神情，说这镇上尽是奇奇怪怪的人。

在店里？米东清再次问。女人说，你看看就知道了。门半敞着，米东清往里瞅了瞅，一个男人头枕在桌上，不知喝醉了还是睡着了。米东清缓缓推开门，没看到第二个人。米东清回过头，盯住女人。女人说，就他！米东清当然有疑问，更有惊愕，第一次碰到这种货色，抢了人却不逃跑。但女人笃定的口气，还有地上碎裂的菜盘和酒瓶，让米东清再次意识到，抢劫者确实喝醉了。他揪住男人的衣领，猛地往后一拽。男人"啊"一声，欲起身，尝试两下未能成功，便去抓桌上的茶杯。米东清夹住男人的手腕，往外一甩，男人扑倒在地上。与敦实的米东清相比，男人单薄得就像一枚竹板。男人奋力挣扎，米东清利索地反铐住他。

血从男人的鼻孔淌出，顺着嘴角流到下巴。米东清扫扫纸巾盒，女人说我来吧。她抽出几张，先塞住鼻孔，再去擦他下巴的血。男人要躲避，女人摁住他的头。他的后脑抵在墙上，仍来回扭。她靠得近，胸快要蹭着他了。米东清似乎刚刚发现，女人的胸很高。警察就在旁边，你最好老实点儿。她一边擦一边说，完全没了刚才的惊慌。男人果然就老实了，由女人擦拭。下巴的血已经干了，擦不净。米东清不耐烦，连声说行了行了。女人说等等啊，身影消失在柜台旁侧的门后。

米东清盯住男人，男人没有躲避，神情甚是怪异和复杂。脸削瘦，目光隐隐透着狠。他还冲米东清笑了笑，不像讨好他，更像幸灾乐祸。米东清的脑袋一时有些大。女人跑出来，手里抓着湿毛巾，显然要擦掉男人下巴的血迹。米东清突然就火了，喝止了女人。

　　米东清拎起男人。男人没有挣扎，头却是昂着的。米东清对女人说，你也随我来。女人问，不在这里审吗？米东清反问，我没说明白？女人说，我给你煮一碗米粉，你饿了吧，吃饱……米东清不理她，押着男人离开。

　　饶了他这一次吧！米东清拽开车门，要把男人推进去时，跟在身后的女人突然求情。米东清被烫了似的，胳膊一颤，但仍抓着男人。女人说，这王八蛋是该收拾，坐二百年牢都不冤，不过，这一次就饶了他吧。她踹男人一脚，你他妈长点记性，一喝酒就毛驴，抢自己老婆算什么本事，有能耐抢银行去！女人给男人擦拭下巴的血迹时，米东清脑里闪过些难以确定的东西，现在终于明白那是什么了。直觉没有骗他。你说什么？米东清逼视着女人，似乎他没听清楚。女人说，我被这王八蛋骗了才嫁给他的。驴唇不对马嘴，但似乎又没跑题，不但讲出了事实，还告知了原因。多余的原因却不是米东清关心的。黑天半夜的，被一个女人耍了一把，怎不恼火？

　　米东清说我不管你们是什么关系，抢劫就是犯罪。他把男人推进去，合住车门。女人突然抱住米东清。米东清后背热烘烘的，还有被抵着的弹性力量。和老婆离婚后，他第一次如此近距离和异性接触。米东清低喝，放开！也许是心跳加快的缘故，他的声音丧失了应有的威力，更像是乞求。女人没有被吓到，依然紧抱着。别带他走，吓唬吓唬他就行了。她的脸似乎也贴到他后背上。女人胳膊长，竟能环抱住他的腰，且两手相扣在一起。米东清欲掰开她的手指，几次都失败了。男人坐在车里，一定更加幸灾乐祸吧。米东清暗骂，真是自作自受。

你不松开，我连你一起铐了！米东清威胁。女人不说话，只是死死缠绕着他。米东清拖拽两步，突然不动了。后背更热了，要被火山融化似的。好吧，米东清妥协。女人立即松开。米东清大喘一口气。他没有动，看着女人拽开车门，揪出男人。你要再抢我，我就让你坐牢，女人不忘警告男人，似乎男人坐不坐牢就是她一句话的事。

明天来所里一趟！米东清冷着脸，你俩都来！女人问，要做什么？米东清说，别让我请你们！

幸亏是夜晚，要是白天……躺下时，米东清想。那一刻，他是什么样的表情？

次日上午，女人一个人来到派出所。米东清问，他呢？女人说，跑车去了。随即补充，他得挣钱呀，眼看着就喝西北风了。米警官，你不能惯他，他不识惯。她该是看到走廊里他的照片，心思够细的，可说的话却让人摸不着头脑，哪儿和哪儿呀。她是故意的吧。米东清说，他必须到！女人说，他真的跑车去了呀，要不晚上？米东清尚未回答，她就自顾自地说，那就晚上！米东清板着脸，这是你说了算的？女人一副可怜相，那怎么办呢？米警官，这毛驴连手机都没带呢。你问我好了，我能说得清。她迅速变换出笑脸，带着那么一点点讨好。女人的长相没多好，但看起来很有味道。

她一定窥见他走神了，提醒，你问吧，我什么都配合，同时挤挤眼，像和米东清多熟络似的。米东清拽开抽屉，把笔录簿重重摔在桌上。这个虚张声势的动作并没吓到女人，可她装出害怕的样子。当然是装的，米东清心里清楚。女人收拢了肩说，米警官，你好凶哦。

姓名？米东清等了几秒，抬起头，提高声音，姓名？

女人委屈道，怎么像对犯人？我是受害者哎。

米东清说，如果……他咬住，我说得不清楚吗？

女人点头，清楚，清楚，我刚才正要说的，你就吓唬我！

米东清不耐烦地敲敲桌子。女人说，安娜！米东清瞟瞟她，她马上道，没错，我是安娜粉店的老板。米东清问年龄，安娜抗议道，我拒绝回答。你真把我当犯人了？米东清说，抗议无效，这是程序。安娜哼了哼，什么程序？你是成心的。捉一辈子鹰，却被麻雀啄了脸，那滋味确实不好受，但米东清并没有报复的意思，多年习惯使然。僵持了几分钟，安娜说三十五，紧接着问，我长得没那么老对不对？米东清没抬头，安娜说，求你了，米警官。米东清喝道，端正态度！看清楚这是什么地方！安娜似乎被吓傻了，神情有些硬。米东清缓缓道，我的耐心是有限的！安娜捂住左胸，眉头大皱。米东清的声音带出紧张，你怎么了？安娜艰难地吐出几个字，我有心脏病，你吓着……我了。米东清认为她是装的，可她的神情确实是犯了病的样子。米东清不敢大意，抓起电话就要打120。安娜说，过去了，每次发作就一两分钟。她抚抚胸，脸也舒展了许多。米东清冷笑，时间长也没关系，120半小时就到。安娜叫，为什么咒我？你可是人民警察哎。米东清说，回答我的问题！安娜说，你别凶哦，你这么凶，我什么都记不起来了。米东清缓和了口气，说正事吧，别扯远了。

安娜走后，米东清把笔录簿丢进抽屉，发了会儿呆，又拿出来翻了翻。吃午饭时，小赵问安娜是不是报案来着。米东清稍一迟疑，小赵说，我扫见了她的背影，这女人总是小题大做，满嘴跑飞机，没一句正经，我被她烦透了。小赵刚参加工作时，整天跟在米东清身后。那是二十年前的事，现在小赵是所长，米东清的直接上司。米东清说，她确实被丈夫打了。小赵说那是她活该，等你知道她是什么货色，就明白姓孟的为什么打她。不过姓孟的也不是好东西，因盗窃坐过一年半牢。人寻人鬼撞鬼，安娜也只配这样的丈夫。米东清问，安娜没有案底吧。小赵说，案底倒是没有，但故事一大堆，传言她在南方混不下去才跑回来的，就冲她的放浪样，那传言十有八九是真的。小赵半开玩笑，米哥可别让她缠住。米东清说，门敞着，不能不让她进来吧。小赵说，那就少理，你若认真，她能把派出所的门槛踩破。怪我，那天吃饭就该告诉你。米东清说，我不会让她牵着。

2002 年 秋

虽然在油里浸了两个月，马远还是很小心，先在通风的阴凉处杀青，七八日后才拿到阳光下。也就三四日，箭身油光闪亮。马远在一端挖出小槽，安上钢钉，用细尼龙丝缚死，一支完整的箭便大功告成。当然，一支是不够的，马远要制作一百支。豆豆问马远干什么，马远吹吹箭杆上的土，说姥爷造箭呢。豆豆问，你要打猎吗？马远说，对，姥爷要射狼，它把姥爷的记性掏走了。豆豆问，狼在哪里？马远停下来想了想，我不知道在哪里，但总会露面的对不对？豆豆没有回答。她或许回答不上来。马远说，射死狼，姥爷就能记住你了。豆豆问，你能认出狼吗？马远说，当然！姥爷是干什么吃的？他不大高兴，怎么这样问呢？我又不是废物！豆豆说，你一犯困，连自己都不认识。马远笑了笑，总有不困的时候对不对？豆豆说，等你醒来，早让狼吃掉了。马远倏忽一惊，再次停下来。你这孩子，怎么不说点儿好听的？豆豆故意绷住嘴。马远吓唬她，我被吃掉，你就没姥爷了。豆豆还是不说。马远说，那你等着瞧吧，看看姥爷厉害，还是狼厉害。

吃过午饭，马远把最后十几支箭制作完成，推开园子的门。稻草人淋了一夏天的雨，瘦了许多，但仍肌骨丰盈。弓的力道很足，特别是箭在弦上，弓箭的杀气瞬间就出来了。射偏了，箭擦着稻草人的脑袋落到远处。第二次，马远瞄的是心脏，仍没射中。第六箭终于射中。马远跑过去，在伤口处摸了摸，然后嗅了嗅。

他闻到了血腥味。

这就是你说的狼？

马远吓了一跳，不知豆豆什么时候溜进来的。这里危险，赶快离开！豆豆常在园子里玩，马远根本吓不住她。她抓起掉在地上的箭，插进稻草人的肚子，得意地说，我比你厉害！马远说，走远点儿，要不我生气了。豆豆戏弄他，生呀，你生一个我看看！马远便去追赶她。没走几步便定住。豆豆藏在稻草人身后，不见动静，闪出头望望马远，扫兴地说，知道你就这样。她推开园子的门，喊，姥姥，他又犯傻了！

马远妻正在磨土豆粉。自打有了打粉机，很少有人手工磨了，只有她不嫌麻烦。虽然她小心着，手还是擦破好几处。这不，又伤着了。她吸了口气，寻出纱布裹了，继续磨，豆豆的声音蹦进耳朵，像一粒粒豆子。马远妻跑进园子，一边捡地上的箭一边说，你就折腾吧。马远仍在原地站着，直到妻子拽他，他方说，我不能走，站一会儿就好了。妻子说，天都要黑了，你要在园子过夜啊？又扯一把，马远没再拗。

回屋没一会儿，泔水便渗没了。马远在杂物间翻拣半天，终于在角落找见那张羊羔皮。原本要卖的，但皮贩子给的价太低，马远便丢在那里。没想到这皮还能派上用场，皮

不大，但足够用了。你这是要干什么？妻子见马远反复端
详，终没忍住。马远说，我还缺个箭囊。生怕妻子不明白，
比画着解释，背在身后装箭。妻子瞪大眼，你还要往野地
跑？马远说，别管去哪儿，我得有个箭囊！她没说什么，过
了一会儿，她躲出去，给米东清打了个电话。米东清说随时
可以打给他，她从不轻易麻烦别人，这是第一次。

2000 年 夏

　　暑热如沙，彼此碰撞、摩擦，粒粒灼烫似火。往年的
夏季，白天虽热，夜晚时不时来点风降降温，让人透上一口
气。今年连个盼头也没有，白天怎么热，夜晚还怎么热。夜
麦、胡麻蔫头耷脑，树叶枯黄。墙壁、电线杆上贴了不少抗
旱标语，鲜艳、醒目，声嘶力竭的样子。米东清碰到镇长，
镇长的脸看上去烟熏火燎的，不但干燥，还有一层浮灰，说
是一家柴垛着火，他刚从现场回来。米东清说再不下雨今年
的收成就完了。镇长说下一场也难起死回生，但可以撒点荞
麦什么的，不然真就绝收了。而派出所院里那几株龙爪榆，
则绿皮油亮，傲睨天穹。米东清浇过两次，后来发现小赵所
长对浇树近乎痴迷，便不再染手。一项简单的劳动，有时候
则是权利的象征。

　　其他人都回家了，米东清无所谓，回去也是一个人，在

哪儿都可，在哪儿都热。高原地区没有装空调的习惯，商店根本没有卖的。

午夜，米东清关了电视，脱了袜子，冲洗过，换上拖鞋。他有脚气，用了各种方子，药膏不下十几种，医院开的，土郎中卖的，都没什么效果，也就懒得治了。反正也不是什么病，要不了命。虽说如此，但生活极大不便。还有老婆时，回家第一件事是洗脚，不然连上床的资格都没有。他最怕出门住宾馆，特别是两个人一屋，那意味着整宿都得穿袜子。现在虽是单身汉，毕竟住在所里，不到深夜，他绝不光脚。凌晨即起，并非不爱睡懒觉，而是必须排风换气。只要穿上袜子，他的脚还是挺自觉的。

锁大门时，米东清看到一个身影飘然而来。之所以说飘，一是没声音，二是左左右右，摇摆不定。米东清向来不信鬼神，但吆喝的同时脸还是麻了一下。是我！黑影应道。几分钟后，她站到门外，似乎怕米东清认不出，急声道，我是安娜呀，米警官。米东清不知安娜为何这副打扮，黑衣黑裤，似乎鞋也是黑的，灯光照不到她的脚，看不清楚。门已插上，米东清攥着锁，试图从她昏暗的表情里揣测些什么。放我进去！安娜往前靠靠。米东清反应过来，问她要干什么。安娜说，你总不能让我站在门外说吧。米东清问，被抢了还是被打了？安娜央求，让我进去说好不好？米东清说，这里也可以讲。安娜说，你和那王八蛋不一样，你是警察，你不会这么冷酷的。米东清一边锁门一边说，太晚了，你明天再过来。安娜喊，你就这么对待求助的人？你的职责呢？
你的良心呢？

　　米东清没理会。虚张声势罢了，他不相信她会有事。灌
了几口水，在窗前站了十几分钟，米东清再次出去，安娜仍
站在门外。米东清打开锁，安娜说，我就知道你和他们不一
样，你是个好警察！米东清说，少废话，孟毛在哪儿？我把
他带过来！安娜说，你再没耐性，也要等我把缘由讲清吧。

　　米警官，有没有吃的？我一整天没吃饭，饿得头都昏
了。安娜进屋便四下里瞅。米东清没好气，我又不是开饭馆
的！安娜说，我不信，没有饭，酒也行。便要往里屋闯。里
间是米东清的宿舍。米东清挡住她，你到底想干什么？安娜
说，我真的没吃饭，随便什么都行，我给你钱。米东清瞪她
几秒，把一袋方便面丢给她。然后是饭盒，榨菜，火腿肠。
她说得没错，作为单身男人，这是生活必备品。安娜确实饿
了，不顾及吃相，一根面条粘在嘴角，她顺手抹抹，那根面
条便进到嘴巴里。汤也喝得干干净净。

　　什么味？安娜正洗饭盒，突然停下嗅了嗅，你不会藏
了……米东清突然意识到自己光着脚丫。他下意识地挪挪
脚，正好被安娜瞥见。安娜说，躲什么躲？谁还没个丑？这
话让米东清心里一动，脸却有些烫。他把袜子套上，又解释
自己多年脚气。可以不解释的，尤其对这个夜半访客。安娜
说，我有个方子，专治臭脚，改天你试试。米东清已无窘

态，你可以说正事了。安娜却掏出口红，上下抹了抹。米东清强忍着，没爆粗口。

今天是孟毛老娘的忌日，孟毛在聚香楼订了十桌酒席。份子钱逐年增加，名目渐渐繁多，红白事，生日，升学，开业，有的人吃不消，借个饭馆开业，上午开业下午关停，有的人离了婚再结。孟毛和安娜份子钱随出很多，想借孟毛老娘的忌日往回收收。但来的人没有预计的多，只开了六席。孟毛不痛快，酒喝得有些高，是被人搀回去的。晚上八点，孟毛睡醒，跟安娜要礼钱。安娜不肯，孟毛骂咧着要打，但身体发虚，自己先摔倒了。他没再追安娜。安娜躲了一会儿，回去时孟毛又喝上了。见了安娜就骂，要把安娜杀了祭他老娘。

那王八蛋喝了酒就跟驴一个样，我不敢在家，他真会杀了我的。黑天半夜的，我能去哪里？只能来派出所。安娜说，他纵有天胆，也不敢到所里追杀。米东清问，他持刀了？安娜叫，等他持刀我还有时间逃吗？米警官，你嫌事轻是不？米东清说，仅仅威胁，没你说的那么严重。安娜问，那刀架在脖子上严重，还是割断喉咙严重？米东清一时被问住。安娜说，真要那样了，你们又能如何？抓人，判刑，又有什么意义？当然，你们可以立功，你说不定还能提个所长。像你这个年龄，当局长才对，怎么还是个大头兵？你就盼着出乱……米东清被戳到痛处，喝道，够了！安娜小声说，我还没说杀人的话，你就翻脸了。米东清瞪她片刻，放缓语气，我不能因为你的假设和推理立案，法律讲的是证据。安娜说，那你也不能否定对不对？你敢保证我现在回去没有危险？米东清反问，我为什么给你保证？安娜说，你是警察呀，你有这个义务。米东清没有任何笑意地笑了，我是警察不假，但不是你家的警察。安娜说，你是人民的警察，你敢说我不是人民？米东清摊摊手，你和我较真有什么劲儿呢？能阻止孟毛？安娜说，酒醒他就尿了，就算打我一顿，他也是尿包，天亮我就回去。米东清脱口道，耗到天亮？安娜笑了笑，虽无媚相，却是风尘味十足，这不是没办法嘛。米东清要喝水，抓起来发现杯是空的。安娜抢过杯替他接满。你睡你的，我坐着就行，实在不行，我去拘留室，那里也安全对吧。米东清问，我现在把你送回去如何？安娜央求，别撵我好不好？她有演员的天赋，表情瞬息就变。米东清想了想说，那你坐着好了，我明天还要工作。

米东清合上门，轻轻反锁。他没想用力，但在寂静的夜晚，那声音突兀而刺耳。他从不上锁，没想锁的声音这么大。安娜自是听见了。米东清说不清自己为什么在意这个。没什么动静，米东清和衣躺下去。他睡眠一向好，喝再浓的茶也不影响。离婚当晚，老婆并没有搬出去住，她辗转反侧，彻夜未眠，而米东清一觉睡到天亮。老婆骂米东清是没心没肺的猪。米东清不知失眠是什么滋味。那天夜里终于尝到了。眯了不到一小时，被隐约的声音惊醒。侧耳，声音又细下去，若有若无的。米东清怔了怔，慢慢坐起。再躺下去，脑子乱乱的。真是没法再睡了。

安娜正在洗脸，听见动静，并不回头，说用一下你的毛巾啊。她洗脸的方式特别，双手略一蘸水，噼里啪啦乱拍。米东清坐了十多分钟，安娜才忙活完。重新涂了口红，或许是拍打的缘故，面孔光洁鲜亮。米东清突然想，这样的女人临刑前也要化化妆吧。他试图从她眼角处寻些痕迹，但什么都没看到。

安娜嫣然一笑，困死了，洗洗好多了。早着呢，你怎么不睡？米东清说，睡不着。安娜的目光跳了跳，不会因为我吧。那一跳让米东清心慌，他皱皱眉，这破天，人都要变成烤馍了。安娜说，是啊是啊，你们男人还好，女人在这种天最吃亏了。不睡也好，我陪你说说话。米东清淡淡地，有什么好说的。安娜说，别这样子的嘛——闲着也是闲着。"嘛"的声音拖得很长。米东清不难听出其中的意味。说说也无妨，他想。这倒是个了解她的机会。

有烟吗？安娜问。米东清摇头。安娜扫兴地，我见过的警察，没有不抽的。米东清说，抽过，戒了。安娜问，为什么要戒？老婆让戒的，还是医生的命令？不外乎这两种。你老在所里住着，八成跟老婆关系也不好，她管不着你。那是医生？你这么壮实，也不像有病的呀。米东清说，是我自己要戒。安娜好奇地，为什么？米东清说，没理由，突然就不想抽了。安娜撇嘴，我才不信呢，都说戒烟跟要命差不多。

我倒没那么大瘾，但有时就是想抽，痒得不行。这跟……那个一样的感觉。米东清脸一沉，安娜立即道，这算脏话吗？我不是故意的。米东清说，请注意用词。安娜叫，说好了，只是随便聊聊，咱不带审问的啊。

安娜是你本名吗？米东清转移话题。安娜问，必须回答？对视几秒，米东清先移开目光。米东清说，随便。安娜说，十五岁辍学这名才跟了我的。没想一个名字会带来那么大麻烦。静了几秒，安娜似乎在平抑情绪。突然又笑道，我不信邪，他妈的，不就一个名字嘛，老娘偏要用！这辈子用定了！米东清嗤地一笑。他想起高中同学尚之全，外号上贼船。尚之全早恋，还把女孩肚子搞大了。据说那是　中历史上第一次发生在校生怀孕事件，尚之全和女同学都转到了外地。校长在大会上声嘶力竭，交友要慎重呀。顽皮的学生在台下补充，不要上贼船呀。笑声炸开，校长莫名其妙。

安娜和校长一样莫名其妙，这有什么好笑的？米东清说，我想起些别的事。安娜说，我不信。米东清就讲了。安娜说，我也是上了贼船的人！那王八蛋嘴巴甜，说单就这个名字够他做一辈子美梦了。米东清吃惊道，你就因为这个……安娜说，我被他哄得晕头转向，东南西北都分不清了。米东清仍难以置信，一定有些事，她没说出来。安娜猜到了，问，你不信是吧。米东清说，没人会相信的。安娜说，我也不信。看他醉醺醺的样子，我也常问自己，为什么跟了他，还给他生了孩子。想来想去只有一个缘由，被他的嘴巴哄了。他喜欢我，喜欢安娜这个名字都是表面上的，其实他是喜欢我的钱。他像捋树叶，今儿捋一把明儿捋一把，等我回过味，差不多被他捋空了。可他仍挖空心思地捋，仍觉得我是他的银行。

米东清想起小赵的话，前后一对比，故事的轮廓便出来了。米东清说，有句话也许不合适，但我想知道，你不要介意。安娜说，只要不是审问，我都愿意回答。米东清问，你过得如意吗？安娜"哈"一声，你说呢？如意的话我会半夜三更往派出所跑？你是想问，他这样待我，我为什么不选择离婚是吧？离了谁敢娶我？你敢吗？安娜往前探探，米东清下意识地往后一撤。安娜大笑，吓坏了吧……我开个玩笑，天快亮了，我得回去了，这阵儿他该醒了。

2000 年 夏

安娜进来，米东清正在接一个电话。那边已经说了十多分钟，生怕米东清挂断，语速极快。我还没说完呢，请听我说！米东清耐着性子，我听着呢。他早就听明白了，之所以没挂，是因为他挂了，老太太还会打过来。他瞟瞟安娜，她笑盈盈的，肩挎黑色坤包，金黄色的链子粗实夸张。米东清脑里闪过疑问，这又是唱的哪一出？老太太仍在捣糨糊，看来少跑一趟是不可能了。米东清说，你在家等着，我这就过去！

安娜将纸包放在桌上。米东清不解，这是干什么？安娜说，我按那个方子抓的，每天泡脚抓一撮，半月准好。米东清这才想起，"哦"了一声，多少钱？安娜说，不是卖给你的。米东清坚持要付钱。安娜的笑一点点蒸发掉，正好是一碗泡面加一根火腿肠的钱，两清了。米东清说谢你了。安娜哼一声，转身离去。米东清松了口气，仍难以相信，她单单为此跑一趟？也来不及细想，每天杂七杂八的事太多了。

在镇东北角，有一处宽大的院子，主人叫王金桂，是退休教师。老伴是三年前续娶的，比王金桂小五岁。王金桂的儿子不同意父亲续娶，父亲有积蓄，退休金也挺高，而那个女人没工作，除了那身衣服——还是王金桂买的，一无所有。王金桂是老实人，一辈子没和同事红过脸，但在续妻问题上态度坚决，甚至绝食抗争。最后双方各让一步，儿子同意王金桂续弦，王金桂也按儿子的要求和女人签了协议，他只负担她的基本生活费用，她不能分享他的财产。婚后数月矛盾就来了。那女人的女儿是做保健品的，看望母亲的同时给王金桂讲健康理念，王金桂深陷其中，三年买了十多万块钱的保健品。王金桂的儿子急了，照此，父亲的钱就被掏空了。儿子不能说服王金桂，便拿推销员出气，两人还动过手。王金桂站在继女一边，认为儿子只惦记他的钱，而不在意他的健康。米东清来之前，小赵就调解过几次。仍是采取折中方案，房屋过到儿子名下，而王金桂有权支配其他，他总不能不看病，总不能不给老伴看病。近日挑起事端的是王金桂的老伴。因为王金桂没有给她买药，女儿拿了药来，他却不肯付款。这次出警的是米东清。就性质，不过是家庭纠纷，可以不理。全镇上千户，谁家没个吵闹？若要管，跑断腿也管不过来。但往宽泛说，这也在治安范畴，毕竟凶杀、偷盗、抢劫等恶性案件不是天天有，况且重案也轮不着派出所，更多的是这些鸡毛蒜皮。只要顾得上，米东清绝不敷衍。

　　王金桂到底是做过教师的，退休在家也穿得干干净净，头发梳得平平顺顺。老伴就不同了，脸倒是干净的，衣服上总有灰暗的污渍。她比王金桂年龄小，看上去倒比王金桂老许多。她说王金桂嘴上应得好，转身就把米东清的话扯开了，一二三四五，米东清不打断，她会列到二十。王金桂慢悠悠地，说他不是不给她买药，是她过于挑剔，国产的不行，非得进口的。老太太说进口药管用，再说和国产的就差三块钱，三块钱你就心疼了？王金桂说，不是钱的事，问题是没这个必要，就你，还知道什么是进口？老太太激动起来，好你个王金桂，终于说了实话，你是嫌弃我了。起先，是谁嘴上抹了油在我耳朵边舔来着？米所长——米东清打断她，我不是所长，别上火，我听明白了。老太太说，你没听明白！米青天，我本来不想说的，家丑不外扬，今儿豁出去了，这老东西和卖粉的安娜勾搭上了。王金桂低喝，你不要乱嚼！老太太依然怒冲冲的，当着米青天，你害怕了是不？

　　米东清耳根一颤，他让老太太把话说清楚，并冲王金桂做了个手势。

有一个多月了，王金桂每天只吃一顿饭，要么只吃早饭，要么只吃中饭。王金桂说没胃口，老伴还提醒他查查。后来老伴觉出不对头，跟踪几趟，发现王金桂是到安娜粉店去了。事情败露，王金桂谎都懒得撒了，一天一趟米粉店，老伴拦都拦不住。

王金桂冷笑，我自己挣钱，吃碗粉怎么了？老伴说，你吃粉是假，明明是被安娜勾了魂，你以为我是傻子？王金桂说，你不是傻子，你是傻子的 N 次方。米东清忍住没笑出声，王金桂肯定是数学老师。老伴或许不懂 N 次方，但她肯定明白那不是好话，回击得很有力，和傻子一个炕，你能好到哪去？也不照照镜子，脸快成老牛皮了，花花肠子倒不少。王金桂说，你别泼脏水。老伴叫，脏水？安娜是个什么货色？你就是冲着脏水去的。

米东清喝止住，问王金桂老伴有什么证据证明王金桂去米粉店是和安娜勾搭去了。王金桂老伴说她没证据，可就冲安娜的名声，想也想得出来。米东清问安娜到底干过什么事。王金桂老伴说她专勾引男人。米东清问她是否见过。王金桂老伴说那都是见不得人的事，她哪里看得见，可别人都这么说，就冲安娜的做派，肯定错不了的。米东清说既然没亲眼看见，不要乱下结论，诽谤也是犯法的。王金桂老伴被米东清镇住，小声说要不是他往粉店跑，她也不会乱嚼安娜。米东清又教育王金桂几句，王金桂频频点头。

米东清欲离去，王金桂突然问，我还能去粉店吃粉吗？

这并不犯法！王金桂老伴期待地望着米东清，米东清说，当然可以！不过最好把老伴带上，为什么非要一个人吃？

晚上，几个人吃饭，提及王金桂，小赵大笑，扯上安娜，就没个消停！他那把年纪了，还有需求？米东清突然有些后悔，不该说得这么清楚。吃碗米粉也没什么大不了，那女人也是没事找事，米东清只好补充。吃米粉当然没什么大不了，可一天一碗，这就有问题了。绝对是冲着人去的！小赵嘿嘿着，我敢拿脑袋担保！那会儿小赵已是半斤酒下肚，额头隐隐闪亮。她会看上王金桂？米东清觉得嚼了石粒一样。小赵说，那女人谁也看不上，但又谁都看得上。你看她那做派，谁都入不了她的眼，没一句话正经，可要是用钱开路，没有不行的。米东清看看曹旺。曹旺说，确实这样，被她拉下水的不只王金桂。小赵说，这是她老本行。米东清并不掩饰自己的怀疑，谁会在家门口？小赵说，不这样她就不叫安娜了，一个人一旦没有底线，拿她真是没有任何办法。米东清说，如果有证据……小赵说，难就难在这儿，这女人滑得很，所里没那么多人手专门盯她……小赵的眼睛突然一亮，交给米哥怎么样？反正你住所里，有时间也有优势。米东清没接茬。小赵说，算了，咱别在这破事上浪费精力，再说，米哥要被她拉下水……几个人随着小赵爆笑。这样的玩笑米东清只能接过去，说，我已经不好使了，七仙女下凡都没用。小赵说，七仙女懂什么？在天上都待傻了！安娜可是有手段的。米东清反击，你怎么知道？小赵略一停，叫，好你个米哥，给我下套子！你们听见了吧，姜还是老的辣，每人敬米哥一杯，让米哥传点儿绝招给你们。酒令也是令，米东清耐不过，只好一一喝了。小赵说，安娜是咱所的老大难，从今儿就交给米哥了，盯不盯梢你自己决定，拘不拘她你看着处理，你要能把她改造成良家妇女，咱集体去局里给你邀功。那日小赵劝米东清少理安娜，现在又将安娜作为一个任务塞给他。米东清知道小赵在想什么，但他不在乎。而且，他还有那么一点点……喜悦。

改日单独与曹旺在一起，米东清问他安娜的事。毕竟他比米东清来得早，知道的多。曹旺讲了一些，与小赵说的并无二致。米东清问哪件事他证实过，比如安娜打麻将输了钱以身抵债，比如吃一碗粉便可摸她一下。曹旺摇头，这怎么好证实？米东清说，咱可是干这行的，没证据怎可乱说？曹旺嘻嘻哈哈的，赵所长讲的，还能有假呀？米东清正色道，还是不要乱讲。曹旺马上说，我听米哥的，只是……我只能管住自己的嘴。米东清说，已经很够了。暗暗感叹，曹旺参加工作不到两年，脑顶就渗出油了。

2002 年 秋

马远站在房顶，身背箭囊，手持弯弓。一行大雁嘎咕着飞过去了，又一行大雁嘎咕着飞过来。南方究竟是个什么地方？马远没出过远门，试图在脑里构建南方的图景。雨下了七八天，仍没有停的意思，地面泥泞不堪，稍不注意就滑一跤。鸡在窝里发呆，猪在圈里大睡，鸭子大摇大摆，洗了一澡又一澡。苦了做饭的人，柴火潮湿，费半天劲儿才点着，却只见烟不见火，呛得两眼生泪，连连咳嗽。若是房子漏水，脸盆、面盆、水瓢都得搁在滴水的地方，一夜甭想睡觉。当然，住楼房不用受这么大罪，可总要出门呀，伞挤着伞，连个人脸也看不见，熟人碰面都认不出来……若泔水突然袭来，那一切便不复存在，只有无边无际的黑暗。

有人经过，问马远是不是要射大雁。马远大声说，才不呢，我要射狼。问话的人笑笑远去了。院里的豆豆却把话接过去，狼在哪里？你看见了吗？马远说，我不知狼在哪里，不过总要露面的。豆豆说，你还是下来吧，姥姥让你下来呢。马远说，别烦我！豆豆噘噘嘴，进屋告状去了。

大街空空荡荡，马远的目光也空空荡荡。一只白鸡鬼鬼祟祟地走过来。马远盯住，起先只是好奇，街上什么都没有，这家伙为什么贼一样鬼头鬼脑？马远抽出一支箭，拉弓，瞄准。马远并不打算射的。鸡不是马远的猎物，马远只想试试瞄准猎物的感觉。和稻草人不同，鸡是走动的，马远渐渐兴奋。若是一匹狼，马远绝不会手软。这么想着，白鸡体形变大，爪子由两只变成四只。马远心里“咯噔”一声，莫不成……箭受了惊，呼啸着飞出去。白鸡被射出老远，扑腾两下，头垂在地上。

马远呆呆的，直到牛三余哭声响起。

被马远妻扶进屋，牛三余仍在哭。

三余大哥，你先喝点水。马远妻赔着小心。

呜呜。

你吃块糖，消消火。

呜呜。

你要把身子哭坏啦。

呜呜。

他不是故意的。

呜呜。

鸡已经死了，你哭不活。

呜呜。

三余大哥，你说呀，鸡都死了，不能复活，你说怎么办吧。牛三余仍抱着那只白鸡，边哭边抚羽毛。突然，他停止动作，抬起头，稀软的脸有了一丝冷硬，像瞬间长出茧子，为什么射我的鸡？我好欺负是不？马远要辩解，妻子使个眼色，他便把头垂下去。牛三余叫，你说呀，我的鸡招你惹你了？呜呜。马远妻说，他并不知道是你的鸡。牛三余说，不知道也不能射呀。马远妻说，三余哥说得对，他……我真想拿鞭子抽他一顿，现在，咱先商量怎么处理，你说个意见。牛三余说，赔我的鸡。马远妻问，你说值多少钱？牛三余说，我不要钱，赔我鸡。马远妻说，院里二十三只，有公鸡有母鸡，你随便挑。牛三余说，我不要你的鸡，我就要我的鸡。马远妻叫了声三余大哥，鸡死了，除非神仙能救活。牛三余固执地，我只要我的鸡。马远妻说，要不你挑两只，三只也可以！牛三余说，你就是全给我，也抵不了我的鸡。马远妻不像先前那么平静，但仍克制着，三余大哥说笑了，你养的又不是金鸡！牛三余说，金鸡也抵不上呢！马远妻说，如果你要这么说，我真没办法了，你想去哪告去哪告！牛三余低下头，又"呜呜"起来。

马远妻无奈，只得把村长请过来。村长来了也没用，牛三余只要自己的鸡。村长没马远妻那么好的脾气，没一会儿火就蹿上来，想耍赖是不？你的鸡能拉犁还是能套车？牛三余哭得更响了，这是我孙女治病的鸡啊。孙女得病，好好坏坏，十一岁了还没三岁孩子力气大，牛三余讨了个方子，须用白鸡的血做药引子。牛三余孙女得病的事，村长知道，马远妻也知道，整个村庄都知道。牛三余并非胡说八道，胡搅蛮缠。这样就麻烦了。但村长反应快，不就是一只白鸡吗？这么大个村子不愁寻不到。便去寻。白鸡是有，但没有纯白的，要么翅膀有一块褐，要么肚羽有几绺黄。牛三余大哭，不哭鸡，而是哭孙女了。

村长拨通在城里打工的牛三余儿子的电话，让他劝牛三余。总能寻到的，今天寻不到，明天准能寻到。牛三余"嗯啊"着，可挂了电话仍"呜呜"。村长劝他回家，他也不回。村长躁得抬起脚就踹，被马远妻拉住。村长让马远妻报警，牛三余说天王老子来了也不怕。马远妻说一趟趟麻烦米公安，我都张不开嘴了。

米东清正在邻村办案，不到半小时就过来了。我知道的养鸡场有三家，每家上万只鸡，不要说一只白鸡，十只都没问题，米东清说，你要几只？牛三余说我不要养鸡场的鸡，饲料里都拌了药，会害死我孙女的。我这只白鸡，一天三顿，不是小麦就是玉米，我还捉了虫子喂，鸡血是纯的呀。村长插话，那你再养一只好啦。牛三余说，我孙女的病耽误不得。米东清说，这样吧，明天我拉你挨村转，全镇十六个村，寻一只纯正的鸡不是什么难事，包你满意。牛三余问，你不诓我？米东清笑笑，我明天一早就过来。马远妻小声说，那把我也拉上，我付钱。米东清点点头，让牛三余先回家。牛三余终于站起来。

马远缩在一旁，没敢说话。也没人和他说。但整个过程他看着也听着。几个人离去时，马远被泔水浸没，他拽拽妻子衣袖，这是干什么呢？

2000 年　夏

又有一个村失盗，虽然只涉及两户人家，金额也不多，但影响恶劣。他妈的，大白天的，和抢有什么区别？怎么连个小毛贼也逮不住？这样的话常听，每次都如刀削割。这背后是有潜台词的。米东清从不辩解，那没有任何意义。把案子破了才是关键。

回到镇上已经九点多了，老远便被妖魅的灯光吸引。米东清当然知道那是什么地方，就如这个地方的主人一样，和小镇格格不入。米东清本打算回去泡面，忍不住偏偏头。于是改了主意。

安娜在柜台后抽烟，很是意外。米警官，你可是稀客呀。米东清在靠门的椅子坐下，只有一个食客，穿着无袖的黄背心。安娜款款过来，眼皮老是跳，我就知道定有贵人上门。她戴了圆形耳环，每串三个，每个都有乒乓球那么大。紫色的短袖衫，V形领，领口极低。五粒扣子只扣了三粒。那三粒也是随时要爆开的样子。这狗×的天，泡冰水里都不凉快，安娜把菜谱递给米东清。种类很多，米粉，豆粉，荞麦粉，薯粉，菜名奇奇怪怪，什么红粉佳人，绿衣少女，白雪公主。米东清问有没有馒头。安娜说，来我的店，还是要吃粉。米东清指着红粉佳人的图片，这不就是拌荞粉吗？安娜撇了嘴，你睁大眼，这是两个做法哎。米东清说那就来这个吧，如果有馒头来俩。安娜说，牛肉是现煮的，来一盘吧。还没等米东清说话，安娜便问，啤酒？白酒？辛苦一天，该慰劳自己一下。米东清摇摇头。

几分钟菜便端上来，安娜抓了啤酒坐在米东清对面。米东清说我不喝，安娜说我自己喝。米东清说你这样……我不习惯。安娜没有一丝尴尬，那是你来的次数少，来多就习惯了。米东清想起王金桂，问别人也这个待遇？安娜"哈"一声，我又不是三陪，刚才你也看见了，只有贵客，本老板才屈尊，你是不是觉得我特别贱特别无耻？米东清说，我没这么说。安娜说，可你这么想的。米东清没有否认，王金桂喜欢点什么？安娜"噢"一声，原来你来调查这个？米东清说，王金桂闹家庭纠纷呢。安娜说，开门做生意，谁来都是客，馆子不让人吃饭还叫馆子吗？米东清说，这个王金桂吃上瘾了。安娜笑笑，为什么拐弯抹角的？你和他们一样认为我在勾引王金桂是吧？米东清忙道，我可没这么说。安娜说，你喝一杯酒，我就说实话。安娜挤挤眼，这生意划算吧。她抓过米东清的杯，把水倒掉，换上啤酒。米东清被动地和她碰了碰。安娜故作吃惊，你这么想知道？那我说了吧。王金桂糟得一碰就散了，我怎么会……米警官，谁这么乱嚼？我要告他！米东清突然呛着，连咳数声。安娜关切地，不要紧吧？她脸上看不到虚情假意，声音和表情自然极了。

多少钱？米东清站起来，安娜说算我请客……米东清掏出钱包，安娜没再说什么。找钱的同时，安娜问米东清要不要上去坐坐。触到米东清的眼神，安娜说，孟毛揽了一趟长途，我能清静几天，我好你才能好是吧？米东清暗骂，你他妈不这样说话会死啊！

那药用了吗？效果怎样？安娜毫不在意米东清的脸色，那可是绝方呢。米东清含混地"唔"一声，这米粉吃得让他后悔。安娜什么都敢说，他毕竟是警察，不能那么赤裸，这就有被她压的感觉。米东清没想到近乎无耻的她竟然还惦记着他的臭脚。这完全是一个人两副面孔。她究竟算什么人呢？越接近米东清越吃不准了。

米东清打算试试那药粉，可怎么也找不到了。也许被他丢垃圾桶了。他没抱什么希望，毕竟用了那么多药都无效。如果想用，她还会送一包的，只需一个电话。他不怀疑。打，还是不打？米东清从来没这么纠结过。最后还是放弃了。没那么要紧，也许明天就和她见面了。

次日接到报警电话，米东清并不为自己的神料吃惊。王金桂又去吃粉了，这次带了老伴。安娜的做派让王金桂老伴生厌，她骂安娜妖精，被安娜听到了。安娜没有装聋作哑，嘴又刁，话又毒，王金桂老伴生生被骂昏厥。

米东清赶到医院，王金桂老伴已经苏醒过来。米东清松了口气，说不清是为安娜还是为王金桂老伴。报警电话是王金桂儿子打的，王金桂老伴的女儿也赶了回来，这次两人立场一致，提出要严惩"凶手"。米东清没有告诉王金桂儿子，安娜叫了救护车后，便给米东清打了电话。米东清把一家人的情绪安抚好，又把王金桂带到派出所。

王金桂没了之前的气定神闲，灰头土脸的。他的叙述与安娜并无出入，只是把安娜那些难听的话罗列出来。签字画押后，王金桂很关切地问，她有事吗？米东清愣了一下，方意识到他嘴里的她是谁。米东清装糊涂，医生不是说了吗？王金桂脸一红，我是说……似乎被米东清逼视得不敢说了。米东清问，安娜？你这么关心她？王金桂慌忙道，不是

关心，无缘无故连累人总归不好。米东清说，我本来要找你
的，你去粉店，仅仅为了吃粉？王金桂说是。米东清说，吃
不腻吗？王金桂说种类多，一星期都不带重复的。米东清冷
笑，这话也只能糊弄你老伴。王金桂问，那你认为我去干
什么？王金桂不满，把自己带刺的一面露出来。米东清说，
你清楚！王金桂说，我没做任何违法的事。米东清说，确
实，摸是不违法的。王金桂激动起来，你们……太粗了，这
叫什么话？是天大的诬蔑。米东清笑了，你紧张什么？这是
谣传，我也不信。王金桂被米东清搞得有些摸不着头脑，追
问，你相信我？米东清说，我只相信实话。王金桂低头寻思
一会儿，说，我不过是心里恋。米东清怔住，心里恋？王金
桂说，我对安娜有好感，看见她我整个人就被注了精气神
儿，有飘飞的感觉；听到她说话、发笑甚至骂人，我每个细
胞都舒坦得不行，一下年轻许多。有时我自己也觉得差，一
大把年纪了，怎么会这样？我也损自己，可管不住腿，两天
不见她，心就发空。吃一碗粉，看看她，便踏实许多。我向
老天发誓，我念头脏，可什么也没干过。王金桂动真情了，
揉了揉眼窝。米东清仍怔着，半晌方问，安娜知道吗？你
的……心里恋？王金桂说，她要知道还不骂我老不正经？！
米东清问，没一点儿察觉？王金桂说，那么多人围着她转，
她哪在乎一个老头子的感觉！米东清说，你对她还是了解的
嘛，说来听听。王金桂说，我不说她的坏话。米东清说，铁
杆粉丝啊，她的那些事，你相信吗？王金桂说，相信又不相

信。米东清说，我不勉强你，我喜欢说实话的人。王金桂神
情不安，这是我的秘密，我希望……米东清说，我会替你保
密。王金桂感激万分，我刚才不该冲撞你。米东清说，把老
伴照顾好，不要再生乱子。王金桂连连点头，我明白我明白。

事情平息后，安娜拎了两筒茶叶上门。也是晚上，午后
终于落了一场雨，仅仅湿透地皮，但暑热被驱散，凉爽了许
多。米东清散了一小时步，重新沏了茶。

竹叶青，朋友寄过来的。她仍是性感打扮，香水味很
重。米东清说只喝铁观音，四季都是，几十年没换过。安娜
本来坐下了，闻言欠了欠身，要在米东清脸上寻找什么的样
子。这么死板？那你这半辈子白活了。她一脸的同情。米
东清问，你有别的事吗？安娜说，别生气嘛，你可是警察
哎，肚量要大。米东清说，请你拿走！安娜问，换换又能怎
样，你试试才知道。她抓过米东清的杯，米东清急忙去拦，
还是慢了。她整个倒掉了。米东清恼火透了，我刚泡的！安
娜并不接话，打开茶叶筒，倒了一些，重新续满水。米东清
怎会让她摆布？但他刚摸到杯，安娜便攥住他的手腕。米东
清低喝，松开！安娜央求，别生气好不好！你尝尝嘛，没放
药，毒不死你。米东清再次让她松开，安娜不理。她离他太
近，香水味更浓了。米东清心一慌，胳膊便垂下去。安娜收
回手，这就对了嘛，不就一杯茶吗。米东清说，我只尝这一
杯，剩下的你拿走。安娜说，别这么无情，一点儿小心意。
米东清问，让你割了肉，你还谢我？安娜说，我是气不过，

我有过错，可责任在她，几句话能骂得她患糖尿病？这不笑
话吗？我没那么好欺负，还怕打官司？打到中南海我都不
怕。但你提出来了，我想就当是给你个面子。你心不坏，我
怎么也得给你个面子。冷静下来寻思，你是为我好，那么多
人等着看我笑话，你没有。这一点情分，还不值两盒茶叶？
她叼了烟，点上，莞尔一笑，你不会认为我贿赂你吧？米东
清想起王金桂的心里恋。某个瞬间，安娜还是挺迷人的。这
么一想，米东清突然就臊了脸，为掩饰，他呷了口茶。安娜
问，怎么样？她的期待如钩，轻柔地抓挠着他。米东清烫了
嘴，慌着回应，还……行。

2000 年　夏

　　米东清去县城参加婚宴，喝多了酒，没回镇里。半夜，
安娜打电话说孟毛要杀她。米东清不相信，可她既然找到
他，他就不能置之不理。

　　米东清到镇上已是凌晨两点。暗夜里暑热也没有退减多
少，米东清额际渗汗，摘了帽子。光束里，安娜脸色惨白，
怕冷似的缩着膀子。她单薄又轻飘，像刚从碑石上拓下来
的，轻轻一揉便会变成一个纸团。

　　米东清往里走，重步重脚。安娜没一点儿声音，似乎
那张拓片贴在他后背的某个部位，成了他的一部分。他撕都
撕不掉。那感觉很诡异，仿佛他不是在派出所院里，而正

经过没有人烟、死寂阴森的荒山野岭。踏入走廊，他终于撕掉她。

米东清先把窗户打开，烧水，泡茶，然后坐下来，漫不经心地问，什么事？她坐他对面，不再缩肩，仍然是怕冷的样子，脸青着，嘴唇瑟瑟的。她没有叼烟卷，没有满不在乎地跷起她白而长的腿，没说一句戏谑的话。甚至没有出声。她一改之前的不羁、泼辣、放浪、大胆，如此安静和拘谨，他都不认识她了。她没有回答，不是抗拒他的随意，像忘记了，她怎么也回忆不起来了。米东清甚觉诧异，不知这是她的又一种表演方式，还是被吓得魂不附体了。米东清倾向于前者，轻缓的目光不无嘲弄。但他一杯茶喝完，她仍一副迷惑的表情。他不耐烦了，喝问，你把我半夜拎起来，陪你发呆吗？安娜悚然一惊，盯住他，目光长满小刺，继而变得尖硬，你嚷什么？吓死我了！米东清笑了，道行浅了点，一招就让她显出原形。他冷了脸，说吧，到底什么事？她说，我电话里……米东清打断，再说一遍，我没听清。安娜嘟囔，没听清跑来干什么？米东清肺都气爆了，差点就骂出来。大半夜打车过来，倒是他的错了？安娜察觉到米东清的恼怒，带了些歉意，我不是故意的。顿了顿又说，所里有人，我就不打扰你了。今夜是曹旺当值，他溜惯了。米东清放缓语气，说吧。安娜说，他要杀我。米东清问，谁啊？安娜说，还能有谁？孟毛那王八蛋。

米东清端起杯，又重重放下去，声音冷冷的，我是你

的保镖还是你家总管？安娜用霸道又天真的口吻说，你是
人民警察啊，难道你不该管？米东清说，就算他威胁要杀了
你，你让我怎么管？拘留他吗？安娜说，我怎么知道？我知
道怎么对付他，何必找你们？我最不愿意给人添麻烦的，实
在是……走投无路。米东清再次端起杯，结果呛着了。安娜
疼惜地，慢点，你不至于生这么大气吧。顿了顿又问，深更
半夜的，你喝这么浓的茶，能睡着吗？米东清冷冷地，你还
知道深更半夜？我跑了几十公里，还睡什么觉！安娜双手合
十，对不起，我真是吓坏了，那王八蛋又喝了酒……米东清
再次截断她，有什么新鲜的呢？实在听够了。米东清说，镇
上的旅店至少七八家吧。安娜说，我才不去住店，花钱不
说，又不安全，到你这儿我就不害怕了。米东清想起光束里
她收拢着双肩的样子，难道她真的害怕孟毛吗？疑惑如一缕
轻烟，一闪便没了痕迹。米东清说，那你是把派出所当客栈
了？那你当我是什么？安娜苦了脸，我没别的法子啊，谁让
你是人民警察呢？还是个好警察，我不找你找谁？米东清想
起小赵半真半假的警告，安娜就是一贴狗皮膏药，不幸被他
言中。他说，你别戴高帽子。安娜说，不，我说的是心里
话。米东清差点骂出来，你他妈连心都没有，还有心里话？
又喝一口茶，仿佛不这样压着，那话随时会冒出来。我倒是
有个长久之计，米东清不动声色地说。安娜往前探探，米东
清说，离开他！什么年代了，为什么要在一棵树上吊死？安
娜撇嘴，以为你有什么好办法呢。米东清嘲弄道，怎么？离

了他你活不下去？安娜说，我当然活得下去，可我的钱怎么办呢？不打水漂了？那可是血汗钱呢，是我用十年的青春换来的。米东清又想起那些传言。随口问，多少……他骗去的？安娜回答得模糊而巧妙，几乎所有。米东清问，你不傻，怎么会被他卷光？安娜眼里闪过一丝懊恼和无奈，我上次好像说过了，不说了，说了你也不信。女人哪有不傻的？不傻就上不了这贼船了。米东清摊摊手，你不能离开他，那就很难办了。安娜说，不是不能，是不甘心。米东清说，结果是一样的。安娜略舒一口气，还好有你。米东清沉下脸，你别乱讲。安娜的脸恢复了血色，眉眼间便生出几分妩媚，你别紧张，我不吃人的。米东清确实有一点儿慌，他清楚被她瞧出来了。他不好发火，转移话题，他究竟把钱花到什么地方了？安娜说，这个你也不是第一次问了，我确实回答不上来，我比你更想知道。米东清说，若是别人，可以诈骗处理，现在他是你合法丈夫，没法定性。安娜说，若能追回，哪怕一半，我马上和他离婚。米东清急忙摆手，你不用向我保证，我可没有故意拆散你们的意思。安娜瞟着他，你很害怕我？米东清往后仰仰，我真是怕你了。安娜说，你别听那些人乱嚼，我其实很本分的。米东清憋着没让自己笑出来。安娜说，我是故意的，就是要和他们对着干。米东清问，他们？他们是谁？安娜定定地看着米东清，一副费力思索却又研究不透的样子。米东清说，看我干什么？安娜说，你不会不明白，算了，反正你不是他们，第一次见你我就认定你和他们不一样，如果你能让那王八蛋吐出来，我和你五五分成。米东清厉声道，闭嘴！你把我当什么了？你以为哪儿都可以做生意？安娜说，我就说嘛，你和他们不一样，瞧你，都急出汗了。米警官，能不能给点吃的，我快饿昏了。米东清自是不能让她饿昏的。这黑天半夜的，她昏倒，他一万张嘴也说不清。她已经贴上他，可不想在那贴上再粘一层胶。那就真的撕不掉了。

她确实是饿了，吃相极难看。像逃亡的难民，完全没了老板娘的派头，不在乎米东清就在对面。她转眼就换一副面孔，他探究地望着她，不知哪副面孔才是真实的她。而对自己的耐心，也是暗中吃惊。她和他，　个报案人，　个民警，身份明确，可似乎又不仅仅是这些，那是什么呢？他说不清楚。甚至自己的感觉也是说不清的。厌恶？怜惜？好奇？似乎还有那么一丁点欣赏。

2002 年　秋

妻子出门前，给马远和豆豆各下一道命令。让马远看着豆豆，只能在屋里玩，只能在院里、园子里跑，不能到街上去。而让豆豆呢，监督马远，不能上房，不能骑墙，不能爬树，更不能摸刀。马远有管豆豆的法宝，她不听话，他就咳。不是装的，是真咳，咳得面目青紫，地动山摇。豆豆就怯了，虽然她很想到街上玩。豆豆的招数更绝，马远胡来，她就哭。也不是装的，是真哭，边哭边喊，像被狗咬了、被狼叼了，还有辅助动作，蹬腿甩臂。豆豆哭马远就怕，比木头还老实。两人为此都付出过代价，马远的胸骨似乎咳断了，疼得睡不着觉，贴了好几天止痛膏。那可要花钱啊，骨头是不疼了，心却不好受。豆豆呢，嗓子哭哑了，还有些肿，吃馒头都咽不下去。她不用吃药，两个梨罐头就好了。

但豆豆终究不能和马远比，她吃了多少盐？马远吃了多少盐？虽然泔水常常往脑里灌，但不灌的时候多着呢。妻子刚走，马远就打起主意。妻子到镇上除了给豆豆买衣服，还要给他买过冬的鞋，她自己要买内衣内裤。这些他不会买，须她亲自去。她还答应去趟派出所。他射杀了牛三余的鸡，那些箭都被米警官没收了，她试试还能不能替他要回来。这求情的事她去也合适，他不会说软话，何况他和米警官还撕打过。单这些事也要花去不少时间，若加上来回的路，怎么也得四五个小时。这么久，他不甘心被豆豆捆绑，得有所行动。硬招不行，软法子总是有的。

妻子睡不着觉，两年了，有时整夜整夜翻腾，医生给开了几粒药，实在熬不下去就吃一粒，隔一个月她就开一次。他知道她的药在哪里藏着，若把那药给豆豆吃，只需半片，豆豆就能大睡，就不会紧盯着他。马远找到药片，想了想又放回去。既要让豆豆睡，又不能让豆豆睡得太沉。马远脑子转了转，又有了新主意。他舀了一簸箕掺杂了石子、苦荞的麦粒，倒一半在桌上，另一半在炕上，他和豆豆分工，把石子、苦荞拣出去。豆豆最烦这个，但还是噘着嘴合作了。拣完，马远又舀一簸箕。豆豆犯困了，马远暗暗得意，他让豆豆躺一躺，没几分钟她就睡着了。妙计得逞，马远轻手轻脚退出去。他不干什么，就是想上房瞭瞭，上树也行。起先，他爬到房顶或树杈上，是想寻见那个畜生。他视力好，不比鹰差，只要那畜生出现在村庄周围，树林也好，庄稼地也罢，都逃不掉。他认为那畜生早晚会出现，他上房上树都是必要的。妻子不允许他这么干，还拿村长和米警官压他。他们怎么拦得住他？

谁料一出屋泔水便渗出来，马远顿时木桩一样。他知道自己急匆匆地肯定要做一件重要的事，可想不起是什么事。就在一刹那，他忘得干干净净。他努力地把泔水往外挤，挤得脑门都疼了。有一刻，几乎要挤干净了。他都望见了“他的事”，与他隔一层窗户纸，稍稍一捅纸就破了，那个模糊的影子就会变得清晰。就差那么一点点儿，却失败了。泔水再次涌入，纸变成了厚厚的墙。马远万分沮丧，狠狠抽自己一巴掌。然后，他便看到院墙外立了一位老汉。那是牛三余，但马远已经认不出。

你好好的打自己干什么？牛三余问。

马远问，你是谁呀？

牛三余说，我是牛三余，你当真认不出我了？

马远在脑里挖了挖，到处是泔水，什么也挖不到。他说，我不知道牛三余是谁。

牛三余说，他们说你常犯傻，看来是真的，你不认得我，总认识这个吧。他从袖筒里掏出两颗鸡蛋。

马远笃定地，鸡蛋呗。

牛三余说，你还没傻到家，给！

马远犹豫地走上前，给我？为什么给我？

牛三余说，跟你说不清楚，你拿上就是了。

马远伸出手，牛三余递过来，他突然又缩回。这不明不白的，他不能这么干。鸡蛋摔在地上，碎裂了。牛三余惊叫一声，蹲在地上欲往起捧。随后恨恨地瞪着马远，你装着不认识我，你是故意的对吧，让你赔了只鸡，你就记恨在心里了是吧？

马远被牛三余的连珠炮轰得越发晕头转向。他不知问牛三余还是问自己，怎么回事？这是怎么回事啊？

马远妻回来得及时。她面带红潮，上气不接下气。她赶了急路，到村口几乎一溜小跑。马远像见了救世主，眼冒金光，这个人怎么回事啊？牛三余也松了口气，你可回来了，我都要让他气疯了。马远妻既没理马远也没牛三余，大喊，豆豆！豆豆呢？她拨开围上前的马远和牛三余，冲进屋，看到豆豆在炕上睡着，抚了抚胸，返身出来。

牛三余是来送鸡蛋的，马远家赔他的白鸡下了两颗蛋，他只要鸡，不要蛋。这不怪我，是他碰打的，牛三余指着马远。马远的泪水渗没了，认出了牛三余，却不记得自己怎么就闯了祸。马远妻面带微笑，鸡是你的，下的蛋自然也是你的，干吗还要送过来？牛三余说，鸡是我的，蛋我不要，我不占别人便宜，更不占你们便宜。

待牛三余离去，马远跟随妻子进屋，解释，什么都记不起了，真该死！

马远妻说，不要紧，你别急，越急越不行。

马远问，你怎么这么快就回来了？

马远妻瞄瞄他，我担心豆豆，听说有人专门抢小孩。

马远猜透妻子的心思，你又胡想了是不？哪个畜生敢来，我敲烂他的脑壳！别看米警官没收了箭，我照样有办法。妻子有臆想症，总认为哪个畜生会把豆豆抢走。

马远妻说，我也不知咋的，心说慌就慌，看不到豆豆心里就不踏实。

马远问，米警官怎么说？

马远妻歉意地，没顾上去，想起豆豆，我一刻也不敢耽搁。

马远埋怨，那怎么叫耽搁呢，那也是正事。

马远妻说，米警官来了你尽可问他，他一月来一趟呢。

马远突然来气，抓不住孟毛，他一天一趟又有个屁用？

马远妻转移话题，豆豆睡多久了？

马远说，有一会儿了。

马远妻扯块小垫子盖住豆豆肚子，跟你说过几次了，天凉了，豆豆的肠胃不好，要记得盖肚子。

马远端详着熟睡的豆豆。

马远妻觉察到了，问，怎么了？

马远小声问，有那么一点儿提心吊胆，你觉得豆豆像谁？

马远妻毫不犹豫，当然像安娜。

马远被灌了酒精似的，血立时就上了脸，我说过五百遍了，她叫大妞！大妞！！不是安娜！！

马远妻慌了，好好，我以后记住。

马远蹲在地上，号啕大哭。

豆豆惊醒，懵怔地望着马远，不知他几时偷走了她的法宝。

2000 年　夏

米东清被县局临时抽调追捕疑犯。

某个村庄发生命案，养牛大户被雇用的牛倌捅了十一刀。凶手逃往山林，据目击者称，凶手逃跑途中抢了一瓶可乐，七根火腿肠，两包香烟。那座山林处在三县交界处，域广树密，夏日毒蛇格外多，鲜有人迹，追捕难度大。上头下了硬性命令，因此围捕不分昼夜，三人一组，累了就地休息。米东清清楚，最危险的不是疑犯也不是毒蛇，而是疑犯抽烟有可能引发大火，或故意纵火。第五日凌晨，疑犯归案。

五天里，有两个人给米东清打电话，一个是前内弟，一

个是安娜。米东清都没接。在这个世界上，最"惦记"他的
竟是这样两个和他基本没什么关系的人，实在有些滑稽。

　　一回到所里，小赵所长便让曹旺将手里的案子移交给米
东清。

　　羊皮贩子邢毛眼被孟毛打伤，此时正在卫生院躺着。孟
毛不知去向。米东清翻了曹旺的接案笔录，只有事情经过，
关键的地方曹旺都没有问。

　　去医院前，米东清先到邢毛眼和孟毛打架的饭馆走了
一趟。像米东清这么办案，早晚会被累死。有一次小赵喝多
了，口无遮拦。他说得或许有道理，有的确实不值，不要说
心血了，时间都是浪费。可话说回来，值或不值许多时候根
本无法计算无法衡量。全凭个人认定。

　　邢毛眼见米东清进来，马上丢掉手机，仰展身子，龇
牙咧嘴，哼哼呀呀的。脸、额头有数片乌青，左耳包着纱
布，想必被孟毛咬了。邢毛眼比孟毛高许多，也比孟毛壮实
许多，却被孟毛揍成这样。孟毛果然够狠辣。米所长，邢毛
眼苦了脸，抓住凶手了吗？米东清一字一顿，我不是所长，
孟毛也不是凶手，你别乱叫。邢毛眼说，你是不是所长我不
管，可孟毛这狗东西就是凶手，我差点就没了命。米东清抓
起床头的化验单和Ｘ光片瞅了瞅。邢毛眼借机做了个全面体
检，Ｘ光片就有十多张。医生说骨头没事，可我脑袋疼得睡
不着觉，八成是把脑仁打坏了，邢毛眼说，我连二加三等于
几都算不出来了，以后怕是没法收皮子了，这个账要和孟毛

算。邢毛眼是他的外号，"毛眼一眨，主意出俩"，这名字不是白来的，他还有个绰号：邢讹讹。被他讹上脱层皮算轻的。米东清之前并不认识邢毛眼，这些传闻是半小时前搜集到的。

米东清从包里拿出印泥，压在床头的化验单上，又掏出笔录簿。邢毛眼不解，曹公安已经问过我了呀。米东清说，补充询问，你要如实回答。邢毛眼说，这每一片伤都是证据，假不了的。米东清板了脸，我问你什么你回答什么。邢毛眼拼命点头，我配合我配合。米东清直视住他，你和安娜发生过几次？邢毛眼显然没料到米东清问的是这个，他突然傻了一样张大嘴巴。几次？米东清加重语气。什么几次？邢毛眼醒过神儿了，开始装糊涂。米东清说，你给我听清楚了，你和安娜，几次了？邢毛眼不安道，谁说的？米东清揪住他试图逃跑的目光，如果你忘了，我提醒你，昨天傍晚你在盛和楼讲的，在场的不止一个人。邢毛眼慌了，我喝多了……米东清打断他，不要转移话题，几次？邢毛眼低得几乎没有声音，一……一次。米东清问，在哪儿？邢毛眼踌躇片刻，豁出去似的，米粉店。米东清问，你给了她多少钱？邢毛眼没再犹豫，五十。米东清微蹙下眉头，没料竟给邢毛眼捕到，他发狠道，那女人就值这个价。米东清厉声道，端正态度！邢毛眼立刻噤声。米东清说，不要让我一遍遍警告你。签字画押后，邢毛眼抬起沾了印泥的手指，愣愣瞅了半天，好像那是多出来的。米东清把印泥、笔录簿放进包里，邢毛眼仍盯着那根指头。他终于意识到什么，小心翼翼地问，这不算嫖娼吧？米东清猛然抬头，邢毛眼被刀刺了一样，脸色瞬间惨白。米东清说，记住，没得到准许前，你老实待在医院，哪里也不能去。邢毛眼问，谁的准许？米东清说，我的！邢毛眼整个乱了套，那孟毛？米东清说，那是我们的事！各是各案，你没必要操心这个。

不费吹灰之力，米东清就问出了斗殴的缘由。曹旺未必问不出来，而是根本没想问，也只有米东清在意这个。但他没有丝毫的轻松，心被煎了似的，滋啦滋啦响。看来那些传言是真的，安娜果然在做皮肉生意，果真什么人都行。五十块钱？他妈的！他愤愤地骂。震惊震怒震恼，他无法形容听到这个数字的感觉。当他穿过长长的走廊，七月的阳光披挂在身，龙卷风已经散逝，唯剩遍地的垃圾和难过。一个易拉罐滚到脚边，他飞起一脚，易拉罐击中医院的花墙，弹跳两下滚远了。

米东清没有立即去米粉店，他不想夹带着情绪办案。再者快中午了，正是粉店最忙碌的时候，他不凑热闹。又不是急案，不差这几个小时。

午后，米东清走进安娜粉店，愤怒和忧伤已经蒸发得干干净净，他像刚从冰箱走出来，脸冷，声音也没有温度。喊了三声，安娜才出现在楼梯口。她的穿着极其暴露，光脚，短裤，无袖背心，显然她正在睡觉，眼睛没有完全睁开，慵懒，松垮。触到米东清，目光突然淋了水似的，光亮而湿润，连睫毛也挂了露珠，闪闪的。你回来了？几时回来的？安娜毫不掩饰惊喜。她没叫他米警官米公安或是别的什么，只用一个你，像他是她朝思暮念的人。米东清不由一颤，怕安娜窥见，重重咳一声，转移她，也转移他的注意力。

　　安娜并未在意他的冷淡，招呼，坐啊，我找了你两趟，他们说你抽调走了，我还以为你真离开了呢。米东清从包里拿出东西。安娜的欢快立刻缩回去，我还以为你来看我呢。米东清暗忖，本性轻浮，实难更改。我不知道这王八蛋跑哪里了，他去哪儿也不会向我报告。米东清说，他把邢毛眼打了，你可知道？邢毛眼还在医院躺着。安娜懒洋洋的，并不在意，邢毛眼该打，那王八蛋总算干了件人事。米东清讥讽，看来他也有值得称道的地方，并非一无是处。安娜说，泔水还能喂猪呢，何况他好歹安颗脑袋。米东清问，孟毛为什么打邢毛眼？你该清楚吧？安娜直视着米东清，目光变得如他一样冷，你这么问显然是知道了。米东清说，我是问过邢毛眼了。安娜问，那还找我干什么？米东清不动声色，你也是当事人。安娜说，如果我说的和他说的不一样呢？你是信我还是信他？米东清说，你说了我才确定，谁的话可靠。安娜咬牙切齿，邢毛眼那狗东西，真该拔掉他的牙！米东清说，请正面回答。安娜突然咆哮，我说得还不够正面吗？你们警察为什么都这么恶心？米东清面无表情，法律不允许模糊。安娜的背心滑到臂膀上，她猛地一拽，一松手又滑下去，她不再拽，露着半个膀子，大叫，没有！没有！！没有！！！你听到了吗？这是要发飙了。米东清什么阵势没见过？当然不会被她吓住。她这样大嚷大叫，他倒松了口气。

米东清示意，安娜龙飞凤舞，尔后点点印泥，在自己的名字处重重戳下去，要把纸点透似的。米东清正欲起身，安娜又问，我说了，你信我还是信他？米东清略一顿，我现在不能回答你。安娜冷笑，你还是怀疑我？我就知道！安娜的眼神让米东清心里发紧，但他仍是水滴不透的表情，我不会冤枉谁。安娜叫，我他妈白说了。米东清冷声道，请注意你的言辞！安娜伸出手，我就骂了，你铐我呀，你不是随身带着手铐吗？我以为你和他们不一样，原来……安娜"哈"一声，神情像熟透的豆荚突然间爆裂。恼怒片刻散去，漫上脸的是恶作剧才有的神色，对不起，米警官，我不该冲你发火，大姨妈来了，这几天我都控制不住情绪。米东清说，你忙吧，我问完了。别呀，安娜抓住米东清胳膊，我还没说完呢。她的胸几乎蹭到他的身体，他闪了闪，低喝，放开！安娜故意往前靠，你坐下我就松开。米东清暗暗骂娘，几乎是摔在椅子上的。

安娜莞尔一笑，坐米东清对面，点起一支烟，慢悠悠吸了两口。

米东清说，你能不能先换件衣服？

安娜撒娇，人家热嘛。你不热？我这装扮不犯法吧。

米东清看看表，有话赶紧说，我还有事！

安娜又吸一口，就是审犯人也得让人家吸支烟吧，何况我是受害者，不是犯人。

米东清瞟瞟她，目光往上移了移，越过她散乱的发丝，落在货架上。与别的饭馆不同，白酒品种不多，啤酒倒有八九种，有些标签米东清没见过。她多半是为自己准备的吧，他想。余光瞥见安娜把烟头摁到烟缸，他再次盯住她。

你长年住宿舍，见了女人一点儿不动心，还是有心无胆？安娜半是好奇半是嘲弄。

米东清终于被激怒，若不是个女的，他早就揪她了。他把怒火发泄到桌子上，连砸三下。

安娜满不在乎地哼一声，不过开个玩笑，你还当真了？以为我勾引你？切！

米东清低喝，请你自重！

安娜说，好吧，我向你赔不是，不该乱开玩笑。你抓走我，米粉店就得关门呢。

米东清说，如果你再东拉西扯，胡说八道……

安娜立刻叫，别，我这就说！

米东清等了数秒，催促，说呀！

安娜指指米东清的包，你得记呀，要不，我不是白说了？待米东清准备妥当，她直直腰，满脸肃穆，邢毛眼强暴了我！

米东清一惊，目光陡然尖锐。安娜迎视着米东清，并不躲避。他钻不透，她像一座巨大的冰山，他没有丝毫穿越的可能。空气也随冰山凝固了，他呼吸都吃力。好半天，他说，你对自己的每句话都要负法律责任。

安娜说，别吓我，我是受害者，你们对受害者就这个态度吗？

米东清审视着寒气森森的冰山，为什么现在才……

安娜愤愤地，这不是什么光彩的事，本想烂在肚里，想必类似的情况你们也碰到过吧。邢毛眼不但不装孙子，还四处招摇，把强暴说成买卖。我就是有天大的肚量，这口气也咽不下去。

米东清问，证据呢？

安娜大叫，我他妈就是证据！马上又换成歉意的口吻，对不起，我不知你说的证据是什么，我也没想留什么证据。难道我不是证据？还要他人做证？安娜猛地把背心往两边扯，乳房裸露出来，更触目的是乳房上猫抓样的伤痕。米东清马上想到孟毛，完全够得上虐待罪了。但安娜是指向邢毛眼的，这算不算？

米东清低头记录。他很震惊，但对安娜的话仍有怀疑，以安娜的刁蛮，邢毛眼岂能占到便宜？就算邢毛眼施暴成功，安娜又岂能忍气吞声？打掉牙自己吞咽绝不是她的性格。她在乎名声，就不会有那么多是是非非。她若本分，乱七八糟的事就不会有。但她既然这么讲，他必须记录在案。

你算正式报案吗？米东清说，一经立案，就走法律程序了，撤不了的。

安娜说，对，我正式报案，这不晚吧？我为什么要撤？除非……

米东清别有意味地看她，安娜极其敏感，瞪我干什么？我是受害者，你该保护我的。米东清说，别废话，有话快说。安娜说，除非邢毛眼和我达成赔偿协议，否则我就让他坐牢。米东清从她的话里嗅出味道，她果然是刁。合上笔录簿，他提醒她，真走到那一步，即使改了主意——安娜气咻咻地，我为什么要改主意？她又燃了一支烟，吸了两口，语气柔和了许多，你说的那一步，是哪一步？米东清已经站起来，你慢慢想。安娜叫，不能这么不负责任。米东清说，你通知孟毛，明早到派出所见我，否则后果自负！安娜提醒米东清，我说了，不知道他在哪里。米东清没有回应。孟毛在何处，她定然知道。他知道她会那么做。别看她出言不逊，但沉稳笃定，倒是他，有点儿乱了方寸，摇摆不定，仿佛被她的证词砸晕了。

2000 年 夏

几天后的一个晚上，米东清感到难以言说的孤寂，像整个人类抛弃了他，将他丢到没有人声没有鸟语的星球。前内弟打来电话，他甚是惊喜，期望他能驱散他内心的阴霾，将他从荒寒孤绝的星球拉回来。倒是拉回来了，三句话就将他拉回人间，可没一会儿就烦躁了。前内弟没完没了，他正要打断，前内弟突然问，你是不是有人了？米东清下意识地回回头，仿佛突然发现有人在偷听，他说不出的鬼祟和紧张。这一瞅，还真发现了一只蜘蛛，正沿着墙壁吊下来。蜘蛛豌豆大小，腿却足有半根火柴棒长，因而速度极快。米东清大声说，你别乱猜，我连鸟都没有。挂断电话，他抓起水杯猛灌几口。

　　米东清转过身，蜘蛛却没了踪影。蜘蛛该在潮湿阴暗的环境，这间屋干干爽爽，怎么会有蜘蛛呢？还大摇大摆，公然挑衅。米东清抽出一张报纸，卷成一个细筒，他要把这位不速之客清理掉。它不会离开屋子，该在哪个角落躲着。米东清打开电筒，照了又照。手机响了几声，米东清没接。上上下下左左右右瞅了个遍，折腾出一身汗，仍未发现蜘蛛。腿有些麻，他坐在地上，像长跑似的大喘着。

　　米东清感觉到异样，转过头，安娜立在门口。

　　你这是干什么呢？米色裤子，白色短袖，左肩斜吊着金链黑包，右手拎两个食盒。米东清正要起身，动了动又坐下。地上凉快，椅子上太热了。安娜说，我还以为你和什么人打架，被打倒了呢。米东清问，报案吗？你不像刚挨了打。安娜将食盒放在桌上，我给你送来一份米粉，还炸了几个鸡腿。米东清站起来，整整衣服，这是干什么，拿走！安娜斜着他，谁给你气受了？脸比包公还黑。不就一盒米粉么，把你吓成这样？如果你怕背上受贿的罪名，给钱也可以。米东清仍没有表情，我吃过了。安娜说，这都十点多了，当是夜宵吧。她揭开食盒，香气弥漫开，米东清还真有些饿了。安娜冲洗了筷子，递给他。他迟疑。她说，还要我喂你啊？米东清接了。他不再孤寂，可这浓重的烟火他也吃不消的。他板着的脸松弛开，那就谢谢你了，还有别的事吗？安娜说，你不用撵我，就是女鬼登门，也得歇口气吧。米东清扫扫墙壁，白洁光滑，没有任何爬行的虫类。安娜说，别这么紧张，米警官，你什么时候成了胆小鬼？

　　一盒米粉，四只鸡腿，米东清不到五分钟就扒进肚里。安娜看傻了，还说不饿？不知道的还以为你是难民呢，妈呀。米东清抹抹嘴巴，你可以走了。

　　安娜的脸便有些冷，你真没人味。米东清说，有事说事！安娜文过的眉蠕动两下，你怎么说翻脸就翻脸？我要是不走呢？她露出蛮相。米东清勉强笑笑，那就坐着好了。安娜说，这还差不多。顿了顿，自叹，瞧我，倒像是耍赖，其实我是来谢你的。米东清佯怔，谢我？谢我什么？

　　安娜从包里取出烟，她的烟瘾真够大的。烟雾弥散，安娜的脸有那么一点虚幻，但声音实实在在的，邢毛眼没讹上一分钱就溜出医院，实在是天下奇闻。孟毛常打架，只有打我没花过钱，这回他倒躲脱了，安娜弹弹烟灰，孟毛现在犯懵呢。米东清的目光如烟雾飘散开，你这个幕后军师本事了得，替他清理干净了。安娜说，我几斤几两自己清楚，若不是你，事情不会这么结束。你不讲，但我明白。米东清确实扮演了角色，既是警察，又非警察的角色。他当然不会跟人

讲，因为这没法讲。那天，他再次去病房，冷着脸半天不说
话。邢毛眼发毛，改口是他找安娜求欢，被安娜劈头骂了一
顿，心中恼怒，才编了嫖宿之事。像邢毛眼这种龌龊货色，
不从自己身上割肉，永远不知道疼。米东清不完全是为了
安娜。

可米东清不想承认，随口道，邢毛眼还是怕你了。安
娜说，你是怕和我扯上关系，对不对？邢毛眼怕什么不怕什
么，我明白的。

米东清拉开抽屉，从底层翻出她怒气之下对邢毛眼的
"控告辞"，推给她，这还有效力的。安娜几下撕得粉碎，
起身丢到垃圾筐。这可是大恩，我不谢你就说不过去了。米
东清说，好吧，米粉很好吃。

小赵所长偶尔问及孟毛与邢毛眼打架的事，米东清简要
讲了。小赵说，邢毛眼没讹到钱，定是有把柄在安娜手里，
这女人不可小视呢。米东清让他看邢毛眼的口供。小赵说他
为什么不编排别的女人？苍蝇不抱无缝的蛋，你盯住她，我
就不信她没问题！就说她那打扮和做派，哪像正经女人？一
句话几乎冲出来，米东清生硬地吞咽回去。

安娜数日没来派出所，米东清落个清静，只是夜深关
门，他总不由自主地朝虚空的黑暗望过去，确信没有鬼影没
有拓片才落锁。

一个滚动着雷声的夜晚，米东清正待闭门，安娜飘然而
至。黑衣黑裤，既没背包也没拎谢他的美食。她神情愤怒，

语气急促。她刚和孟毛干了一架，孟毛带了一个女人回来。描眉画眼，一看就不是正经货色！她咬牙切齿，这王八蛋故意的，就是要气我。她浑身颤抖，米东清劝她静一静。他很是纳闷，她什么都不在乎，与孟毛更是情淡如水，怎会气成这样？安娜没有静，他劝，她反而更狂躁了。干架是有成效的，孟毛带着女人离开了，就在一小时前。米东清说，那你找我做什么？就是他在家，我也不能随便拘他。安娜说孟毛肯定和女人住进了旅店，深更半夜，他不可能去其他地方。嫖娼你不管吗？安娜急切却不忘讥讽，你们最爱抓这个，对不对？米东清岂能由她牵着走？他沉下脸说没这个爱好。安娜问，职责呢？这不是你的职责吗？她摇身变成法官，语气生硬。米东清不吃这套，说我也没这个职责。他以为安娜要暴怒了，可她翻卷的阴云突然散开。她换作笑脸，语气软下去，求他帮帮她，把那对狗男女从床上揪起来。米东清说，你自己也可以啊。安娜说她怕惹恼孟毛，他是个狠角色，她其实挺怕他的，有米东清在，他不敢。她突然抓了米东清的胳膊，半撒娇半央求。米东清猛推一下。安娜松开手，脸僵着，有些白。米东清瞪她片刻，问她哪家旅店，她这才缓过来，我不知道哪家，但能肯定他在。

米东清和安娜来到大街上。街道空空，没有一个人没有一条狗。一个炸雷，空气碎裂，夹裹着尘土，满头满脸地撞。安娜讨好地问他要不要回去拿把伞，米东清甩甩手。雷声大，未必有雨。有时候轰隆一夜，地皮都不会湿。镇长说天气邪门，不是没道理。米东清只想尽快揪起孟毛，回去睡觉。当然，揪起就不能睡了。他不是完全被安娜胁迫，他还是愿意来。这是他的职责不假，但他更想证实一下，安娜的话有多少是可靠的。

镇上六家旅店，一一敲门。看到米东清身后跟着安娜，不免疑惑。突袭检查，带着一个女人，不引起猜疑是不可能的。米东清黑着脸，并不解释。从第四家旅店出来，雨点砸下来，如一粒粒豆子。安娜说了避雨之类的话，他没理她，大步向前，她小跑跟着。在隆隆的雷声中，敲门喊话需使出更大的力气。衣服湿透，有一半是汗水。

所有的旅店所有的房间一一查过，没有孟毛的影子，也没有安娜描述的女人。安娜不解，大声道，这怎么可能？他能躲到哪里去？像米东清捣的鬼，把孟毛藏了。要不就是他趁我出来回去了？安娜转身朝粉店跑去。

雷声远去，雨点渐稀。这个夜晚竟然响的是湿雷。米东清踩着泥水往回走，双腿有些软，似乎满地的泥水都是他的忧伤。他没有被耍弄的愤怒，他相信安娜不会无端搞这么一出。他就是伤感，好像捂藏的玉石没被偷走，却化作空气蒸发了。

2002 年 秋

夜里落霜了，树木、房屋、墙头、箩筐、扫帚、猪槽，像涂抹了一层薄薄的脂粉，在晨光的映照下生出几分娇艳，就连被烂泥吞掉半个身子的黄叶也妩媚了许多，仿佛这才是告别世界的最美方式。

马远妻拎着筐去园子里装生火的柴火，老远便看到一片零乱的白，凑近突然一呆，随后大叫起来。阴冷的早晨，她的喊叫凄厉、恐怖，像屠刀正从空中垂落。

马远和妻子几乎是同时从被窝坐起的，妻子动作利落，他磨蹭一些。妻子先掏灰，后㧟柴，顺序和过程没有任何变化。而马远的第一项任务是在挂历上打下"Λ"形符号，表示新的一天开始，昨日已经过去，他会在"Λ"下画一横。"Λ"和"△"，这是马远记述日期的方法，是他的现在和过去。而没标记任何符号的日子自然还在来的路上。不标，马远会把日期混淆，明明才五日他却当成六日，已经九日了，他却认为时间还停留在八日。前推一日后移一日对别人也许没什么要紧，甚至过了许多天才知道到了什么日子。中间的数日成为空白，仿佛被偷走了，反正没打算回忆，也不疼惜。更有一些人连月份都忽略了，像自己的一大片树林，早就被砍得光秃秃的，却没有发现，直到岁末，才惊呼，妈呀，怎么又过年了。惊虽惊，次年仍是马马虎虎。

马远不行，不能混淆，不能记错，哪一天就是哪一天，他须心中有数。曾经的他也是不在乎的，后来他一日一日地掐算，时间变得重要、精准。去年冬天，豆豆因为他常常记不住她的名字，有些生气，玩了次恶作剧。她在一个日期下画了一横，把"Λ"改成"Δ"。日子一错，马远的生活和思维都混乱了。那比泔水浸入更麻烦更可怕。马远不知那一天怎么就过去了，急躁得抓耳挠腮。马远妻告诉他那一天没丢，她已经审问过豆豆，是豆豆搞的。马远不相信，认为她在糊弄他。他挨家挨户求证，问今儿到底是几月几日。有人给他看日历，有人给他看手机，有人让他看电视。马远还是不信，认为他们联合起来骗他。他不傻，不那么容易骗的。他必须把脑里的乱麻整理出头绪。顶着漫天的风雪，他去镇上找米警官。结果过马路被车刮了一下，车辆为躲他，撞在停靠在路边的大货车。他跌了一跤，倒是没有大碍。可若轿车没躲开呢，他就彻底被时间埋没了。虽然最终搞清楚了，他的日子还是他的，谁也没有偷走，可许多人被他折腾惨了。豆豆知道自己闯了大祸，再不敢在马远的台历上乱勾乱画了。

马远从豆豆弃用的笔盒里拿起笔，正待画横，听见妻子变调的喊叫，扔下笔就往外跑，顺手操起门口竖立的铁锨。

马远妻指着零乱的白色羽毛，紧捂嘴巴，询问地望着马远。马远扔掉铁锨，蹲下去，捡起一支长羽。羽毛旁边还丢散着细骨。几绺被血染红的柴火，因薄霜的缘故，格外醒目。

狼！马远牙帮子发硬，那个字也硬邦邦的。

马远妻说，哪有什么狼，分明是黄鼠狼。她渐渐镇定下来，并为自己刚才的惊叫羞惭。她不是胆小如鼠的女人，那一瞬间她失了魂似的。能把整只鸡吃掉，个头不小呢。马远推断，还给妻子比画一下，像他是她请来的警察。马远妻忽然想到，这是一只白鸡，而有白鸡的只有牛三余。她让马远守着不要动，不要破坏现场，心急火燎地出了院。过了一会儿，她回来了，身后跟着牛三余。不是牛三余的鸡，别人的鸡关在鸡舍，他的鸡和他同住，他恨不得睡觉都搂着。可只有牛三余家才有白鸡呀，这是怎么回事？牛三余说，在别处叼的鸡，躲在你家园子吃的呗，这还不好解释？马远妻尚有疑问，为什么非要躲在我家园子里？牛三余嘟囔，谁知道呢？暖和呗。

马远从散乱的羽毛、柴草中间捡起一根发丝粗细的毛，一端灰白另一端灰黄。他嗅了嗅，团在手里。他没说话，但他猜到了，这柴火垛下，必有黄鼠狼的窝。冬天即将来临，黄鼠狼终会躲进洞里。那时就是他下手的好时机。马远妻问他怎么了，马远站起来，它跑不掉的！

就在迈出园子的刹那，泔水渗透，他僵在那儿，如刚刚从泥土里挖出来的塑像，目光混沌困惑。马远妻知道他又犯病了，既没推他也没摇他，只是搬个小凳子让他坐。他就坐了。马远妻烧水、和面，烙饼的油香扑散开时，马远的泔水也蒸发干净了。他大步进屋，拿起笔，把"8"日下的"∧"的封合住，又在"9"下画了一个崭新的"∧"。

新的一天开始了，吃过饭，三人一起来到田野。薄霜早已融化，犁过的土地褐黑油亮。这片地先前种的土豆，大批已经到了该去的地方或正在去某个地方的路上，但总有漏网之鱼。他们三人就是来挖这些漏网之鱼的。马远妻和马远各持三股耙刨挖，豆豆负责捡。一天也许挖一筐，也许两三筐呢。老久也没挖出，豆豆左顾右盼，便看见远处的兔子。是一只跳兔，她让马远给她逮回来。马远迟疑，豆豆便咧了嘴。马远丢掉三股耙，去追跳兔。

马远起先跑得并不快，和跳兔的距离越拉越大。马远说不清怎么回事，突然由跑变成了跳，仿佛追逐间他也变成了跳兔。这令他惊异，也令他兴奋。和跑不同，蹦起来那一刻，他觉得自己长了翅膀。就这样，兔在前，他在后，从一处到另一处，向着更广阔的天地蹦去。跳兔不再仓皇，好像不是在逃命，而是引他到一个陌生的地方。兔子一跳一回头，确信他没有掉队。在越过枯萎光秃的草滩后，马远眼睛酸涩，他闭了一下，马上又睁开了。他惊愕地发现，前面蹦跳的竟然是他的大妞。马远想起来了，她弄断了他的钻头，他从木匠那里借来还没用呢，就被她弄断了。马远气急败坏，站住，你给我站住，我看你能跑到哪里去！他更快了，但始终追不上她。我不打你了！只要你站住！这么跑要累坏的，别跑了！马远劝。她回头说不。马远熄灭的怒气又被激起，他恨恨地，你跑，你跑，老子看你跑到哪里去！

进入芨芨滩，蹦跳的身影突然变成孟毛。狗×的，竟然扮作大妞。他骗了大妞，还要扮大妞骗他！什么跳兔，那也是他变的。马远血流奔涌，如球弹射。距离渐渐缩小，那个身影再次变幻，人头狼身。哈哈，终于现出原形了。这才是他的真面目。不需要弓箭，马远也会将它杀死。杀死！杀死！！杀死！！！

五步，四步，三步，两步，一步……马远猛地跃起，将恶狼扑在身底。

2002年　初冬

一夜西风，树叶几乎掉光，林木稀疏，天高地阔。但这空阔疏朗并未影响浸染米东清，他的心是堵的，是紧的，尤其穿行于这条走了许多次的乡间土路时。树杈上挂着的白的红的蓝的塑料袋，在风中狂抖。米东清瞥见那些废旧的旗帜，心更加堵。因此很快移开目光，似乎这样就可以避开。而这条路，还有将要去的村，是他更想逃避的。米东清初中时就有个绰号米大胆，因为他无所畏惧。别人不敢干的他敢干，别人不敢为的他敢为。什么离婚什么降职，他统统不放在心上。至死不惧，他以为，直到……活在世上，终有一怕。怕恶鬼，怕疾病，怕穷困，怕背叛，怕陷阱，怕前途断送，怕锒铛入狱。各有各怕，不是这就是那，概莫能外。而米东清怕的是这条一月走一次的路，一月去一次的村庄，还有硬着头皮说的那些话。有的怕可以躲，有的怕只属于自己，如影随形，躲逃不掉。

离村有一段距离，米东清便听见哀乐。在离村口几百米的地方，他将车停在路边，有人去世了，在办丧事。路中央搭了个台子，戏班子正在演出。这是喜丧，唱的是欢曲，间歇才有哀乐响起，像炒菜必须放些调料。一地一俗，米东清在乡镇多年，并不觉奇怪。显然是不能从这儿过去的，死者为大。米东清来过多次，知道往回返两三里，绕半圈，从北面仍可进村。他发动车时，无意一瞥，看到人群里的马远。刚才没扫见，也许他是刚过来的，但他痴直的样子显然已经立一会儿了。米东清没有上前，也没有喊他。马远现在连自己是谁都记不起了，哪会理别人？米东清缩在车里，等马远醒来。

车内渐渐热起来，米东清没开车门，只把领口的扣子解开。脑门生出细密的汗，他有些躁，但没有动，仿佛他是车的一个部件，跟车一起熄火了。这情景很像两年前那个酷热难耐、空气黏稠的夏夜，他像一枚钉子牢牢钉在椅子上。

已经是半夜了，安娜打来电话，惊恐万分，说孟毛喝醉了，要杀了她。这不是她第一次报警、第一次求救了。被她耍过多次，他终于烦了。然而，她乐此不疲。他不是她的保镖，不是她的家庭护卫。若不是离了婚，无家可回，他不会每个夜晚都住在所里，听她叫骂、倾诉、摆布。当然，他不是冷漠的人，即便如此，也没有推诿和敷衍。他问，腿呢，你的腿呢？不等她讲便挂了电话。电话再次响起。数声之后，米东清终是接听了。

　　马远醒过来了，他看到米东清的车，朝这边走来。米东清欲推门，可手似乎被热化了，怎么也抬不起来。

　　门锁了，我出不去呀！安娜喊。

　　窗户，窗户呢？抓着电话的米东清不屑地冷笑，你不会砸开窗户？

　　马远越来越近，米东清终于抬起胳膊，但车门像锈住了，他竟然拉不动。

　　这是二楼，你让我跳下去吗？你他妈算什么警察？

　　那你告我好了，我不怕！

　　米东清急了，豆大的汗珠砸落下来，霎时前襟就湿了。

　　别挂别挂！求你了！！我还有许多事，我告诉你，全告诉你！

　　你不用告诉我，我不感兴趣。

　　马远走到车跟前，脸贴着车窗往里瞅，米东清对着他猛擂，大喊，我出不去了，帮我一下，求你了！

　　他来了！安娜的喊叫透着惊恐。

　　突然没了音，因为他挂了。就那样挂断了她的世界。马远失去了女儿，他心上多了块重石。

　　马远看清了米东清，他开始砸窗户，边砸边骂，你干什么吃的？米东清叫，对不起，这是我的错。

　　他来了！他来了！他来了！求你了！求你了！求你了！恐惧的声音在车内回响，与马远的喊叫混杂在一起，形成一股强大的回旋气流，米东清被卷裹着，呼吸越来越困难。

　　马远妻从旁边跑过来，抱住马远，往后拽他。马远大嚷，我得帮他！奋力一甩，马远妻摔倒了。马远抓起一块石头，再次扑到车前。

　　两个人一里一外，一擂一砸。哗啦一声，车窗碎裂。冷风涌进来，米东清立刻醒了。汗淋淋的他大口呼吸着，就像溺水多时，他的脸青绿透紫，肿胀如瓜。他想冲摇摇晃晃、像喝醉了的马远说句什么，可浑身的力气似乎耗竭了，他的嘴合不回去，就那么撑了棍棒似的张着。

白
梦
记

1

带来消息的是一个自称刚子的平头。脸扁如杏，眉毛稀疏，像患了害虫病的麦苗，目光倒是浓粗得很，眼眶肌都要被牵拽起来了，要斗架的样子。虽带着笑，可因为浓硬的目光，吴子宽甚觉不适。他没有放下编了一半的柳条筐，目光从刚子脸上移到门口的银灰色轿车上。那里停过牛车、马车、四轮车、三马子，没停过轿车。轿车不是什么稀罕物了，但整个村庄只有栓子家有。栓子爹在城里干活，从架上摔下来，没等送到医院就断了气，老板赔了三十万。栓子爹下葬不到七天，栓子就买了辆黑色的轿车。吴然的狐朋狗友，吴子宽虽不是都认识，但他清楚，他们和吴然是一样的货色，屁股底下有辆来路正的摩托就算不错了。吴然几时交了这样的朋友？

叔，我真是吴然的朋友啊。刚子又往前挪了挪，似乎他脸上有什么标记，想让吴子宽看得更清楚些。

吴子宽没看他，目光垂耷，继续编筐。

　　刚子围着吴子宽转了一圈，像吴子宽是一只河蚌，他寻找着撬开吴子宽的缝隙。吴子宽仍不看他。刚子急了，跺了跺脚，我有必要哄你吗？

　　吴子宽抓起一根柳条，不耐烦地，有什么事？你倒是说啊！

　　刚子蹲在吴子宽面前，因他这个动作，吴子宽再次和他对视在一起。然后，刚子把那个消息告知吴子宽。显然担心吴子宽被击昏，刚子做了一个扶护的动作，同时说，叔别急。

　　吴子宽没急，还差点笑出声。

　　吴然杀了人？他盯住刚子，很想在杏脸上捣一拳。

　　刚子迟疑地点点头，不是故意的，失手……

　　吴子宽平静地，杀了几个？

　　刚子叫了声叔，目透惊愕。

　　吴子宽嘲讽的目光罩住刚子，你要救他出来，要我拿钱对不对？没等刚子回答，吴子宽如炮一样炸了，滚！你赶紧滚！滚得远远的！

　　人活在世，难免被骗。与别人不同的是，骗吴子宽的是自己的儿子，而且骗得不轻。吴然欠了债，债主要割他的耳朵；吴然被车撞了，正在医院抢救；吴然打伤了人，对方索要医药费……吴然是导演，而他的狐朋狗友就是他的帮凶。毕竟是自己的儿子，而且，吴然每次"闯祸"或"遭难"，杨红整个人就成了泪缸，哭得吴子宽心慌意乱。哪怕是砸锅卖铁呢，于是，三头黑白花乳牛卖了，六十多只羊进了屠宰厂。发现被骗，吴子宽气得几天吃不下饭。但吴然再次"闯祸"，仍然替他擦屁股。家底就这样被吴然刮光了，吴子宽和杨红成为全村的笑柄。吴然不只骗吴子宽和杨红，还骗他的姐姐，当然，她不像吴子宽那么容易上当。年初，吴然在县城寻了营生，没再耍什么幺蛾子。吴子宽以为吴然改邪归正，没料又搞这么一出。这次玩得更狠，杀了人。这个叫刚子的肯定是吴然雇的，吴子宽怎么会给他好脸色？

叔，你这是……刚子往后退退，却没滚。

吴子宽抓着柳条，做了个抽打的动作，隔得远，没抽到刚子。柳条落下去的地方，一绺尘土浮起，炊烟似的拖着长长的尾巴。

我只是告知你，没让你拿钱，吴然是我朋友，我会想办法救他，一切包在我身上。刚子说得极快，仿佛担心吴子宽跳起来缝住他的嘴。你别急，有什么消息，我会第一时间通知你。刚子斜着身子往门口走，极慢，似乎等待吴子宽叫住他，又似乎吴子宽是什么怪物，他想研究一番却无从下手。

声音远去，吴子宽铁青的脸松弛下来。或许是绷得过久，竟有些疼，像被抽了耳光。他没上当，这个叫刚子的家伙被他赶跑了，但吴子宽仍然难受。他再无编筐的兴致，两手撑地，身往后斜，半仰着。七月的阳光渐渐变烫，他的心却阵阵发冷。本是平静的一天，杨红搭车去镇上赶交流会，他留在家里编筐。如今自个儿编筐的人不多了，但吴子宽还是自己编。包括扫帚也是自己绑。能省一个省一个，而且他享受那个过程。日子不如意，仍要过下去。儿子不肖，但吴子宽仍盼着他平平顺顺。甚至在盼望中生发出虚幻的想象，靠着想象的慰藉，夜里能睡个安稳觉。年龄大一些，再成个家，吴然或许就懂事了。浪子可以回头，吴然为什么不能呢？在想象中，吴子宽数次见吴然带着女孩，当然是面相和善的女孩归来。有时，他还会发出笑声。杨红蓉见过，问他笑什么。他不答，那是他的秘密。似乎想象足够多，就会变成现实。

可刚子的到来击碎了吴子宽的梦幻，没有奇迹发生。吴然未能如他想象的那样改变。故伎重演。你个不肖子，吴子宽骂，坐直了，猛抽自己的脸。仿佛吴然在他脸上贴着。一掌又一掌，直到院墙外伸出一颗脑袋，吴子宽骤然停住。彼时，脸涨如包，却不再疼了。他的目光甩过去，人头隐在墙后，那是看笑话的，他清楚。

气已消，至少大半消了，把气连根拔掉，从身体里挤出，是不可能的。第一次被骗，吴子宽气得两天没进食，鼻口长出数个蘑菇样的火疮，上唇外翻，炸裂了般；第二次吴子宽起了满嘴泡，倒是有进食的欲望，但张不开嘴，喝水都得用吸管吸。渐渐地，吴子宽有了免疫力，仍然有气，但来得快去得也快。他已学会自我安慰，知道怎么消气，气死了又能如何？若能让吴然走上正道儿，他死也在所不惜。可他知道可能性渺茫，他的死不会有多少价值。活着，就不能凭由身体变成气球。

吴子宽继续编筐，手指稳当，就像那个叫刚子的不曾出现过。正午时分，日光暴烈，空气烫了许多，吸一口，鼻口和喉咙辣飕飕的。吴子宽移到堂屋，打算接着编。杨红要三点左右回来。她回来前，他要把筐编好。也许他还有时间做饭。他暗自庆幸，还好杨红没在，不然，他没那么容易驱逐那个刚子。每次上当，和杨红大有关系，她一哭闹，他的脑袋就乱，就变成了木偶，被牵着鼻子走。事后，他责备她，护犊须有度，她这样其实是害了吴然。杨红会保证，以后听他的，不再搅混。可"祸事"临头，她依然又哭又嚷，吴然有什么意外，她就不活了。那次，她竟真的把半瓶去痛片倒进嘴里，若不是吴子宽反应快，掐着她的脖子，一粒一粒抠出来，后果难以想象。在她的纠缠和威胁下，吴子宽一次次妥协。其实杨红也是儿子的帮凶。杨红在家，那个叫刚子的家伙恐怕又要得逞，当然，是吴然得逞。本是殷实人家，现在欠了五六万外债，再借，怕是门都敲不开了。这么一想，吴子宽觉得自己赚了，身子轻了许多。她天天赶会才好。杨红是戏痴，以前赶会每天都去，她习惯坐在前面，看到动情处，眼睛就湿。台上人假哭，她是真哭。每次回来，吴子宽一瞅她眼窝，就知道当日的戏是悲还是喜。自日子紧巴，杨红不再天天去了。赶会的人回来手都不空着，衣服、水果或日常用具。两手空空，杨红难为情。她没说，但吴子宽清楚。今年会期过半，杨红第一次去。还是在吴子宽的劝说下去的。她带着吴子宽借来的一百元钱，除了买塑料布，还须买尼龙绳和磨刀石。单去看戏，杨红怕是不肯。若让杨红每天去，那就得想辙儿，什么借口合适呢？吴子宽手上忙活，脑子也不闲着。

然后，他听到了咚咚的脚步，奔跑的声音，是杨红的。吴子宽突然一愣。杨红搭车去，自然该搭车回来。她搭乘的是二愣的三马子，可能年头久了，三马子患了喘息病，半里外都听得见。吴子宽没听到三马子的吼喘，况且，还不到戏散的时候，不会回来的。怎么回事？难道……吴子宽抬起头，杨红已闪进院子。一瞅她双臂的幅度，吴子宽心知不妙。杨红没放慢速度，似乎更快了。吴子宽生怕她摔倒，疾步上前，两人几乎撞在一起。

不得了了呀，杨红的号哭射碎日头，天突然就暗了。

2

再见到刚子是几天后了，吴子宽和杨红在县城的梦缘旅店已住了两天。吴然没玩花样，这次真的杀了人。那个嘴角长痣的公安接待了他们，话从他嘴里说出来，不会有假。给杨红的电话也是他打的。狼真的来了，吴子宽更为震惊和痛心，吴然怎么就杀了人？凶手，这两个字比刀子还锋利，吴子宽感觉周身上下满是血窟窿。他急欲见到吴然，想狠狠抽他几个嘴巴。杨红和他一样急，衣服哭湿了几次。但见吴然没那么容易。判决前，吴然不能和家属见面。当然也没白跑，知道了吴然被关押在什么地方。两人寻见看守所，在门口守了两个下午，日暮，才相互扶着离开。

那个傍晚，两人走过大桥，忽然刮来一阵风。风是热的，像被炒了，夹着噼啪的声响。吴子宽下意识地抓紧杨红，仿佛杨红会被吹倒。杨红被抓疼了，哎呀一声，猛地一甩，吴子宽立时松脱。不知是被杨红甩的缘故还是风太大，吴子宽竟如纸片一样悬离了地面，飞出五六米才踉跄着立住。桥上来来往往，行人和骑自行车的靠近栏杆，中间是轿车和摩托车。一辆摩托在距吴子宽两米处刹住，凶巴巴地骂。吴子宽没听清骂什么，更没敢回应，三步并作两步，蹿到桥栏一侧。杨红吓傻了，半晌才问，你咋了？吴子宽不知自己咋了，突然就轻飘飘的，他没回答，扯了杨红一把，快速走过桥面。

梦缘旅店在车站西街的巷子里，街两侧是一家挨一家的饭馆，拉面馆、削面馆、饺子馆、莜面馆，巷子里多为旅店。吴子宽提议吃过饭再回店里，那样就不用再出来了。杨红说没胃口，吴子宽说没胃口也要吃，饿死啥事也办不成了。杨红便跟在吴子宽身后。待吴子宽感觉不对劲，回过头，杨红果然没跟上来。走啊！吴子宽喊了一嗓子。杨红瞪着吴子宽，在酒幌和灯箱的映照下，她的目光呈现乌紫色，你要吃饺子？吴子宽反问，咋？这两天，除了面条就是烧饼，吴子宽想换换口味。杨红质问，你还有心思吃饺子？吴子宽皱眉，饺子怎么了？饺子也是饭。然后补充，饺子不见得就贵。杨红说，有喜才吃饺子，出了这样的事，你还想着吃饺子？吴子宽说，谁规定的不能吃饺子？你别给自个儿戴嚼子。杨红气呼呼地，要吃你自己吃，我不吃。她使气，吴子宽只得由着她，垂下头说，那就还吃面条吧。杨红面条也不吃了，吴子宽拽了几次，都被她甩开。吴子宽无奈，软着双腿跟在后面。

　　进屋没几分钟，两人又吵起来。不再因为吃饭，尽管吴子宽饥肠辘辘。吴子宽提出明天回村，在县城待着意义不大，住店吃饭都要花钱。杨红不同意，让吴子宽先回，她还想住几天。吴子宽问她住着干什么，她说打听吴然的消息。吴子宽说打听得够清楚了，你还想打听什么？杨红斜着他，清楚？吴然白天吃什么？夜里盖什么？吴子宽一直压抑着火气，在饺子馆门口，不，在大桥上就压着了，这会儿再压制不住，叫，你就是个糊涂蛋！见过护短的，没见过你这么护的，什么时候了，还担心他吃不上饭？杨红没被暴怒的吴子宽吓住，声音也高了，什么时候也是我生养的，娘疼儿，有什么错？吴子宽大叫，你不是错，是蠢！蠢透了！杨红毫不示弱，蠢又咋的，我就要蠢！吴子宽指着杨红，恨恨地说，你自己蠢吧，我可不陪你。杨红哼了一声，爱陪不陪。吴子宽说，钱花完了，只能住到明天中午，再赖着，只能睡大街了。杨红负气道，大街就大街！仿佛回击得不够狠，又补充，住哪儿也不用你管。

敲门声响起，两人立时噤声。吴子宽以为是老板娘，顿了顿，拉开门，看见平头，吴子宽不由愣住。

叔，我是刚子啊，不记得我了？刚子冲吴子宽一笑，又冲杨红点点头，这是婶吧。吴子宽当然记得，先前以为是吴然雇的，现在清楚刚子没诓他。你怎么找到这儿的？吴子宽满眼疑惑。刚子一笑，屁大个县城，找个人还不容易啊。没等吴子宽再言，便从他身边挤进屋。吴子宽向杨红介绍了刚子，杨红焚烧的双眼立马腾漫出水气。

既然是吴然的朋友，又是第一个带消息给他们的人，那么，他知道的定然比他们多。两人争相询问，但刚子没有立即回答，说一时半会儿说不清，你们还没吃饭吧？吴子宽的肚子咕噜了一声，没等他言，杨红抢先说一点儿不饿。刚子说，那怎么行，饭总是要吃的。杨红欲言，刚子已经走到门口，他的神色，他的身影似乎有什么魔力，让人不得不顺从。杨红没再说什么。

刚子的轿车在巷口停着，他拉开车门，做了一个手势。杨红驻步，还要坐车？她扭脸看吴子宽，吴子宽的不安甚于杨红，但没在脸上显露。远就算了，也不怎么饿。他犹豫着说。刚子说，远倒是不远，坐车方便。他是笑着的，目光却比刚才浓硬了。吴子宽推杨红一把，两人先后钻进去。车内空间大，两人隔着老远的距离。谁也不看谁，仿佛互不认识。倒不是怄气，陌生的空间让他们变得小心。

轿车没像吴子宽期望的在某家餐馆前停住，在大街上驶了一段，四个红绿灯后，向北拐去。灯火不像主街那么繁盛了，两侧的店铺有的亮着灯，更多的关了门。几分钟后，灯光越发稀暗，看不到店铺了，路两侧除了树就是树，甚至连树也看不到。杨红往吴子宽这边挪了挪，吴子宽抓住她的手，她手心着了火一样。她一紧张手心就烫。吴子宽想安慰她，却不知说什么合适，而且他心里也有些毛，不知刚子要把他和杨红拉到哪儿。吃顿饭有必要跑这么远？他有些后悔，不该上车的。刚子白称吴然的朋友，可吴子宽对他并不熟悉。不该这么相信他的。心里越发虚了，就想牢牢抓住什么。他手劲突大，杨红"哎哟"一声，吴子宽立即松开，明知故问，咋了？杨红没好气，疼死了！

就快到了，刚子说。

看到隐隐的灯光，吴子宽松了口气，碰碰杨红，杨红缩回手。

店铺开在闹市才对，可这家叫生态园的酒店却远离县城，像一座孤岛。但每一盏灯都比车站街的亮，犹如白昼。吴子宽和杨红跟在刚子身后，一个穿旗袍的女孩将他们引到包间。刚子让吴子宽和杨红随意坐，然后招呼服务员点菜，点完，见吴子宽和杨红仍然站着，叫，坐啊，吴子宽和杨红这才坐了。两人紧挨着，与刚子相对，颇有谈判的架势。只是两人的神色透着局促。刚子瞧出来了，笑一笑，不好意思，让叔和婶跑这么远，主要是这儿清静，菜也做得好。

这一声叔和婶让吴子宽和杨红彻底放松，再瞧，刚子的目光不那么浓硬了，毛茸茸的，像刚冒头的柳芽。吴子宽为刚才的表现害羞，欠一欠身，给你添麻烦了。刚子说，哪里话？我是吴然的朋友，应该的。吴子宽立即咬住刚子的话，正要问你呢。

刚子看看吴子宽，又瞅瞅杨红，顿一顿，再呷口水。仿佛拿不定主意，仿佛那是一颗重磅炸弹，会把吴子宽和杨红炸碎，但话出口，却轻飘飘的，那是个意外。

刚子讲了大致经过，我的儿啊，杨红叫了一声，大声哭出来。吴子宽听清楚了，但不是很明白，还想问刚子些问题，可杨红哭个没完，刚子不停地劝，他寻不见插话的机会。数次碰杨红的脚，杨红根本不理会他的暗示。吴子宽忍不住了，号什么号？杨红停住，停了一两秒，便以更高的声音回击，我难过，还不让哭了？吴子宽骂，这是你哭的地方？要哭回家哭！杨红似乎被吴子宽震住了，不再出声，泪线却没断。刚子说，哭哭也好，不过，不必太担心，吴然是过失伤人，想来不会判得太重，我正在想办法，请你们到这儿，也是想告诉你们一声。

闻言，吴子宽的眼睛睁圆了，<u>丝丝缕缕</u>的东西冒出来。杨红也停止抹泪，脖子伸得长长的，仿佛要把刚子看得更清楚<u>些</u>。刚子说，过失和故意性质不同，在法律上有说法，具体结果我说不好，我不敢打包票，但我保证，会想尽一切办法，你们放心好了。杨红喜得都结巴了，恩……人……救……星……刚子摆手，别这么说，我和吴然是多年的朋友，应该的。正是这个"多年"让吴子宽生疑，吴然的朋友都是些上不得台面的狐朋狗友，再说到县城时间不长，和刚子怎么会是多年朋友？但疑问一闪而过，不管怎样，能帮到吴然就好。吴子宽亦想说些感激的话，见服务员开始上菜，就闭了嘴。

三个人，刚子点了八个菜，四荤四素。单那条金毛狮子鱼就够吴子宽和杨红吃了。吴子宽哎呀着，钱不是这么个花法，这要多糟蹋呢。杨红附和，是呀，一盘饺子就够了，他只想吃个饺子。本来点了烙饼，刚子闻言，又让服务员上盘饺子。吴子宽没拦住，狠狠瞪杨红一眼，杨红委屈地，我就是说说。刚子笑道，别客气，第一次请叔和婶吃饭，怎么也得像样点儿。吴子宽说，我们不把你当外人，你也别把我俩当外人，杨红附和，是呀是呀，你的钱也不是大风刮来的。刚子说，反正点了，叔和婶多吃。

或许是有了刚子的保证，杨红胃口大开。她饭量一向比吴子宽好，也不挑食，吴子宽曾奚落，喂猪食也能吃两大碗，她前世就是头猪。这两天没怎么吃东西，这一顿把前两日的全补上了。杨红吃得少，吴子宽担心，看她当着他人的面猛塞，又有些难为情。他冲刚子解释，刚子说，婶子没把我当外人，这就对了。叔，你也吃啊。吴子宽说，好好。

　　吴子宽也并不是不好意思放开吃，而是揣了心事。刚子答应想办法，并不意味着一切顺利。想办法要花钱，刚子和吴然再好，也不可能掏这个钱。他发愁的是这个，不知得多少钱。他等待刚子说出来，但直到吃喝完毕，刚子把他和杨红送回旅店，也没提。

　　　　3

　　吴子宽和杨红又住了两天，不是梦缘旅店，而是位于县城中心地带的大象宾馆，上下都坐电梯，自然是刚子安排的。羊毛出在羊身上，吴子宽是懂得的，所以不大情愿，再好的宾馆也不如自家舒服，但没拗过刚子。刚子虽是商量的口吻，但架势不容置疑。他没绑架吴子宽，但在吴子宽内心，那和绑架没什么区别。面对刚子的盛情和好意，不配合就显得不通人情、不知好歹了。况且，杨红不愿回去，吴子宽尚未开口，她就抢着表了态。她是能代表他的，在家庭大事上，基本是她说了算，他虽不赞成，但经不住她一哭二闹。那就听婶的，刚子就势拍板。杨红不无得意地瞟着吴子宽，吴子宽怎会读不懂她的眼神？他心里火气直蹿，但有天大的气，也不能当刚子面发作，他努力压着，嘴巴都歪了。

　　刚子并未如吴子宽期待的那样跑跑公安局、去看守所探看吴然，杨红倒是直言不讳地提了，但刚子说必须听他安排，他已经找了人，正有序进行。他们用不着出面，出面不但无济于事，反而添乱，一切包在他身上，什么时候需要他们，让他们做什么，他会告知。一句话塞住了吴子宽和杨红的嘴巴。

也未让两人在宾馆干等，刚子带他们逛了周边的景点，那又是一笔人情债，吴子宽一再说不用了，这次杨红和吴子宽站在了一起，说开了房间不住，跑出去花油钱，实在是不划算。但刚子不由分说，吴子宽和杨红也只能跟在身后。

景点实在没什么意思。一片大淖，几只野鸭，就称天鹅湖，也就哄哄外地人，骗骗吃皇粮的城里人。把草滩围起来，盖几个蒙古包，就敢称塞外山庄，明摆着是糊弄人的，但就是有人乐意上当。刚子让两人骑骑马，吴子宽摇头。他养过马，一匹纯红色骒马。说是马，但更像他另一个女儿。马得病死了，他伤透了心，半个多月眼圈都是红的。他再没养过，甚至不愿意靠近任何一匹马。但这些没法和刚子说，他边摇头边往后撤。刚子让杨红骑，说这些马都是驯好的，老实得不能再老实，大可放心，钱已经付了。杨红问，不骑钱能退吗？刚子笑说，退不了。杨红说，若是这样，那就不能白花。吴子宽想拦，没等他上前，拉马的已经靠过来。他眼睁睁地看着笨重的杨红骑上去，一惊一乍的。吴子宽气青了脸，暗骂，摔下来才好！马匹远去，吴子宽又为自己的诅咒不安，目光拽得长长的。刚子走近他，说，别担心，摔不了的。吴子宽"啊"了一声，用浅笑作为回答。

另一处景点在坝上与坝下交界处，不同于平坦的草原，两侧皆为山丘，中间是潺潺溪流，山上是郁郁葱葱的森林，松、柏、白桦，难得一见，也仅此而已。初看新奇，一会儿没了意思。倒是景区向游客兜售东西的女人牢牢粘住了吴子宽的目光。她们有的卖蘑菇，有的卖蕨菜，有的卖用干枝梅编的花环，有的卖奇形怪状的石头。无疑，这些是她们从山上采捡的。这倒是个挣钱的法子，他想，但想及吴然所犯的事，揣量所需要的钱，他又极度沮丧。刚子不让他多想，作为父亲，怎么能不想、怎么能开心呢？就是天上的仙景，也提不起兴致。盛情难拂，强打精神罢了。

那天晚上，吃过盛宴——依吴子宽的标准，每一餐都是盛宴，刚子把吴子宽和杨红送至电梯口，吴子宽说，明天一早我俩就回去了，你不用过来了。他琢磨了一整天，什么时候说，怎么说，在心里反复演练。不是和刚子商量，是告知他的决定。他说得极快，没待刚子开口，没待杨红插话，他接着说，我俩回去，你安心忙吴然的事。刚子说，那也好，别挤班车了，我送你们回去。吴子宽急忙摆手，用不着，方便得很。刚子说，别争了，就这么定了，明早一起吃饭。电梯开了，吴子宽拽着杨红闪进去。可能是吴子宽动作猛了，杨红说她有些头晕。我长着脚呢，用你拽啊，杨红捂着头，声音不悦。吴子宽说，我怕你让电梯咬了。

进了房间，杨红仍然捂着。吴子宽问，还晕？先躺一会儿。杨红没言语，也没躺。吴子宽明白她有话要说，果然，几分钟后，她憋不住了，说，要是能见见吴然就好了。吴子

宽立即斩断她的念头，甭说不能见了，能见也不见，忘了刚
子咋说的？见面只能添乱，见面重要，还是救他出来重要，
你拎不清？杨红迟疑着，我就是——吴子宽严肃地，甭就是
了，听人家的，你赶紧收拾东西，天亮咱就去车站。杨红
问，刚子不是说一块吃饭吗？吴子宽没好气，你还麻烦得人
家不够？杨红说，你刚才说听他的，是他说要一起吃饭的，
不打招呼就走，他会不会不高兴？吴子宽哼了一声，你几时
变得这么乖？杨红说，他是吴然的朋友，是咱的救星，不听
他的听谁的？吴子宽没和杨红争执，只要不赖在县城，就由
着她好了。

　　次日吃过早饭，刚子卅看他的银灰色轿车将吴子觉和
杨红送到院门口。刚子反复叮嘱，让两人在家里耐心等消
息，案子一时半会儿结不了，可能得数月，甚至一年，但不
管多久，终有结果，请律师什么的，均由他安排，如有人询
问，就说什么都不知道。确实，吴子宽和杨红一无所知，想
说也不可能。他们能说的就是对刚子的感谢话，尤其杨红，
言语甜腻，颠三倒四，吴子宽有些羞，脸上都挂不住了。吴
子宽没那么失态，在感激之外，他揣着忧虑。那是压在心上
的巨石，掀不掉。吴子宽等刚子开口，刚子总要摊牌的，他
搭上时间，搭上精力，还能把钱搭上？吴子宽知那不会是小
数目，他有自己的打算，想让刚子说清楚，如果能筹齐，就
由刚子去，怎么找人，怎么花，都由他。若难以承受，那就
算了，该怎么判怎么判。还能怎么办呢？他心疼儿子，也只

能在心里疼。谁知刚子请他们吃喝，带他们玩耍，就是不开口。吴子宽不知刚子的葫芦装的什么药。

　　吴子宽以为刚子送他们回来，会说的，但仍然没有。刚子掉头离去时，吴子宽忍不住了，快步蹿上前，挥舞着胳膊。刚子停住，摇下车窗，叔有啥事？他笑意十足，但目光浓硬，又如吴子宽初见那般。吴子宽不由迟疑，说不清为什么这目光，这恩人的目光让他不适。刚子再问，吴子宽压低声音，小心翼翼地，仿佛那是易碎的器皿。刚子像是早有预料，毫不意外，淡淡一笑，这个没法预算，我给不了叔具体数目。吴子宽双眉垂耷，就怕我凑不起啊。刚子说，有我呢。吴子宽听清了，在炽白的阳光下，那三个字犹如彩色的石球，弹跳碰撞。但因为真切，吴子宽更愣了。刚子拍拍吴子宽扒在车窗的手，再次说，叔放心，一切有我，如需叔做什么，我会告知。

　　轿车远去，那彩色的石球仍在弹响。吴子宽一动不动，仿佛那声响有魔力，将他定住了，直到杨红推他一把。他转看杨红，杨红的脸也染了彩，五颜六色的。吴子宽的眼睛陡地瞪大，过于突然，也可能是大得夸张，杨红后退一步，惊问，你咋像见了鬼？吴子宽伸出手，试图抹杨红的脸，被杨红一把打开。中邪了？杨红又问，彩色褪去，杨红的脸恢复如初。她双脸褐红、粗糙，像过火的大饼。吴子宽掩饰道，你变得好看了。杨红骂，老没正经的，问他和刚子说什么了。吴子宽一面往院里走一面说，我让他慢点开。杨红说，我看你鬼鬼祟祟的。吴子宽没好气，鬼你个头！

晚上，杨红给吴子宽搓了一屉又细又长的莜面鱼，汤里是土豆条、芥菜叶。端上桌时，杨红说大鱼大肉倒是好，就是太腻了，天天吃非把人吃坏不可，我就知道你馋莜面了。她面带得意，显然心情甚好。其实，从饭食上也看得出来。只有高兴时，她才搓又细又长的面鱼。心情一般，只搓大板鱼，再差就推猫耳朵，极不痛快，吴子宽只能吃到面疙瘩。火候再差些，半生不熟，粘牙，都没法咬。而细鱼子，吴子宽吃得也快，用杨红的话，就是个馋猴。但那晚，吴子宽没像以往那样风卷残云，虽不是味同嚼蜡，但没滋没味的，若不是怕杨红扫兴，他早就丢下筷子。杨红斜着他，咋？饭馆下出瘾了？吴子宽说，莜面也要慢慢嚼，快了吃不出味儿。杨红说，我还以为你挑剔了。

入夜，杨红脱到一半便停住，让吴子宽挠挠背。吴子宽有一搭没一搭地，胡乱挠了几下。杨红磨磨蹭蹭的，不知手不听使唤了，还是用不上力气，一粒扣子解了半天。然又突然忘了解扣子的目的，傻怔傻怔的。眼倒是眨得欢，仿佛鲜鱼在跳。吴子宽心领神会，这娘儿们有想法了。就如她做饭论心情一样，逢喜事总要庆祝一番。那是他们的节日，没有鞭炮燃响，甩几个汗滴就够了。但吴子宽没有进一步动作，杨红没激起他的欲望，反让他的心更加沉重。鲜鱼蹦跳了一会儿，终于僵硬。杨红钻进被窝，背转身。

吴子宽在炕沿上吊了一会儿，重重叹口气。杨红翻转过来，问他怎么了。吴子宽说没什么。杨红说那你叹个啥气。吴子宽这才意识到自己叹气了，问，我叹了？杨红说，你真像撞了鬼！两眼抹黑也没见你愁成这样，现在有刚子帮忙，你倒耷拉颗苦头，你啥意思？刚子捞人，你不痛快？吴然不是你亲生的？吴子宽说，我没说不痛快。杨红追问，那你是咋了？吴子宽想开玩笑，猛吃一顿夜面，塞住了。杨红噌地坐起，怨怒中带了几分惊疑，你是不是有啥瞒着我？吴子宽说，没有啊。杨红盯着吴子宽，肯定有，你这副德行，我一瞧就知道。吴子宽苦笑，不相信，钻我肚里自个儿瞧去。杨红的双眼已有水气在冒，刚子变卦了？好端端的，怎么就变卦了？吴子宽眼见号啕来临，赶紧说，没变卦，他答应得好好的。杨红半信半疑，没变？吴子宽说，不信，你给他打电话，反正你留了号。杨红松了口气，五官扭了几扭，几滴泪滚落，但没有出声。没变卦就好，她抚着胸口说，他是吴然的朋友，不会变卦的，那你怎么还苦着头？

某些想法或疑虑，吴子宽不愿和杨红说，因为她不但帮不上忙，往往添乱。杨红不停地追问，吴子宽只好说，我心里不踏实，刚子自称是吴然的朋友，可你我从未见过他。杨红松弛下来，吴然的朋友多了去了，都让你见？你算老几？吴子宽说，我自然不都认识，见过那些，都是鸡鸣狗盗、小门小户的，这个刚子看上去就不一般，他会是吴然的朋友？杨红来气，你就没给吴然念过好，他只配和烂人交往，遇上个体面的，你是横竖不痛快。吴子宽说，我没不痛快，就是不踏实。杨红反问，他要不是吴然的朋友，干吗要救吴然？这几天你也看见了，他对咱多好。吴子宽问，你不觉得过于热情了吗？杨红更加来气，对你好也错了？你脑袋是不是让驴踢了？半夜不睡觉，假装司马懿。你睡不睡？我拉灯了！没等吴子宽回应，屋子陷入黑暗。

　　杨红不再穷追，吴子宽却憋不住了，说，你这娘儿们，头脑简单，别人说一你就是一，就算他是吴然的朋友，减刑捞人都要花钱，这不是一笔小钱，钱从哪儿来？灯再次亮了，杨红坐起，披了衣服，面色有些白。刚子和你要了？她的声音像秋日瓦片上的蒿草，枯萎、抖瑟，多……少？吴子宽没言。杨红拧他一把，你倒是说话呀！吴子宽说，他说有他呢，让我放心。杨红喜气迸溅，蒿草突然间冒出绿芽，真的？随后双手合十，老天爷，咱可遇上好心人了。吴子宽泼冷水，你就不想想，亲兄弟还明算账呢，就算他是吴然的朋友，怎能让人家出钱？人家凭什么给你出钱？他的钱是大风刮来的？杨红怔了半晌，豁出去似的，管他呢，他说帮，自然会帮到底，钱么，慢慢还就是，你我胳膊腿硬邦邦，欠不下他的。吴子宽说，若数目不是一般的大呢？杨红问，你认为会是多少？吴子宽摇头，我怎么知道？杨红说，你猜猜么。吴子宽说，就是猜不出，我才心慌呀。呆了一会儿，杨红说，走一步说一步，刚子要时再说。吴子宽说，咱不能装死猪，先筹借一些吧，有个预备的。这回你也得上阵了。

4

盘算到后半夜，两人才熄灯睡觉。

吴子宽这才发现起风了。七月的风，超出想象的大，树叶哗啦作响，像互扇耳光；屋檐下吊着的咸菜干有几次甩到玻璃上，叮叮当当的；竖在墙角的扁担突然倒了，八成是砸到了猪食槽，声响有些硌牙。杨红咕哝，这破风，片刻便扯起鼾声。她胃口好，睡眠也好，哪怕前脚哭散架，倒头就如猪。吴子宽先前也还好，锄地间隙也能打个盹，后来就不行了。追溯起来，自二女儿吴静离去，他的脑袋就被钉了楔子，变得比杨红还爱哭。不同的是，他常常躺在树林，躲在角落，躲在被窝，偷偷抹泪。吴静年仅八岁，还是个花骨朵。她常常头疼，村里的医生，镇卫生院都看了，说是没啥大毛病。后来疼得厉害，带她去市里检查，路上就昏迷了。血管先天畸形，已经破裂，她未醒过来。悲伤、自责，吴子宽几乎被击垮，胯间塞了风似的，走路来回飘摆，半年多才停止晃荡，眼睛也不再红得吓人，脑里的楔子却未消失。

再后来，吴然出生了。尚未懂事，他便有了"特权"。从吃到穿，从白天到黑夜，对两个孩子的爱浓缩到吴然一个人身上。吴然要什么，两人不惜一切代价。吴然有个头疼脑热，夫妻俩彻夜守着。吴然是他们的宝，两人小心翼翼，生怕这个宝磕着跌着摔着碰着累着。村里人都说两人养的不是儿，是皇帝，吴子宽亦明白这么娇惯对吴然的成长并不好，怎奈每欲呵斥，那小脸便变得厉害，加之杨红拦护，他便忍住，待他下狠心管教，已经抓不住吴然的笼头。吴然成为凶手，吴子宽和杨红有不可推卸的责任。说帮凶也不为过。夜风呜咽，吴子宽心上的石块在砸落，击起另一种刺耳的声响。他使劲压着胸口，把自己缩成一团。

救救我！

吴子宽刚有一丝睡意，眼皮尚未彻底合住，突然被惊醒。那是吴然的声音，来自墙角。吴子宽迅速仄起，暗想，难道吴然逃出来了？他屏息凝视，直到柜、桌、电视的轮廓在黑暗中浮出。

只能靠刚子了，我可没那个本事，放心，我会使出宰牛的劲儿。仿佛吴然在角落蹲着，躺下去的时候，吴子宽悄语。

次日一早，吴子宽推醒杨红，让她给大女儿吴安打电话。杨红哈欠连天地，咋也得吃了饭吧。吴子宽没好气，一会儿上班了，咋接电话？杨红嘟囔，小事不能接，咱是大事，接又咋的？吴子宽猛地撩起她的被子，几乎是恶狠狠地，你睡傻了还是咋的？杨红赤裸着坐起，吴子宽将手机塞给她。手机是吴安买的，又大又重，但摁键方便。吴安给他们买的第一部手机小巧轻便，不到两月，被吴然要了去。他的手机不知摔烂了还是喝醉酒弄丢了。他从来不解释。吴安后买的这部非常皮实，用了几年，没出过故障。

打通了，但响了一声，杨红就挂了。吴子宽瞪着她，咋挂了？杨红边穿裤子边说，吴安会打过来。吴子宽的火再次冒出，什么时候了，你还算计电话费？杨红白他，吴安让这么打的，她打比咱打省不少，误不了的。果然，说话的工夫，手机响了。杨红快速抓起，还未接听，便叫了声闺女。吴子宽气笑了，暗骂，昏头的娘儿们。

闺女呀，听见了吗？杨红声音极大。还没上班吧？那就好。

吴安与丈夫在深圳一家玩具厂打工，一对儿女由公婆带着，每年只在春节回来几天。钱倒不少挣，但花销也不小。除了租房、吃喝，所剩无多。那不多的钱除了儿女的生活费用、接济公婆，其余大半被吴子宽借了。说是救急，其实都糟蹋了。每每想到吴安的血汗钱塞了无底洞，他就愧得慌。现在，真的要用钱救急，吴子宽反张不开嘴。也正因此，他让杨红出马。

当然有事，你弟弟杀了人……闺女，妈没瞎说，这次是真的……你咋这么说，还是不是我养的？别挂！

杨红喂喂几声，抬起头，气呼呼地，她不相信，说一大早就拿吴然的鬼话烦她，以前不这样，咋就有了脾气？杨红的头脸涨红，被烤了似的。

吴子宽说，也难怪。甭说吴安不信，若不是公安亲口讲，他又怎么会相信呢？吴然自导自演的那一出出荒唐剧，伤的何止是他和杨红？

杨红问，咋办？还打不打？

吴子宽发狠地，打！想借钱就得打！

杨红说，要不你试试？

吴子宽说，还是你打吧。

杨红再拨，响了几声，断了。再拨，提示对方已关机。杨红将手机摔在褥子上，骂，这个没良心的。

吴子宽也没料到吴安会关机。他倒没像杨红那么生气，说，手心手背都是肉，你得替她着想。

杨红说，她好好的，替她想啥？

吴子宽叹口气，还是我来吧。

杨红说，打给女婿，不信他也挂断

吴子宽说，斗什么气？人家也不欠你。

杨红说，我就是——

吴子宽不耐烦地，不早了，别嘟囔了，你还光着屁股呢。

杨红这才将穿了半截的裤子拽上，说，我都气糊涂了。

吴子宽没有马上拨，即使吴安开机，这会儿也夹带着情绪，不好讲的。再一个，他怕影响吴安上班。是他性急了，本该让杨红晚上打。这一整天，吴安怕都不会痛快。

吃过饭，吴子宽让杨红去娘家那边走走，如有必要，住几天也可。这里距她娘家所在的西庄也就五六里，一天可以打几个来回。距离虽短，与他们生活的村庄却属于两个不同的省份。只要能借出来，什么条件咱都答应，吴子宽叮嘱，使出你所有的本事。杨红说，我有啥本事，除了哭，不会别的。吴子宽说，那你就狠狠哭，别关键时候连沙子都揉不出来。杨红咕哝，又不由我，这眼泪也怪了，你不让哭，倒没个完，正让它流，咋也不出。吴子宽重声道，这就是你的问题。杨红不悦，我又不是故意的，怎么能怪我？吴子宽说，是呀，你没一样是故意的，所有的事都坏在你不是故意上。杨红正洗碗，闻言将碗丢进锅里，你总是怪我，嫌我坏事，你自己去！吴子宽没像往常那样说软话，气咻咻地，火烧屁股了，你还使性子！杨红回击，是你故意找碴儿，我不去，你还能把我绑了去？你能耐大，你借去呀！吴子宽压着一蹿一蹿的火，我没长三头六臂，你倒是去不去？杨红铿铿有力地，不去！你能把我怎么着！吴子宽咬牙道，你不顾你儿子死活，我他妈也不管了。杨红瞬间就被电击了，战栗着，绷着的脸哗啦裂开，若不是扶着门，就散碎在地上。一大早你就嚷嚷，还让人活不了？杨红声调变样，眼睛潮湿。吴子宽再熟悉不过，清楚接下来会发生什么。他夸张地挥舞一下胳膊，像驱赶突然袭来的毒蜂，等等！杨红吓了一跳。吴子宽盯着她的眼睛，别流！你节省点儿，一会儿还要派用场呢。杨红幽怨道，谁答应你去了？这么说着，她却缩拽着眼睑，硬生生把试图摔落的泪珠挤回，有两滴已经挂在睫毛，再无缩回的可能，她抹了抹，小心翼翼地攥了手，仿佛那是稀世珍宝，可以换回一切。

　　杨红前脚走，吴子宽后脚离开家。灾祸来临——真正的灾祸，他当然不会只靠杨红。杨红有杨红的任务，他有他的使命。

出了村庄，穿过没有围墙的场院，茂密的杨树林，便是被林带割成块状的田野。奇特的香味扑到鼻口，吴子宽深深吸了口气。他掠掠田野，没看到人影，便往地畔的帐篷走去。刚到那儿，乔库从帐篷钻出来。乔库愣了愣，继而佯装吃惊，你真稀罕。吴子宽尴尬地笑笑，老远就闻到了，真香啊。乔库说，再有几天就熟了，比这还香。吴子宽附和，那是，整个村儿都闻得见，都说你的香瓜是自然熟，是真正的香瓜。乔库说，我不用这个剂那个剂的，那是坑人呢。吴子宽说，难怪你的香瓜一到集上就被抢了。乔库说，没那么玄乎，有时也卖不动。

两人立在帐篷外说了三五分钟，乔库哎呀一声，我得干活去了。话音没落，已走出好几步。吴子宽被晾在那儿，像个木头橛子。他一定知道我的来意，吴子宽想，根本没必要张嘴，这是自讨没趣。吴子宽脸火辣辣的，定了儿分钟，又硬着头皮跟上去。

乔库是吴子宽的两姨哥，天生不安分。酿过酒，开过店，什么都没弄成，后来回村种香瓜。村里人都说，这和酿酒开店一样，胡折腾，吴子宽和乔库的过节就是从这儿开始的。乔库向他借钱，被他拒了。那时吴子宽手头还宽裕。乔库跑了三趟，让吴子宽好歹借他几百，吴子宽说我不是不借，借你等于害你。乔库再未登门，不知从哪儿挪借的，而他竟然种成了，那年的七八月，天空的飞鸟都比往常多。待吴子宽四处借钱时，乔库已经成了村里的富户，听说悄悄放贷了。吴子宽没向乔库张过嘴，现在，实在是没路了。

乔库自是听到身后的声音，但他没回头。走到地头另一端，解了裤子撒尿。黄蒿、杂草不堪尿液的冲击，东倒西歪的。吴子宽静静地立着，感觉自己和蒿草没什么区别，混浊的尿液在他脸上飞溅。他没有丝毫屈辱，乔库若能借钱，甭说尿一泡，尿三泡他也挨着。

呀，我还以为你走了呢，乔库动作夸张地提裤子，脸上隐着嘲讽。吴子宽笑笑，有个……事，实在是……乔库说，讲嘛。吴子宽说，吴然失手……杀了人。乔库同情地，我听说了，娃是个好娃，生生让你们惯坏了。吴子宽声音越发小了，也不知咋判。乔库问，我能帮上啥？公安法官，我一个不认识。吴子宽说，吴然的朋友在跑，我想借几个钱。乔库没吱声，定定地看着吴子宽，像是没听明白，借几个钱？吴子宽点点头，阳光斧子般削着脸颊。乔库慢腾腾地，我不是不借，借你等于害你，杀人偿命，天经地义，吴然的朋友能救他出来？明摆着忽悠，你也信？吴子宽说，失手和故意，性质不同。乔库说，就算可以，那得一大笔钱呢。吴子宽乞求，帮帮我吧，借也行，贷也行，只要……他往前一步，想离乔库再近些，没料脚底一软，栽倒了。

5

二十多天，吴子宽筹借了三万五千块钱。大头儿自然是吴安出的，她先汇了一万五，隔了两天，又汇过来五千。这两万块钱不知要做多少个玩具才能挣回。上班期间不能随便去厕所，白天不敢喝水，渴得厉害就抿抿嘴，夜里猛补。因喝水多而睡不好觉，吴安两口子都是黑眼圈。吴子宽自然心疼吴安，每次张嘴，都感觉腮帮子夹了刀片，但准备好的话，从未有一个字落下。乔库挖苦了好一阵子，但还是掏了一千给他。吴子宽打算付他利息，二分三分都可以。另外的钱，多是杨红从娘家那边借的，这个姨一千，那个舅八百。杨红的舅姥姥，九十高龄了，眼神儿不好，掉一粒豌豆在地上摸索半天，听说杨红救儿子，硬是塞给杨红三百。最大的一张五十，其余都是二十元十元五元，不知藏了多久，闻着都有味儿了。她的另一个亲戚得了不治之症，没几天活头了，仍让女人拿了一百给杨红。想借给你，根本用不着哭；不借你，哭也没用。杨红如是对吴子宽说。她每天来来回回，精心准备的眼泪多半没派上用场。

指望这三万五救吴然显然不可能，但吴子宽和杨红已尽了全力，肠肠肚肚的油水都挤出来了，把脑袋割了，也难让那个数字增加。其间，吴子宽给刚子打过一次电话，刚子让他安心等消息。筹到那笔钱后，吴子宽去了趟县城，空手去的。刚子说已经找好了律师，从北京找的，绝对厉害。吴子宽既喜又忧，北京的律师厉害，费用自然也厉害。那笔钱太可怜了，吴子宽没敢提，只是问自己能帮上啥，刚子仍是那句话，有我呢，需要叔出面，我会告知。刚子没让吴子宽多待，当天就打发人把吴子宽送回村。几日后，公安上门问了吴子宽和杨红一些问题。刚子叮嘱过，两人没乱说，一问三不知。对吴然在县城的情况及案发前后的事情，吴子宽确实不知情，杨红更什么也不知道，所以，即使刚子不叮嘱，公安从吴子宽和杨红嘴里也挖不出什么东西。

九月初，已是黄昏时分，刚子来了一趟。说公安调查取证快结束了，他请的律师已和吴然见了面，开庭估计得十月份了。刚子让两人耐心等待，勿急勿躁，一切有他。他过来就是怕他们着急，不比别的，这得一步步来，吴子宽问律师透露什么没有，比如刑期，律师该有个估计的。刚子摇头，说律师不好讲的，这要看检方怎么指控，死者家属什么态度。吴子宽心一沉，家属肯定盼他死吧。刚子说，那不一定，如果私下达成协议，判决就没那么重了。吴子宽眼睛突然通了电，当真？忽又暗下去，他底儿虚啊。刚子说，我正在和死者的家属接触，也寻了人从中说和……杨红忙着烧水、冲茶，捡拾着两人的片言只语，她端了茶杯进屋，恰闻此言，打断刚子，他们怎么说？吴子宽狠狠瞪杨红一眼，但杨红毫不在意，紧紧盯着刚子。刚子轻轻一笑，达成协议的可能当然是有的，就看怎么谈，这个叔和婶也不用操心。杨红说，谢天谢地！

嘴巴和人情是达不成协议的，最终还得靠钱说话。吴子宽没像杨红那么欣喜若狂，脸色反变得难看。刚子察觉，问，叔担心什么？吴子宽有些吃力，一条人命，那得多少钱呢？刚子说，正在探对方的底儿，叔不必发愁，钱是人挣的，我会想办法，只要能救吴然，我不惜一切。刚子声音略略提高。杨红说，能交你这样的朋友，实在是吴然的造化，你是我们全家的救星。刚子说，婶别这么说，我和吴然亲如兄弟，应该的。杨红说，我和你叔本该出大力，可没啥本事，不知咋帮你。刚子说，有我呢。杨红说，也不能全靠你，我们没多少，只凑了三万五。

吴子宽没言语，不是没话说，而是脑袋有些不够用。他说不出的窒息，像整个人被碌碡碾压住。刚子所言并未让吴子宽轻松，反令他发蒙。一条人命的钱，刚子自己想办法？不让他和杨红操心？甭说好朋友，就是亲兄弟也难以让人相信。但刚子近乎保证的语气让人不得不信。因为听得真切，吴子宽更加困惑。杨红哪想这个？她以为刚子是吴然的朋友，这么做就是天经地义。欠了债欠了情，欠了什么都要还。问题是拿什么还？这娘儿们的脑子实在是太简单了。

刚子的目光在杨红和吴子宽脸上来回跳了跳，然后说，我凑就是了。杨红说，那怎么行？她打开锁，从柜里拿出装钱的书包。书包是吴然用过的，不到一年他就退学了，书包跟新的一样。都在这里，你先拿上，杨红说。刚子往外推了推，现在用不着，如有需要，我来取就是。杨红又一推，省得跑一趟，快拿上！她沉了脸，使出在吴子宽面前常使的霸蛮，你不拿，今儿甭出这个门儿。刚子哎呀了一声，那我先拿上。杨红因刚子的妥协而面带得意，这就对了。刚子冲吴子宽笑笑，叔甭愁，像婶这样就对了，天塌不下来。吴子宽终于想起该说什么，正要张嘴，刚子起身，天不早了，我得走了。

送走刚子，两人返身进屋，杨红白了吴子宽一眼，你脸阴得都能拧出水了，给谁看呢？吴子宽说，你不该给他拿钱。杨红不解，你就是为了这个？咱借钱不就是为救吴然吗？拿给刚子有错了？你啥意思？面对杨红连珠炮似的反问，吴子宽的脸更加难看，像吃撑了，那东西不但胀满了肚子，连喉咙也塞住了，半个音儿也挤不出来。他不担心被骗，如杨红所言，凑钱就是给刚子用来救人的，而且，他为这个数目的可怜而害羞；也不是因为杨红抢在他前面把钱给了刚子，她就这样，总想显摆，在这个家里她说了算，事实也确如此，他习惯了，若为此计较，不知吵多少架呢。那是为啥？吴子宽也在问自己，他说不清楚。

你倒是说呀，怎么哑了？杨红没因吴子宽的沉默而罢休，刨根问底。不是故意吵架，她心情不错，就是觉得奇怪，吴子宽突然间换了个人。拿就拿了，终于，吴子宽喘上气，有什么好说的？杨红却不买账，什么叫拿就拿了？好像我做错了。吴子宽说，没做错，早给了他也好。杨红反问，那你还耷拉个脸，抽哪门子风？像是陷入泥潭，吴子宽感觉自己在扑腾，怎么也站不稳，钱太少了，根本起不了作用。
杨红说，少总比没有强。吴子宽说，一条人命，你算算。杨
红僵住，顿了顿说，我算不出来，反正有刚子，他那样子，
像是大包大揽了。似乎直到此时，吴子宽的喉咙才彻底通
畅，声音不再暗哑，有着山石从高空陷落的轰响，你这个娘
儿们呀，当真是猪脑子？杨红傻看着他，咋？吴子宽说，若
说千儿八百也就罢了，一条人命咋说也得几十万吧，凭什么
让人家大包大揽？他又为什么大包大揽？杨红似乎从未想
过，或者，她不愿去想，被吴子宽摁着头，她不得不面对，
却仍用装傻的方式，是他说一切有他。但底气没那么足了，
脸也缩小了一圈。吴子宽的目光变硬，箍起笼子，将杨红牢
牢关在中间。你说凭什么？吴子宽又问一遍。杨红说，他是
吴然的朋友呀。吴子宽冷笑，就算是，那得什么交情的朋友
才……亲兄弟也难做到。杨红说，也许吴然救过他的命，要
不就是救过他家人的命，他是有良心的，所以上心。

　　吴子宽一愣，他没朝这方面想。杨红见自己的话起效
了，接着说，你整天数落吴然，嫌他这个怪他那个，别忘
了人各有长处，电视里的韦小宝啥也不会，比咱吴然差远
了，可运气好，救了皇帝的命，娶了几房老婆。吴然能交到
刚子这样的朋友，救过他也没准儿呢。一条命值多少钱？你
不是会算吗？你算算！良久，吴子宽摇摇头，他觉得不大可
能。如果那样，刚子该说的。吴子宽说，你是大白天做梦，
想得美。杨红说，说来说去，你是不相信自己的儿子。吴子

宽说，他多大出息，我心里清楚，别扯电视上那些，都是假的。杨红说，不管咋说，刚子全心救吴然，咱不能怀疑人家，心让狼叼了似的。杨红的责备让吴子宽羞惭，可疑团一个接一个，轰隆作响，他无视也难呀。杨红说，没有刚子，那是两眼黑，甭说救吴然了，见他一面都难，就是刚子骗咱，咱也认了，由他折腾，别乱想了。往常遇事，都是吴子宽做杨红工作，现在倒由杨红开导他，吴子宽越发不舒服。但不可否认，杨红说的还是有些道理。既然他帮不上忙，那就只好等刚子的消息。至于刚子为什么这么卖力，总有一天会知道答案。也许杨红的猜测是对的，刚子为了报答吴然，倾囊相助，只是……他使劲儿摇头，不能让杨红带沟里，不能跟着她做梦。也许刚子会讨要救吴然的所有费用，他也不会赖，五年还不完，十年，十年还不完，二十年。他还不了，还有吴然，吴然不会永远不成器。这么一想，吴子宽的脸不那么阴了，但仍觉被绳子悬着，难以踩到地面，因为两种可能都令他发慌，他不知该盼哪一种，哪一种都不由他。

那一夜出奇的静，没有风，听不到沙石与树叶击打的碎响，连狗也集体沉默了，在暗夜里呼呼大睡。杨红罕见地没有打鼾，吴子宽以为她醒着，问了句话，没回应。他知道她沉在梦乡。在梦里，吴然已经出来了吧。吴子宽早就有了睡意，只是脸颊似乎有风吹拂，凉凉的，痒痒的。外面没风，屋里怎么会有风？况且，门窗紧闭，墙壁也没有缝隙。但那就是风，他确信。肚子也感到凉意了。他蒙了头，风仍在吹拂，而且，更大了，由胸脯向脚底流走。他又将被子撩开，在黑暗中坐起，左右顾盼，风仍在流动，但他捕捉不到。这他妈是怎么回事？难道我脑子出问题了？他想推醒杨红，已经伸出手，碰到她的一刻猛又缩回。她肯定会骂他疯子。

6

开庭在十二月中旬。夜里落了场大雪，清早竟然放晴了。房屋、街道、柴垛、树木、牛马粪被雪覆盖，臃肿了许多。在雪天雪地的白中，喜鹊的黑尾巴不见了，似乎也被染白，变成了鸽子，当然，叽喳声一如从前，那是报喜的声音，别的鸟学不来的。

吴子宽听到了，杨红听到了，来接他俩的刚子也听到了，连说喜兆啊。滴水成冰，一张嘴便有白气蹿出，吴子宽和杨红戴着厚厚的帽子，而刚子仍如夏天那样赤着头，发不长，刚刚盖住头皮。虽说开着车，可出出进进的，难免冻伤耳朵，吴子宽要拿个皮帽给刚子，刚子说用不着。吴子宽听见刚子吸溜了，不冷咋会吸溜，他执意要拿，不就几步地吗？刚子说路上不好走，再晚就来不及了。闻言，吴子宽乖乖上车。

吴子宽和杨红在法庭上见到了他们的儿子。吴然被警察带上来的时候，杨红欲离开座位，被吴子宽拽住。吴然冲这边点点头，杨红的鼻子像断了一样，发出很大的声响。他瘦了，脸上都有坑了，我就知道他吃不饱，杨红鼻音重，每个字都像浸泡过，能拧出大把的水。吴子宽叫她闭嘴，提醒她这可是法庭。但杨红控制不住，不过更压抑了些。不知警察动刑了没，屁股上抽两下没事，可别抽着命根子，他还没娶媳妇呢，杨红嘀咕。吴子宽让她安心听，他想知道的过程和细节在审判时均会提到的，那会比刚子告知他们的详细，还有法官的语气，起诉方的态度。但杨红抓不住重点，这娘儿们来法庭似乎就是为了看儿子，目光始终笼着吴然，不时冒出一句没有任何意义的话。她就像一只失去理智的鸡，吴子宽的耳朵都要被啄烂了。吴子宽不敢呵斥，小声呵斥也不敢，生怕杨红控制不住，号啕出来，那人就丢大了。又不能不应，他尽量温和地提醒她。无奈是对牛弹琴，杨红根本不予理会。吴子宽虚应着杨红，同时防备她乘他不注意跑到吴然跟前，那是有可能的。他的目光逮空落在另一端，揣摩着对方的性格、心思。那是死者的父母，与吴子宽杨红年龄相仿。吴子宽一心多用，而那个夜晚吊在耳侧的风突然又复活了，吹个不停，加之法庭有回音，那些话，法官的，律师的，他都听到了，但没听清。脑袋成了糨糊桶，到最后，他使劲儿捂着脑门，生怕当庭炸裂。审判结束，杨红企图靠近吴然，但没得逞，她被吴子宽紧紧攥着，她打了一下，没打开，这才发现她的棉衣被吴子宽的手指戳出了洞。吴子宽浑然不觉。他想松脱，但怎么也拽不出来，僵硬如铁。杨红以为他故意的，眼见吴然被带了出去，她红着眼睛冲吴子宽嚷，你要掐死我呀？还是刚子帮忙，将吴子宽的手指拽出来。他安慰脸色难看的吴子宽，不用太过担心。吴子宽长吁一口气，总算结束了。回村的路上，吴子宽的脸色也没缓过来，始终青着。

等待判决的日子更漫长，更难熬。吴子宽和杨红不敢出远门，甚至连村庄也不敢离开，除了必要的活计和事情，大半时间守在家里，似乎守着，判决就长了翅膀。他们只有一部手机，以往谁出去谁带着，那些日子，手机像坐月子似的在醒目的位置躺着。即便黑夜，也让手机躺在两人中间。刚子说一有消息就打电话，所以，他们必须寸步不离地守着。

在镇屠宰厂干活的宝柱拎来一套羊下水，吴子宽立刻明白了宝柱的用意。每年冬天，吴子宽都会到屠宰厂做工，自然是宝柱帮忙，吴子宽请宝柱喝顿酒就成。前几日宝柱问吴子宽，吴子宽说走不开，此时又登门，还拎了羊下水，吴子宽就知道屠宰厂缺人手。果然，工钱比往年还高。吴子宽动了心，他可是比谁都需要钱呢。犹豫了一下，还是说过些日子吧。宝柱是个粗人，毫不避讳杨红，说，再等就过年了，还干个屎！吴子宽讲了，宝柱说，我知道，问题是你在家里死等没××用，法官知道你等就会少判？毛驴操母猪，根本不可能！吴子宽说，理是这么个理，可心思乱，咋干活？出了岔子难免连累你。宝柱说，倒也是。

宝柱离开，杨红说牲口宰多了，说话也跟捅刀子似的。吴子宽笑笑，嘴脏，心肠热。杨红说，那倒是。劝吴子宽该去，家里有她守着就行。宝柱的话也对，你等是那么判，不等也是那么判，塌下这么多窟窿，好歹有个进项啊。吴子宽没言，从炕布下取出比手机大不了多少的黑皮本。那是家庭账册，借谁的钱，数目日期，一笔一笔地记着。不是每天看，但隔个三五天就会翻出来，一页一页检阅。当然不是有瘾，也不是怕忘记，而是他摇摇晃晃烦乱不安时，账目就会变成重石，变成锥子，会让他疼痛。他需要疼痛，发作过后会舒服一些。

那天合上黑皮本，吴子宽做出决定。他叮嘱杨红把手机挂在脖子上，杨红说你放心吧，我丢了，手机也丢不了。吴子宽当即寻出在屠宰厂干活常穿的翻毛皮靴，鞋面脏污，已经看不出原来的颜色，一只满是暗红的点子，另一只被黄色的斑覆盖。面相难看，但保暖。杨红问，这就走？吴子宽说，我怕一会儿改了主意。杨红说，那也得吃了饭，稍等，我把下水爆炒了，你给扢筐柴回来。

吴子宽拎了筐出去，银灰色的轿车正好停在门口。吴子宽扔了筐，快步过去。果然是刚子，平头，耐看的扁脸，稀少因而显得珍贵的眉毛，没有一处不透着亲切。刚子背了个包，或许是包带紧拽的缘故，他身子有些歪。吴子宽及时扶住他，刚子笑，我又没七老八十，叔，婶在吗？吴子宽说在呢，刚子立即道，进屋讲！没打电话，我必须亲口告诉你们。

吴然被判了六年。

　　六年？我的个妈呀，出来三十了，还能娶上媳妇吗？杨红声音如棍，眼睛撑圆，眼泪早就准备好了似的，迅速闪出，但显然又吃不准，也可能是吴子宽的瞪视，泪珠挂在眶边，没坠下来。吴子宽恶狠狠地，闭嘴吧，你！这比他预想的轻许多。即便是失手，也是杀人罪呀，哪个朝代都要砍头的。若不是事先和对方达成协议，又从北京请了铁嘴钢牙的律师，六年？做梦去吧。

　　刚子似乎也没料杨红这么着，他笑得不那么自然，目光却是浓硬的，似乎更浓更硬了，这已经相当理想了，你们不知道，这过程有多曲折，六年说快也快，一眨眼的工夫，况且，还有减刑的可能。

　　啊？能减刑？杨红推开挡在她前面的吴子宽，泪珠消失，眼圈还有些红。

　　听刚子说完！吴子宽甚是恼火，杨红嘴贱，还爱抢话，挡都挡不住。

　　杨红没听见一样，目光烤着刚子稀疏眉毛下的眼睛。那可真是太好了，也不知能减几年。

　　吴子宽拽拽她，她距刚子不足一尺，眼看就要上脸了。这娘儿们，说到儿子，就跟疯子一个样儿，什么也不顾了。

　　我问刚子话，你别打岔！杨红很是来气。

　　吴子宽不想当着刚子面吵架，尴尬地笑了笑。他往旁边挪挪，三人呈三角之势。

　　我说的是可能，被判刑的都有这种可能，我说不好，婶，真的说不好，没法保证，那得看他的表现，还有其他因素。刚子说得慢，或是怕某句话长了尾巴，被杨红咬住。

你做得够好了，你是吴家的恩人呢，吴子宽说，他必须表态了。这话早该说的，虽然以前也说过，但尘埃落定，必须正式地道谢，没有杨红搅浑，他早就说了。

刚子说，吴然是我朋友，可别这么说，做什么都是应该的。

吴子宽说，能交你这样的朋友，是吴然的福分。

刚子解释，我尽力了，无罪释放，那实在太难了，若有一丝可能，我也会……

说得吴子宽脸倒发烧了，可别这么说，我们相当知足，相当满意。

刚子笑笑，监狱那边我也会想办法，吴然受不了罪的。

杨红担心地，会挨欺负吗？听说要挨杀威棒呢。

刚子又一笑，婶从哪儿听来的？胡说呢，你别急，有我，放心好了。刚子再一次保证。

杨红哎呀了一声，搓着手，真不知怎么谢你呢。

刚子又笑笑，婶客气了。

吴子宽拽杨红一把，杨红终于退后一步，看着吴子宽，那……我去做饭？

吴子宽也反应过来，看着刚子，还没吃饭吧？今天无论如何，你要吃了饭再走，正好有新鲜的下水，几分钟就好。

杨红附和，对对，我这就炒。

刚子说，饭就不吃了，下次吧。

杨红带了些霸蛮，不行，你不能饿着肚子走。

吴子宽帮腔，哪怕你吃一口呢，不然，我和你婶要难过呢。

刚子说，来日方长，有的是机会，先别忙活，还有一档子事。

吴子宽咯噔一声，心迅速下坠。刚才过于兴奋，头都昏了，忘了尚未结束。吴然判了，账还没算。不能永远装糊涂。先前刚子没说，或是因为说不清楚，这会儿可以说清了。人家暂时垫付，已经是天恩。吴子宽暗想，如果刚子要利息，他也应。他怕杨红说不当的话，给她使眼色，不知杨红看懂了没有。她倒是安静。然刚子没有往下说，而是转向他的包。

刚子进屋便将挎着的包放在炕角，两人只顾盯着刚子，争抢说话，没太在意。那与他们没关系。当刚子抓起，才看清包是深蓝色的，带与包衔接处是鸡蛋大小的铜环，撩起包盖，是铜色的拉链。刚子缓缓拉开，伸进手，掏出一沓捆得整整齐齐的票子。一沓，又一沓。吴子宽屏住呼吸，杨红似乎被票子粉色的光晃晕了，歪了歪，终于立定。她没叫，只是张大了嘴巴，眼睛渐渐撑圆，仿佛干旱的河床，浮荡着烟尘。屋子里没有声音，只有票子与票子的撞击声。直到掏完，刚子方抬起头。整整二十沓票子，垒在那里，如厚实的墙。

叔，婶，你们收下。刚子的声音有些飘忽。

吴子宽傻了，他晃晃头，望望比他更傻的杨红，极快地瞄瞄城墙，盯住刚子，吃力地，这……啥？

刚子平静地，昊然坐牢，你们不能喝西北风啊。

好像被那堵城墙压住，吴子宽喘气困难。刚子不但没讨要赔偿死者的钱，没算请律师的费用，反将一块又一块砖码在那里，他怎能不惊，怎能不恐？怎能不傻？怎能喘得上气？老天，这究竟是怎么回事？

半晌，吴子宽才艰难地挤出三个字，使不得。而杨红，彻底变成了砖头。

刚子说，你必须收下。声音不高，但异常坚定。

吴子宽的嘴唇仍然木了一样没有感觉，这使他的嘴巴奇怪地歪咧着，你已经花了够多，本来……气息不够，他停下来。

刚子说，我说过，有我呢，你们不必操心。

吴子宽问，花了……多……少？

刚子含着笑，叔要和我算账吗？

吴子宽咬了咬，试图让嘴唇恢复知觉，但还是不行。我就是……想……

刚子极快地，叔没必要知道，我不会告你的。对你，对婶，毫无意义。

吴子宽扫了扫城墙，烫了似的迅速缩回，那钱慢慢算，这钱……

刚子笑说，不必讲了，收起来！笑意突消，扁平的脸说不出的严肃，甚至有一丝凶狠。记住，不要和任何人说起，对你们不好，对吴然不好。

吴子宽闪跳了一下，好像发烫的砖头砸了脚，杨红仍然定着，只是喘息更加不匀，喉咙发出怪异的声响，塞了树叶般。

刚子的神色再次变得温和，叔和婶别紧张，这是干净钱，不让你们声张，是为了避免不必要的麻烦。你们年龄比我大，这个比我懂，我不多说了，记住我的话。

刚子拎包离开，吴子宽和杨红谁也没动，没说半句客套话。两人你望我，我望你，好像突然间坠入深谷，找不着方向了。好半天，还是杨红先反应过来，跌跌撞撞地跑出去，将门插住，又爬到炕上，挂了窗帘。

7

屋子顿时暗了，但城墙却更亮了，粉色的光芒照耀着被垛、窗棂、墙壁，甚至，吴子宽惊讶地发现，杨红的脸也粉嘟嘟的，而她的眼睛长出了数万条舌头，一舔一舔的。吴子宽看出她动心了，若不是他眼神里的警告，她就会扑上去搂在怀里。而现在，她与他一样，保持着距离。两人就那么盯着，那是宝物，又是炸弹。

管他呢，先装起来再说。杨红一副豁出去的架势。她将装白菜的编织袋清空，把那些厚实的砖塞进去。砖头上箍着白色的封条，像一条条腰带。吴子宽没有制止，亦没有上前帮忙。杨红装完，把编织袋放进柜里，他突然松了口气。

杨红系了围裙，将羊下水摁进盆里清洗，吴子宽出院扤柴火。她切，他掏灰。他点着火，她正好切完。两人谁也不说话，但配合默契，炒羊杂的声音响起，顿时满屋子香味。饭菜上桌，他们都盯着碗，谁也不理谁，似乎吃饭是多么庄重的仪式。只是在吴子宽出门时，杨红问，不换鞋了？吴子宽说，不换。不去屠宰厂了，至少今天是没法去了，脑子太乱，他必须捋一捋。他出了村儿，风硬了许多，吹得他一歪一扭的。数十枚钢针刺向脑门，刺出一个个洞，尖锐的疼痛由洞口向深处蜿蜒，就像昆虫在寻觅巢穴。寒风未能让他平静和清醒，几乎变成冰疙瘩，不会转动了。

吴子宽回去，杨红竟然还插着门。他敲了几下，好半天她才开。她神色略有些慌，朝吴子宽身后张望，似乎担心有人尾随。真能刮达，杨红干巴巴的。柜盖翻着，吴子宽瞄瞄，杨红快步过去，重新盖了，解释，我又数了一遍。吴子宽没说话。

我老怕数错了，要不，你数数？过了一会儿，杨红说。

吴子宽没理她，使劲地搓着手。

咱不是做梦吧？她又问，气若游丝。

吴子宽如同聋子。

你聋了还是哑了？杨红终于炸响。没得到回应，她赌气地拉开被子，没脱衣服便钻进去。几分钟不到，鼾声飘起。待她睡醒一觉，吴子宽仍在炕沿坐着。她下地撒了泡尿，再要睡时，吴子宽叫住她。

我还以为你从此哑巴了呢，杨红说。

吴子宽不是故意装哑，他只想理出个头绪。他了解杨红，不管不顾的，他却不能。但越理越乱，越理疑团越多，照这样，不等天亮，脑袋就撑裂了。他想和她唠叨唠叨，也只能和她唠叨。可是，杨红等着，吴子宽却又迟疑。实在不知从哪儿说起。

你以前不这样的，让人剪舌头了？

你真是没心没肺，吴子宽长叹一声，呼噜打得能把房顶掀了。杨红说，咋？像你一样半夜不睡觉，耷拉个脑袋就好？吴子宽说，我睡不着。杨红揶揄，让烫着了？吴子宽说，栓子爹被埋，老板赔了二十万。杨红不解，这和栓子爹有啥关系？吴子宽说，不知刚子咋和那家签协议的，他不说，我估摸着怎么也得三十万，加上请律师，算上其他开销，加起来不会是小数目，这些本该咱掏的。杨红说，给了他三万五吗。吴子宽说，那几个钱顶什么事？杨红说，刚子说一切有他嘛。吴子宽说，这还不算，他又送来二十万，你不觉得……我实在想不通。杨红说，想不通就甭想，送给你的是钱，又不是毒药。吴子宽瞪视着杨红，你以为啥钱都能花？你这娘儿们，咋就不动动脑子？杨红说，吴然是他朋友嘛。吴子宽冷笑，又来了，什么样的朋友能到这份儿上？杨红说，我说过，你不信，吴然肯定救过他的命，他现在只是报恩，在你眼里，钱是钱，在人家眼里，钱跟煤块差不多。吴子宽骂，你真是猪脑了！如是这样，他干吗还千叮万嘱的？那眼神儿，我想起来都怕。杨红也被吴子宽吓住了，脸有些白。那为啥？她不安地问。吴子宽说，我怎么知道？杨红说，也许吴然和刚子一块儿做过什么买卖，这钱是他应得的。吴子宽脱口道，什么买卖能挣这么多，除非抢……突然顿住。杨红来了气，什么帽子你都敢扣！吴子宽说，我不过推测，除了……没法解释。杨红说，也可能是赌场上赢的，吴然脑子好使，和村里的后生打牌，谁都赢不了他。似乎自己的解释再合理不过，杨红双目放光，钱是他和刚子合伙赢的，他出不来，可不就得让刚子送过来？吴子宽哼了一声，净往好处想。杨红说，谁像你呢，胡乱琢磨，开始我也挺蒙的，后来一想，钱到自个儿手里就是自个儿的，爱咋咋。吴子宽说，听你这口气，还打算花了？杨红反问，那依你的意思呢？烧了？扔了？吴子宽说，依我的意思，得还给刚子。杨红说，刚子怎么说的，你别忘了，如果他要拿，那会儿就拿走了。吴子宽想想也是，刚子说一不二，还真有些难。杨红说，欠了那么多债，也该还了。吴子宽寻思一会儿，说，还是缓一缓吧，现在还不能动。杨红问，你打的啥主意？吴子宽说，怎么也得弄清楚。杨红反问，要是弄不清楚呢？吴子宽说，只要想，总能弄清。杨红说，也好，咱花个踏实。

　　改日，吴子宽和杨红专门到县城，将那笔钱存到银行。

临近年根儿，两口子到监狱探望吴然。监狱在另一个县，倒了三次班车。杨红买了两条烟，五袋牛肉干，三斤酱驴板肠，还有花生、馒头片什么的，又给吴然织了一双红袜子，每年都要织，明知吴然不爱穿。吴然小时候冻伤过脚，那成为杨红抹不掉的痛。吴子宽打算一个人去，他有重要的话问吴然，杨红在，难免妨碍。但没能说服杨红。

在等候吴然的那几分钟，杨红不停地念叨，不知他吃得咋样，胖了瘦了，不知刚子打过招呼没有，吴然那身板可经不住打。一路上她反复磨叨，没完没了的，至此仍管不住嘴巴。吴子宽低喝，你能不能消停会儿？杨红似乎想闭的，但根本控制不住，好像她嘴巴里藏着另一个杨红，是另一个杨红驱遣着她。如吴子宽所担心的，吴然刚刚露面，杨红的眼泪就稀里哗啦下来了。我的儿啊，想死娘了。杨红不管不顾，吴子宽提醒她注意，吴然也劝，杨红的声音小了，泪水仍如山洪倾泻。吴子宽气急败坏，恨不得马上把她拖出去，但他清楚，杨红当场就会和他干起来。我没事的，别为我担心，吴然劝。他长相随了吴子宽，脸窄，下巴尖，剃了光头，脸更窄了，仍习惯偏头，像总在琢磨什么歪点子。吴子宽将事先准备的毛巾塞给杨红，但杨红仍然用袖子抹，两个袖子都快拧出水了。杨红从头哭到结束，吴子宽根本没有说话机会。若不是吴子宽最后提醒，杨红就把给吴然买的东西带回来了。吴然站起身欲离开，吴子宽抓紧机会说，有刚子，家里你放心。吴然并不意外，显然，他心里清楚。但他的眼神里似乎含着某种疑问，这仅仅是吴子宽的猜测，他再想捕捉，吴然已经转身。

吴然胖了，还是瘦了？两人坐上长途大巴后，杨红冷不丁地问。她只顾哭了，什么都没看清。胖了，吴子宽说，两腮都有肉了。监狱伙食有这么好？你胡说了吧。吴子宽搪塞，伙食不好，犯人会闹事呢。杨红又问，他没挨打吧？吴子宽说，没有。杨红松了口气，多亏了刚子，吴然要有这么个亲哥就好了，一辈子都能指靠上，我想认他做干儿，也不知他肯不肯。吴子宽严厉地，你趁早死了这念头。杨红嘟囔，我就是说说，还生这么大气？喊！吴子宽将脸扭到窗外，扫视着光秃秃的树木。

初一，吴安和丈夫带着两个孩子过来拜年。他们腊月二十八才回来，初七就要返回深圳。以往，她在娘家待一半，在公婆家待一半，今年因为吴然在监狱，吴安大半时间待在娘家。吴子宽叮嘱杨红管住嘴巴，绝不能透露那二十万块钱，至少现在不能，到该说的时候自然会告诉她。不是不相信自己的闺女，是怕不小心传出去。为了吴然，吴子宽用刚子的话敲打杨红，他知道什么话管用。杨红保证半个字也不会说，但吴子宽仍然不放心，那几天，他守在家里。吴安当然问了，有些她已知道，有些尚不清楚，而且知道的，也是些大概。都是吴子宽解答，有时杨红想说，吴子宽使个眼色，她适时封住嘴巴。吴安走后，杨红说自己怪不好受，吴子宽何尝不是？第一次和女儿如此隔心。

第二次探监，吴子宽一个人去的，费了牛劲儿才把杨红留在家。

吴子宽和吴然面对面坐着，狱警在几米之外。不过两个月时间，吴然好像真的胖了些，吴子宽生怕自己眼花，努力睁大眼，吴然自是察觉了，一笑，怎么这眼神儿？与以前一样，吴然笑起来眼睛便溅射出贼贼的光，口气也是玩世不恭的，只不过声音低了些。吴子宽突然有些恍惚，同时，一个巨大的疑团悬在头顶。难道这是吴然导演的另一出戏？坐牢是假的？但……吴子宽瞥瞥不远处的狱警，真真切切，而吴然身上宽大的狱服也提醒着他，吴然确实在服刑。

你呀……吴子宽马上收住，意识到时机和场合不宜数落。他又扫扫狱警，把那句捂了许久的话从嘴边又拽回喉咙。

吴然说，你别紧张！我好好的，吃得饱睡得着。刚了也来看过我，他还去过家里吧？

吴然似乎料到他想说什么，吴子宽点点头，正想瞄瞄狱警是否往这边瞧，吴然抛出一个眼神儿，吴子宽就没动。

吴然伸出两个指头，迅速缩回。很像抽烟的动作。是这样吗？

吴子宽又点点头。本想询问吴然，现在反过来了，吴然在向他求证。

你放心好了，吴然说，刚子会照顾你们，直到我出去。他说话算数。

　　这是在向他暗示，吴子宽想，他听得懂，但又不是很懂。哪来的？吴子宽想问，又怕问出祸乱，改成，怎么回事？

　　你老怪我头发长，流里流气，这下好了，彻底光了。吴然坏笑了一下，出去也剃光头。

　　这是阻止我问呢，吴子宽想。他来就是为了询问，他太想知道了。路不能往斜里走，越走越斜，吴子宽决定换一个方向，不能那样。

　　那就是我的！吴然声音更低了，但警告意味甚浓，我好好改造，没事别再跑了。坏笑消失，双眉拱向中间，隆起一个大包。

　　吴然什么都明白，吴子宽想。他没敢再言，在心里大声质问，凭啥？你凭啥？

　　　8

　　四月底，杨红开始忙了。天蒙蒙亮，便有金杯车、三马子或带篷轻卡停在村口，将做短工的拉到外村或更远的地方，黄昏时分，有时半夜才回来。杨红是其中一员，每天挣八十到一百，最多的一天挣过一百五。赶交流会期间，歇个半月二十天，第二波活计就来了，一直到十月中旬。最多的一年，杨红挣了三万，去年最少，一万多一点儿。今年杨红的目标是不低于三万，感冒都没歇着。

相比之下，吴子宽要自由一些。他骑着破自行车，挨村给养羊户剪羊毛。他剪得又快又好，而且，他喜欢听剪刀的咔嚓声。剪完羊毛，又轮着洗羊了。吴子宽的羊卖光了，但养羊户多得是，把羊丢给吴子宽，他们放心。从羊身上挣不上钱了，吴子宽才去干别的。土地包出去了，没几个钱，打短工是收入的重要来源。

那天下午，吴子宽在喇叭营给霍品剪羊毛。霍品养了一千只羊，除了吴子宽，还雇了另外两人。那两人边剪边聊天，对一个熟练的剪毛工而言，嘴和手互不影响。吴子宽没参言，而且，尽量不往耳里捡。他怕分心，虽然自认比另两个技艺好，可今年自开剪，已有好儿只羊被他挑破皮，以前可从未发生。霍品脾气暴，吴子宽可不想在霍品这儿再有闪失。真是怕什么来什么，吴子宽说不清怎么回事，剪刀尖刺进羊的身体，并自顾自向前行进，他拽都拽不住。羊惨叫着从他身下逃脱，剪子尚在身上挂着。吴子宽傻了，呆了数秒，才跳起来去追。还是另外两个人帮忙，将羊摁倒。羊脊处豁开二寸长的口子。霍品在院里抽烟，闻声过来，见状大发脾气。吴子宽一个劲儿致歉。霍品没撵吴子宽走，他知道吴子宽的儿子坐了牢，有些同情吴子宽，但叫他睁大眼睛，他是剪羊毛，不是来睡觉。吴子宽连声应诺。霍品喊了女人给羊敷背。还没收拾停当，另一只又被吴子宽豁破了。

吴子宽离开霍品家。霍品不撵，他也不敢剪了。回去的路上，车胎爆了，他只好推着，感觉自己和破胎没什么区别。不止剪羊毛，这些日子，他像失了魂，处处出错：没加水却猛填柴，差点将锅烧塌；端了小便盆，本应去茅厕倒掉，他却往街上走；去小卖部，进去却怎么也想不起买什么。

吴子宽的病与那二十万有关。吴然说那就是他的，但吴子宽不相信。吴然离家不到一年，怎么会挣这么多钱？就算是他的，来路呢？总有来路吧？吴然不说，吴子宽清楚，就是吴然出了监狱，也难撬开他的嘴。他不了解自己的儿子，但这一点心中有数。如果真像杨红猜想的那样，吴然救过刚子，像电视上演的那么传奇，也就罢了，那种可能也就杨红这样的脑子敢想，他是不敢的。吴子宽把脑子挖烂了，也寻不出一种可能说服自己。他只能劝说自己装聋作哑。吴然不让问，那就不问。和杨红也不再提，好像那钱不存在。但嘴上可以装，心里装不了。不停地翻滚，不停地扑腾。

不能再装傻了，吴子宽推着没气的自行车，脚下跌跌撞撞，脑里念头纷乱。这么下去，毁的不是他自个儿，还有他的吴然。他恨铁不成钢，可毕竟是他的儿子。万一那钱就是个炸药包呢？

次日，杨红打着呵欠穿衣服，吴子宽说这几天就住在喇叭营了。杨红说管吃还管住，姓霍的挺大方。她没有任何怀疑，只叮嘱他别每天喝得烂醉。她前脚走，吴子宽便往镇上急赶，等班车前，先买了几张豆皮。下了车，即给刚子打电话。虽然来往多次，吴子宽对刚子的情况并不是很清楚，不知他住在哪里，在哪里办公。刚子说过和朋友做生意，但没说具体什么生意，所以吴子宽连大致方向也没有。事先没和刚子联系，他担心刚子直接开车去家里或在路上堵他。

二十分钟后刚子就过来了。仍是平头，与吴子宽初见时一般长短，好像他的头发不再生长。仍是带着笑，粗硬的目光呈弯钩状。脸黑了些，因而更看不透了。

叔要办啥事？晚饭前这一段我都有空，陪你去。刚子单刀直入。

没……啥，吴子宽掩饰着慌乱。一见刚子，他就慌了，说不清为什么。我给你带了点儿豆皮。

刚子哦了一声，接过去，谢叔了。不是单送豆皮吧……叔，你这就不对了。

吴子宽笑了笑，顺便转转。他不那么慌了。

刚子说，旅游点还没开，倒是有一个去处。

吴子宽忙道，不必了，我自己转转。

刚子说，那怎么行？上车！

刚子的语气、眼神，当然还有他的热情，令吴子宽难以抗拒。

刚子带吴子宽去的地方是古墓群，六个古墓呈菱形排列，据说是辽代皇室之墓，其中一个已经挖开，墓被盗过，骨骸尚在，已寻不见陪葬品。另外五个墓正在挖掘中，现场指挥的是省考古队工作人员，挖掘工人多半是从附近村雇的。

吴子宽毫无兴趣，他感兴趣的是进入现场的过程。现场用绳子拦着，一个戴黄帽子的人守着，不让进。刚子打了个电话，没几分钟，从里面出来一个显然是头头的人物，不但让吴子宽和刚子进入，还陪同做了讲解，直到两人离开。吴子宽又一次见识了刚子的能量，看似小事一桩，但很能说明问题呢，尤其与以往的判断加在一起。当然，这样的判断是笼统的、模糊的，吴子宽并不清楚刚子的身份，刚子仍是谜一样的存在。总能搞清楚的，吴子宽想，别人能把几百年前墓里埋的人弄清楚，难道他连眼前的也整不明白？

　　没有你办不成的。上车后，吴子宽试探着恭维。刚子哈了一声，叔这么高看我？没有呢，我也就是打了一个电话。没有丝毫的张狂，极其沉稳。不是谁打电话都管用，吴子宽说。刚子说，我正好认识一个人。没有说下去，语气冷了许多，吴子宽识趣地闭了嘴巴。刚子或许意识到了，问吴子宽想吃点什么，吴子宽说吃碗面就行。刚子说那怎么可以，吃涮肉吧，我正好有牧羊客的券。

　　那是六人包间，只有吴子宽和刚子，显得很空，正如吴子宽的心一样。刚子要了两盘羊肉，两盘牛肉，加上蔬菜豆腐，几乎摆满了桌子。涮肉锅的开关在桌子上，吴子宽不知怎么弄，正要问刚子，刚子喊了一声，服务员跑进来，帮吴子宽调试好，说有什么需要再喊他，他就在门口。刚子问吴子宽还想吃点什么，吴子宽慌得站起来，已经太多了。刚子用手压了一下，叔，坐着说啊。吴子宽坐了，说，哪能吃这么多，太浪费了。刚子问，下午没事吧？吴子宽摇头，刚子说，慢慢吃，别看摆得满，不经吃的。

怎么样？好吃吗？刚子问。吴子宽刚夹到嘴里，有些烫，闻言快速下咽，说好吃。除了烫，没觉出别的。喉咙火辣辣的，怕是烫破了。刚子说，那就多吃点。吴子宽唔唔着。他专程来，可不是为吃一顿饭，哪怕是山珍海味。他一直寻找问话的机会。也许，刚子瞧出来了，用这种方式阻止他？

我这次来，是有话问你。两度犹豫之后，吴子宽终于说出来。

刚子并不意外，神色几乎没有变化，一边往锅里夹蘑菇片，一边望着吴子宽。

就是……我想知道……你垫付了多少钱。吴子宽说得慢，就像拽一根绳子，而对绳子的另一端一无所知，担心引爆，因而小心翼翼。

刚子眼底闪过一丝暧昧不明的笑，叔真拗啊，怎么，你现在要还我吗？

吴子宽突然就气短了，现在……不行。

刚子说，那还问什么？声调不高，话是硬的。

吴子宽说，我想知道，以后……也许……

刚子夹了一筷子肉放到嘴里，嚼得极其专心，似乎吴子宽不存在。吴子宽寻思，刚子生气了。但刚子抬起头，脸上又有了笑意，叔，你认为钱重要，还是朋友的情谊重要？

吴子宽说，都重要。

刚子说，那是你的看法，在我心里，情谊远大于钱。现在，你明白了吧？

吴子宽问，你和吴然真是朋友？

刚子瞧怪物似的，叔，这你也不信？吴然没告你吗？

吴子宽被他冷硬的目光戳着，感觉自己突然缩短了许多，我……信！能交你这样的朋友，定是前世积了德。

刚子有些责备地，那还见外？

吴子宽说，好吧，你垫付的钱，你和吴然慢慢算，我不管了。可那二十万，我不能要。

刚子放了筷子，浓硬的目光再次罩住吴子宽，成叔心病了？

吴子宽说，你同意，我改日送回来。

刚子说，当然同意。

吴子宽一怔，没料刚子应得这么痛快。他盯住刚子，想进一步验证。同时，他又有一丝失落。

刚子说，我当然同意，但你最好问一问吴然。

吴子宽几乎是下意识地，为啥？

刚子说，因为那就是吴然的钱。

刚子所言与吴然的话重合在一起，吴子宽却被烫了似的，歪咧着嘴，他怎么会？

刚子说，别小瞧自己的儿子，那就是他挣的。

吴子宽不假思索地，那不可能！

刚子冷笑一声，目光带出寒意，信不信由你。

吴子宽一阵战栗，他干了什么违法的事？怎会……天啊！这可……

刚子皱眉，但一分钟后，神色转暖，抚慰道，叔放心，我向你保证，除了那桩意外，吴然没干过违法的事，不过是碰巧发了笔横财。这年头，有多少人做梦都盼着发横财，馅饼偏偏就砸吴然头上了，叔，吴然幸运，你该高兴啊。

如果是这样，那就……吴子宽松了口气，但依然半信半疑。他不知说什么，脑袋塞了太多信息，搅成了一锅粥。

刚子说，但有一点，叔和婶要管牢嘴巴。刚子似乎明白吴子宽想问什么，紧接着说，难免招人嫉妒，引祸上身。明白吗？

吴子宽机械地点点头。刚子说，赶紧吃，多好的东西，你在村里吃不到。吴子宽心里就有了气，我跑到县城，又不是因为吃不上饭，这些东西好，我也不稀罕！他还想问刚子，那是什么样的横财，只砸到吴然头上了，还是同时也砸到他头上？又怕刚子不耐烦，打算日后慢慢套问。

饭后，刚子问吴子宽是否有别的事，吴子宽说如果方便想去他办公的地方看看。刚子淡淡一笑，说乱糟糟的，实在没什么看头。他顾不上陪吴子宽了，打算让他的小兄弟领吴子宽转转。吴子宽没让，说这就回了。刚子便把吴子宽送到车站。

　　吴子宽在候车室坐了个把小时，决定再住一晚，来一趟不容易。没有具体的打算，实在不知干些什么。

　　可能吃得太多了，整个人笨重了许多。原本只想躺一躺，孰料竟然睡着了。一觉醒来，已是傍晚。他出了旅店，在街上慢慢溜达。不怎么饿，但防备夜里饿，还是买了个烧饼揣在兜里。

　　毫无目的，或许是被繁密的灯光吸引，他溜达到麒麟宾馆。没有近前，只是站在马路牙子上，宾馆正门有三四十米宽。门口的台阶上站了几个人，吴子宽随意地瞥瞥，目光跳了跳，细瞧，确实是刚子。他夹了个包，正与人说话。吴子宽不想让刚子看见，紧走几步，站在树丛后。其实，刚子根本没朝这边瞅。他为自己的鬼祟不安。

　　吴子宽正待离开，一个肥胖的男人从宾馆出来，刚子紧随其后，说着什么。快到轿车跟前时，刚子超过肥胖男人，拉开车门。那是辆黑色的车。肥胖男人钻进去，刚子将车门合住，从另一侧上了车。

　　吴子宽像被钉住了。吴然的这个朋友在吴子宽心目中，几乎可以通天，没想……他想起那句话，人上有人，天外有天。

9

　　吴子宽走走停停，目光如钻。那些坑大小不一，浅的如窖，深的七八米，皆是村里人挖的。盖房，筑坝，修路，都从村子北面的高地挖土。传说乔喜喜所发的横财就是挖土时挖出了金马鞍。都这么说，谁也没看见过。但乔喜喜搬离村庄是真的，在包头做生意也是真的。吴子宽当然不信这些，自打记事，村里人一直从这儿取土，没听谁挖出过什么宝贝，轮到乔喜喜，就挖出了金马鞍？吴子宽从不参与捕风捉影的讨论，认为那不过是出于对乔喜喜的妒忌。刚子说吴然发了横财，吴子宽突然想起乔喜喜。也许那些言论是真的。乔喜喜可以，吴然为什么不可以？乔喜喜挖出金马鞍，吴然又是靠什么？吴然不说，刚子不说，也许他们是对的，那是秘密，他不该探听。叮是，他太想知道了。尽管他认可横财之说，但在心底，疑虑仍如小虫子在啃咬。

　　已是第九次到这个地方，他似乎着了魔，仿佛有什么宝物吸引着他。他无意寻找乔喜喜挖出金马鞍的坑洞，也不是想步他后尘，期待传奇。他往这儿跑，只为获得神力。没错，是神力。他接受了事实，或者说，打算将上天砸落的馅饼吞咽进肚，但不安分的虫子让他发慌。当他难以承受时，就跑到这儿，在坑洞之间巡游。呼吸一次坑洞的气息，虫子们便消停几天。也许，这些坑洞隐藏着治疗吴子宽的神药。

　　太阳渐渐往西，吴子宽开始往回走。夜晚来临，这里就成了恐怖的陷阱。喝醉酒的赶车人，牛、羊、马，以及野兔、野狗都摔落过。飞鸟不惧，且常常在此栖息，吴子宽头顶已有数只在盘旋。他不敢看，生怕分心掉进坑洞。离开洞群，大地已将日头吞进嘴巴，天色尚未暗下去，但空气已变得黏稠。野草、莜麦、胡麻，当然还有从菜田追杀出来的农药。自周围的村庄种菜，空气就成了这种味道。在黄昏中吸嗅曾是吴子宽的爱好和享受，现在他只愿快一点摆脱这黏稠。

汲足神力，吴子宽的步态轻快了许多。

老远便看见院门口的人影，及至近前，看清是乔库，不由一怔。自借钱被拒，乔库再未登过门。暮色笼罩，吴子宽仍能觉出乔库眼里的急切。我等你好久了，乔库说。

吴子宽以为乔库是来要钱，自然要装出急用钱的样子。也可能是真的。本来计划剪完羊毛还他的，可从县城回来，吴子宽就没好好干。一进屋，吴子宽便说宽限三五日，保证还他。乔库说我可不是来要钱。吴子宽又一怔。乔库没有马上说，他掏出烟，抽了一支给吴子宽。吴子宽摇头，说早就戒了。乔库将烟插进盒里，我也戒了，去年闹了场病，不能抽了。吴子宽没听乔库闹病。显然，这盒烟是特意给吴子宽买的。

你得帮个忙，乔库说，这可是大事。

吴子宽愣愣地望着乔库。待乔库说明来意，吴子宽更愣了。乔库的女儿在县城陪读，她的第二个孩子也到了上学年龄，但入不了学，乔库所说的忙，即是这个。县城上个小学比大学还难，乔库说，托了一大圈，说不进去，才来求吴子宽的。

如果不是乔库诚恳的神色，吴子宽肯定认为乔库在开玩笑，甚至在羞辱他。可……吴子宽糊涂了，不，是乔库糊涂。他哪有本事替乔库的外孙找一所学校？

你能！就看你愿不愿意。

吴子宽哎呀着，你满嘴胡话，我看你是发烧了。

乔库神色骤冷，我没烧，清醒着呢。吴然出了这么大事，就判了六年，我就知道你上面有人。

原来如此。吴子宽被撞着，摇晃了一下，终又立住。他忍着疼痛说，吴然是失手，要是故意，还能活着呀。

乔库说，没有人，失手也不会判这么轻，再说……你我都不是傻子，心里清楚。实在是没辙儿了，兄弟，这个忙是无论如何也要帮，需要多少钱，你只管说。

吴子宽哭笑不得。这不是赶鸭子上架，是赶鸭子上天。他生怕哪句话说得生硬了，小心，温软，但没有任何余地，拒绝了乔库的恳求。乔库胡说，他可不能胡来。

乔库倒没有多么恼怒，当然，他极不痛快，临走撂下话，让吴子宽考虑考虑。

好像被乔库打蒙了，吴子宽竟忘了给杨红做饭，直到杨红进屋，他才醒过神儿，匆匆热了昨日的馒头，两人就着大葱，草草吃过。杨红搁下筷子，瞄瞄吴子宽，怎么了你？脸那么灰？吴子宽摇头，没怎么。杨红追问，你肯定有事！没吃饱？看你就不对劲儿。吴子宽就说了。杨红说得病乱求人，他实在是找不着门路了。吴子宽说，那也不能找我呀，他以为我是谁？杨红提醒，要不找刚子试试？吴子宽瞪着她，你疯了吧？凭什么？杨红说，他是吴然的朋友呀！吴然的事多亏了他，他能耐这么大，上个学肯定行，他不是说过么，有事找他。吴子宽没好气，人家随便一句话，哪能当真？杨红说，五十岁的人了，还没人求过你吧，都是你求人，现在有人求你，你试试怕啥？刚子又不吃人，乔库也不是外人，万一成了呢？

吴子宽说不清是被杨红撺掇，还是内心隐秘试验的驱使，次日答应乔库试试，特意强调，只是试试。乔库满脸的感激，有你这句话就够了。

吴子宽仍是下了车才给刚子打电话，满以为如上次那样，几分钟后就可以见到刚子。没料刚子关机。吴子宽一遍又一遍拨，直到中午，总算通了。后背湿了无数次，身体的水分流失过多，他口干舌燥，一时竟说不出话来。刚子问了两遍，他才吐出第一个音儿。刚子在外地，问他有什么事。吴子宽说等他回来，刚子说也好，便挂了电话。吴子宽有闯了祸的感觉，他听出刚子不耐烦。

几天后，吴子宽竟然接到刚子的电话。吴子宽又惊又喜，更伴着不安，生怕刚子生气，说完又补充，行就行，不行就算了。刚子说，叔等我消息。当天下午，刚子回话，已联系妥，开学前办手续即可。吴子宽连声致谢。挂了电话，吴子宽却又没来由地慌，不知何故。他去还钱并告知乔库，乔库很平静地，我就知道，你肯定成。乔库拿了钱，却又塞给吴子宽，吴子宽不肯要，乔库说，这是天大的忙，你总要谢谢人家的。吴子宽就接了。惊恐再度袭来，好像走在坑洞的边缘，一不小心就会闪坠其中。

　　半月后的一个阴雨天，吴子宽和杨红都在家歇着。月底该去探监了，杨红盘算着要带的东西，她总怕忘记，说一样，提醒吴子宽一次，可得记住啊。起先吴子宽还应着，可杨红计划带的东西太多了，包括自家水井的水，也要给吴然灌两瓶。吴子宽火了，问她是不是要把锅背上，现场给吴然烧饭。杨红说烧饭怎么了？监狱允许，我就烧，吴然爱吃我做的饭，你又不是不知道，他受这么大罪，你还不让我心疼？我的儿子，我想咋心疼咋心疼，你管不着！她这是成心耍赖。吴子宽没好气，惯到监狱了，还惯！杨红像皮球一样弹起来，就差往吴子宽身上撞了，寒碜自己的儿子，没见过你这样的爹！几十万眨眼挣到手了，你敢说他没出息？你胡子快白了，挣回过什么？吴子宽差点去捂她的嘴巴，手伸出去，又缩回来。她炸裂，他捂不住的。他的动作更加激怒了杨红，你还想打？你打呀？肥壮的身体冲吴子宽就来了，吴子宽跳起来躲开。关键时刻，他总能管控住自己。他想躲出去，这是常用的法子。一开门，看到披着灰色雨衣的杨红二舅。

若那时照镜子，吴子宽一定会发现自己的脸比雨衣更灰。吴子宽弓缩着身子，费了老大的劲儿才挤出几粒笑。杨红二舅顶雨上门，自然不是为了串门。但愿他是来要钱，可吴子宽有被压迫的预感，他很可能是有别的事。

二舅脱了雨衣，吴子宽接过去，两次才挂到门上。杨红拿了毛巾，二舅没接，扬着湿漉漉的脸，红啊，闯大祸了！嗵的一声，吴子宽身体发出巨响，似乎腰绷断了。

昨天夜里，二舅的三儿因偷牛被抓，他刚得的消息，不敢耽误，马上赶过来。跌了好几跤呢。他是求吴子宽帮忙捞人。罚多少咱都认，别判刑。预感落地，吴子宽并不吃惊。他苦笑着说自己帮不上忙。二舅沉了脸，你别跟我来这虚的，我知道你上面有人，要多少钱，你说！吴子宽几乎哭了，这和钱没关系，我没那个能耐。二舅根本不听，与乔库的逻辑一样，冷一句热一句，最后说，你要不管，我就不走了！吴子宽感觉被摁在水塘里，几近窒息。你住着吧，正好给看门儿。二舅腾地站起，没良心的货，你们碰上事，我咋帮的？看我——

杨红及时扯住，没让二舅够着剪子。劝了好半天，二舅的火消下去，不再耍横，改用软招，抹了一把脸，鼻涕眼泪都出来了。舅是没办法了啊，舅这把年纪了，还没求过人呢……

杨红也跟着帮腔，吴子宽只好说试试。

到了县城，已是下午，他没贸然打电话，先找旅店住

下。再三掂量，傍晚，小心翼翼地拨通刚子的电话。刚子接
了，不冷不热。准确地说，吴子宽听不出冷热，那一刻，他
周身冒汗，双耳炸响。

　　快十点了，吴子宽以为刚子不会来了，他有些失落，但
又松了口气。差不多十点半，刚子来了。酒气很重，有那么
一点儿晃，吴子宽第一次见他喝这么多酒。但他的目光稳稳
当当，仍有硬度。吴子宽说完，刚子说这有点儿难办，我又
不是公安局局长，就算是，也不能说放就放。吴子宽脸上发
烫，说屡屡给你添麻烦，自己都羞了，也实在是没办法了。
他算个啥呢？什么都不算。这个结果是他料到的。刚子离开
时，又说可以试试，能帮上多大忙，他说不好。恩人，你就
是恩人呢，吴子宽像喝醉酒一样，比刚子晃得还厉害。他盼
刚子拒绝，又怕刚子拒绝。他无法描述内心的感觉，摇摆，
矛盾。

　　10

　　并非杨红二舅说的那么简单，三儿还有别的案底，且不
止一桩，审讯时一并牵扯出来。交钱赎人已不可能，但杨红
二舅仍三天两头过来，有时连杨红二舅母也带过来。杨红二
舅母和杨红一个路数，大哭小哭，高哭低哭，没完没了，不
同的是，杨红只是眼泪横飞，她舅母还甩鼻涕，有时抹在鞋
帮，有时直接抹在炕沿，所以她一来，吴子宽头更大。吴子

宽又硬着头皮找了刚子三次，刚子总是那句话，让他等消息。吴子宽不知刚子在搪塞还是放在了心上——吴然那会儿刚子也这么回复他的。吴子宽脑里闪过刚子为其开门的那个肥胖男人。但愿刚子上心，吴子宽想，他快被弄疯了。

八月中旬，吴子宽跟宝柱去了肉联厂。比往年早了些，吴子宽只想躲开杨红二舅。他和杨红一样起大早，夜晚才回家。被杨红二舅堵过一次，多半夜没合眼后，他就像宝柱一样住在了工人宿舍。当然，隔四五天回村一次。他不放心杨红，还有柜底藏的存折。

那天，吴子宽正在剔骨，耳朵突然一阵酥痒，他没摘手套，扬起胳膊蹭了蹭。并未听见喊声，好像被神秘的力量牵引，他回了回头，触见杨红二舅那张似乎从烟囱里钻出来的脸，突然一抖，剔骨刀滑落，差点扎到脚上。杨红二舅抢在吴子宽前面捡起刀，放在案板上，说，累了吧，歇歇。吴子宽摘了手套，随杨红二舅到院子里。

两人站了二十多分钟。吴子宽告诉杨红二舅，目前还没消息。杨红二舅问咋回事，好像案子就在吴子宽手里，他拖着不办。吴子宽答不上来，只说自己尽力了。杨红二舅说你尽力那就没问题，吴子宽的脑袋隐隐作痛，苦笑着说我肯定会尽力，不过有没有用真不好说。杨红二舅说也托了别的关系，都不行，吴子宽是唯一的指望了。吴子宽说怕到时候让他失望。杨红二舅说已做了最坏的准备，犯事哪有不坐牢的，但随后一转，要是一年就行，为啥要坐三年呢？吴子宽说这事不由他。杨红二舅说，这是自然，不管咋说，只要使了劲儿就行。吴子宽唯有苦笑，让杨红二舅别跑了，有消息马上告知他。杨红二舅说，看看你，我才踏实。

吴子宽哑然。

傍晚，宝柱拉吴子宽出去喝酒。小包间，两个凉菜，一瓶草原白，不消半小时便光了。宝柱没喝尽兴，又要四瓶啤酒。吴子宽说他一瓶就够了，宝柱不干，不就两泡尿吗？喝！

宝柱看出吴子宽闷闷不乐，问他怎么了。吴子宽没有倾诉的习惯，再憋屈的事宁可烂肚里也不奢望他人同情，那晚可能是喝了酒，没忍住。

屌毛当扫帚，那是亮眼儿的事，你咋苦着个脸呢？宝柱不解中带着探究，你不是装的吧？

吴子宽苦笑，我装个屌啊！不痛快就是不痛快，有啥装的？

宝柱说，你是怕我也找你办事吧？目前还没有。不过，要是求到你头上，你可别斜眼看天，假装不认识我。

吴子宽急了，我哪有那个本事？

宝柱斜着看吴子宽，我早就听说了。

吴子宽紧张地，听说什么？

宝柱说，乔库的外孙女上学是你弄的吧？

吴子宽迟疑着，那也是凑巧。

宝柱说，杨红二舅咋不找别人，非找你呢？

吴子宽说，我怎么知道？快让他缠死了。

宝柱嘿嘿笑，寡妇裆里塞××，舒服不舒服自个儿知道。

吴子宽骂，你这货，从来没个正经！你真认为我装的？

宝柱一饮而尽。喝得猛，连打几个嗝，那句话随着嗝一起喷出来，这人一有能耐嘴脸就变了。

吴子宽想解释，又不知怎么解释，末了，像宝柱一样猛灌下去，带了些气恼，你这是寒碜我呢！

宝柱冷眼看着他，别以为我不知道。

吴子宽后背一阵冷麻，你知道什么？

宝柱说，谁都知道，那又不是秘密。我宝柱是粗人，但不傻。

吴子宽越发紧张，你说的是什么？

宝柱说，你认为是什么，就是什么。来，喝酒吧。有酒喝，真他×痛快！

宝柱再次要啤酒，吴子宽没有阻拦，若宝柱多灌一些，他就可能套出宝柱舌底的话。宝柱不是藏话的人，此时却咬了舌头。他知道什么呢？还谁都知道……吴子宽被这个问题钻得脑袋要裂开了。但宝柱直到喝醉，也没吐露半字。

半夜，吴子宽被噩梦惊醒。几个公安闯入家中，翻箱倒柜，搜出那张巨额存折。杨红这个不知死活的货，竟扑上去抢夺，还咬了公安的手臂，公安将枪口对准她。吴子宽惊醒过来，大汗淋漓，心跳如擂，好一会儿才镇定下来。他撒了泡尿，躺下，却再也睡不着。脑里翻滚着那个梦，伴着混杂的声音。然后，他听到了警笛声，不是幻觉，实实在在，真真切切。他慌张爬起，从大门翻出，跌入黑漆漆的夜。

吴子宽跑一会儿，走一会儿，中间跌倒五六次，及至进村，到自家门口，整个人像水里捞出来的。没看到警车，八成是到别村的。他一手扶墙，一手托背，嘴巴大张，如渴极了的骡马。杨红睡得正香，这会儿敲门会吓着她。吴子宽想歇歇就返回镇上。可盯着黑漆漆的窗户，他突然犯疑，是不是回得晚了？怎么没有一点儿声响？着火的喉咙也折磨着他，他一点点挪着。

杨红拉开门，吓了一跳，问吴子宽出了什么事。吴子宽奔进屋，里外转了一圈，目光在上锁的柜上停了一下。杨红问他找什么，吴子宽仍旧不答，灌下半瓢水，才说，你没事就好，我回来就是看看你。杨红怪怪地盯着他，你发哪门子神经？我能有什么事？吴子宽长叹一声，讲了那个噩梦及并非梦幻的警笛声，杨红骂，你真神经了！

有些日子没去坑洞汲取神秘的能量了，忧虑加重或是因为噩梦缠绕，吴子宽特意请了一天假，中午，还在某个浅洞中睡了一觉。但奢侈的旅行并未如以往那样起到暗示和镇静作用。他不知乔喜喜挖出金马鞍是什么感觉，是否认为在做梦，他知道的是自己。从那个上午，他在编柳条筐，灰色的轿车停在门口开始，他就被拖拽进梦中。吴子宽有些怕了，事实上早就怕了。必须从梦里冲出来，至少，要看清这个梦的真相。

　　吴子宽没有突然行事，杨红这关是要过的。那个夜晚，吴子宽对杨红摊牌。杨红没听完就炸了，交出去？你疯了吧？吴子宽耐心地，吴然多大能耐，你清楚，我清楚，他不可能挣这么多，肯定有问题，他不说，刚子不讲，这就更有问题了。到时候，吴然怕就不是六年了，你我也逃不脱。杨红问，你认为这是为吴然好？万一害了他呢？本来……就算有问题，可神鬼都不知道，别人又咋能知道？不行，绝对不行！你要交，先抹了我的脖子！杨红跳下地，拎了菜刀，与吴子宽拼命的架势。吴子宽说，你护短没用，我长着嘴呢，你连我的嘴也缝了？杨红大怒，你敢！吴子宽声音有些冷，这不是敢不敢，是必须交出去。

　　我的个妈呀，杨红决堤，仅仅号一嗓子便压制住，声音低下去，泪水却没放慢速度。这种时候，说什么都没用，而且，越劝她流得越猛。吴子宽垂着头，等她消停。

　　好像吴然不是你亲生的，你为什么要害他？第一波洪水终于过去。吴子宽反问，怎么就是害他？不声不响，才是害他，装三年五年，你能装一辈子？杨红说，那就是吴然挣的呢？吴子宽冷笑，除非抢银行。杨红说，就是正道来的呢？吴子宽再次反问，为什么吴然和刚子都不肯说？这就说明有问题。杨红说，刚子怎么说的，你还记得吧，那会害了吴然。吴子宽何尝不记得，但沉默就能平安无忧吗？杨红说，我绝不同意，除非吴然和刚子都同意。吴子宽说，那就给刚子退回去，咱不能要。杨红说，刚子讲了，那就是吴然的。

吴子宽揶揄，你记性倒好。杨红说，你不是记性不好，你是糊涂了。吴子宽说，我是糊涂了，自吴然失手……这桩桩件件，没一件是明白的，感觉隔着牛皮灯笼，看起来挺亮，就是望不透。杨红说，那你就装个糊涂。吴子宽说，糊涂那么好装？我是害怕呀，不然，能半夜三更往回跑？杨红说，我不管，只要我有半口气，你甭想祸害我儿！仿佛意识到力度不够，加重语气，不信你试试！吴子宽犯怵，这娘儿们脑子发热，什么都能干出来。

次日，吴子宽返回屠宰厂。这个事不能急。

几天后，杨红二舅又来催问，吴子宽仍是那句话。他不再躲，躲不掉的，乔库，杨红二舅……不知什么人还会寻来，他没地儿躲。他原本就是一只麻雀，却被插上老鹰的翅膀，被无形的巨手扔到高空，每时每刻都提心吊胆。吴子宽想落到地上，他只想成为踏实的麻雀。那么就必须从无形的手掌中挣脱。那笔巨款是炸药，也可以成为扳手，哪怕撬开半条缝隙呢。不知能否成功，必须试试，他不打算和杨红商量了，悄然进行。也许会引爆炸弹，但哑着未必就没有危险。

晚上，吴子宽拨通了刚子的电话。

丛
林

1

搬到杏花沟的当天，马晓丽提议养一只中大型犬，如黑贝、藏獒、哈士奇什么的。两人刚刚吃过，饭菜还在桌上摆着。酱油放多了，面条汤黑得夸张，足可以用来描眉。宋刚吃了一半，用掉两块纸巾，仍觉嘴唇带着咸味。马晓丽喝了两大碗，有意惩罚自己似的。宋刚并未责怪她，也未表示出丝毫不快。马晓丽久未下厨，手生了。宋刚第三次伸手抽纸巾，马晓丽张嘴，宋刚以为她要说面条，没料是关于狗的，不由一怔。

马晓丽养过一只京巴。女儿早早送到国外，宋刚常年不在家，京巴便成了马晓丽的伴儿。京巴也忠心，不离马晓丽左右，睡觉也必定卧在马晓丽一侧，不然就会闹。京巴病倒，马晓丽跑遍全城的医院。人有人寿狗有狗命，京巴终是不治。马晓丽大病一场，瘦了十多斤，人都脱了相。宋刚劝她再养一只，马晓丽不肯，还发誓不再养任何宠物。时隔数年，她突然又有了养狗的想法，还是大型犬。

　　这地方，连个人也见不着。马晓丽说。

　　她说的是实情。杏花沟距市区十多公里，在一个山洼里。皮城太妃杏名气很响，而太妃杏又以杏花沟的最佳。别墅就在杏林边，也就十几幢。几个月前，宋刚带马晓丽看过，当场就敲定了。此处幽静，环境又好，正合宋刚心意。看中的还有装修，以田园风为主格调，又隐隐有些欧陆风情。只是入住率低，静虽静，显得冷清。住在这里的自然不是一般身份，难免被惦记。这几年，凶案一桩接一桩，不说全国，单是皮城哪年不有十几起？就在上月，桥西区一个副局长大中午在家中被害，据说被捅了十多刀，身上遍布窟窿。

　　马晓丽养狗的理由只是表面上的，真实意图宋刚一下就看透了。防贼防盗不过是幌子，她是担心别的。虽然搬了家，她还是紧张。可养狗又能怎样？市中心还有一套房子，东西一应俱全，一只水杯都不用带过去，虽没有别墅大，也一百六十平方米，在那里也可以养的，何必这么折腾？躲——确实是啊，思路每次滑到这个方向，宋刚就极其恼火。但不得不承认，他和马晓丽搬家有躲的意思。不声不响，一切都悄悄进行。已经躲了，没什么好担心的。如果狗能起到作用，他干脆买一匹狼回来。

　　从小养才听话，大型犬恐怕更是。宋刚轻轻拭着嘴角，你想好了，改天去宠物市场转转。

　　马晓丽问，你明天有别的安排？

宋刚看着马晓丽，没有马上回答，家里有什么茶？

马晓丽站起来，你晚上不是不喝茶吗？

宋刚说，今天累了，不碍事。

马晓丽端茶过来，宋刚一瞅就放多了。晚上饮茶不宜过浓。这怨不着她，她好久没给他沏茶了。宋刚吹了两口，说近日膀子疼得厉害，想去一趟独石口。天气转凉，他膀子就犯病，她是知道的。他原打算歇一天再去，马晓丽问要我陪你吗，宋刚说你老嚷头疼，也趁机扎扎，老头是有绝活的。马晓丽说让你吹成神仙了。宋刚说我这膀子还就他扎有效，乡下什么能人都有，可别小瞧。马晓丽没再说什么。

直至入睡，马晓丽再未提养狗的事。宋刚并不反对，就是怕她一时冲动。晾几天，如果她还坚持，那说明是真想养，不管出于什么用意，随她去。确实是累了，喝那么浓一杯茶，躺下没几分钟就睡着了，只是睡得不是很深，马晓丽轻轻一碰便醒了。

怎么了？宋刚的声音透出不快。

我……睡不着。马晓丽小心翼翼地。

宋刚翻过身，别胡思乱想。

马晓丽问，你听见什么了吗？

马晓丽声音很轻，宋刚还是惊了一跳，睡意全无。什么声音？

马晓丽惴惴地，脚步……在楼顶。

宋刚终于忍不住，呵斥，胡说什么呢？别墅共三层，宋

刚和马晓丽的卧室在二层。三层是活动室，买来的健身器械
还没拆包。

马晓丽说，分明——她感觉到宋刚的愠怒，没敢往下说。

宋刚打开灯，光着脚去三层转了一圈。不折腾一下消
不掉她的紧张和疑虑。宋刚走得快，有意跺几下，只是赤脚
没跺出什么声响。但喉咙的声响很重，咕噜咕噜的。咕噜的
后面卷着话，本要扔给她，但看到她怕冷似的耸着肩，神色
甚为不安，喉咙突然归于寂静。我看过了，这下你该放心了
吧？宋刚扳扳她的肩。

对不起，影响你睡觉了。马晓丽小声说。

宋刚说，睡吧，一会儿天该亮了。

马晓丽突然问，你说她会不会找到这儿来？

终于说出来。她肯定憋坏了，不说出来这一夜怕都不能
消停。她未必要一个答案，他也不可能给她答案。她就是要
说出来。他说来就来呗，搬这儿也不是为了躲她。你以为我
怕她？他是转过身说的，可她还是被撞痛了，叹口气，不再
言声。

她并不踏实，宋刚清楚。自跟了他，她就开始担惊受
怕。先前生意不顺，常有债主上门，后来发达了，难免招
蜂引蝶。待他隐退，打算过几年安稳日子，却又遇上……麻
烦？累赘？宋刚想不出合适的词，似乎是，又不全是。想到
这儿，宋刚甚为愧疚，但终是什么也没说，劝慰有什么用？

马晓丽没睡好，脸上没一点儿光泽，上车便闭目养神。

宋刚将音乐关掉，马晓丽说，你听吧，我睡不着的。宋刚说一百五十公里呢，还是睡会儿吧。其实宋刚也挺困，一早喝了两杯浓咖啡。到独石口基本是山路，比平日更须集中精力。他曾想留一个司机，用车方便。但用车方便，自会带来其他不便，终是辞掉了。

到独石口镇快中午了，两人就近吃了点饭，便去江大夫那儿。连着五年了，宋刚每年秋天都要到这儿扎扎。以往宋刚独自来，这次带马晓丽是想让她也扎扎。路上马晓丽同意了，可看到年逾古稀的江大夫颤着手把细长的针扎到宋刚双肩后背及手腕处，死活不肯了。她静静坐着，愣愣的。她看到他的伤疤了。他的后背有十几处伤，最长的从左肩到后背足有半尺。每次都像第一次见到，发半天呆。其实，看见的都不是真正的伤，她哪里明白呢？

一个多小时，马晓丽的姿势竟和宋刚一样，基本没有改变。扎一程要三五日，宋刚和马晓丽商量，来回跑怪麻烦的，不如就在独石口住几天。马晓丽想了想，点点头。即去寻了家旅店，房间陈设简陋，倒也干净。次日针灸后，宋刚带马晓丽到周边的山野转了转。独石口是北方进入京城的关隘，历朝历代在此都有军事设施。虽是秋末，万物凋零，但满山的枫叶烧得正旺。马晓丽素来不喜欢照相，竟然让宋刚拍了好几张。宋刚思忖，以后要带马晓丽多走走才是。

第三天，针刚扎上去，宋刚的手机响了。三个人都静默着，铃声格外突兀。搬家前，宋刚和马晓丽均换了号码，除了远在美国的女儿，没有任何人知道这个号。有些人从此不需要联系了，需要来往的还未来得及告。宋刚不知何人打给他。腕处有针，不方便接，马晓丽瞅瞅装手机的包，又询问地看着他。她不敢碰他的手机。宋刚面无表情，她的目光便垂下去。铃声隔几分钟就响一次，把房间的寂静撕得七零八落。

江大夫拔完针，手机又叫起，宋刚不紧不慢地拉开包。

2

金杖。

宋刚第一次听到这个名字，父亲还未娶她。宋刚的童年时代，父亲就相当有名了。父亲没有超凡的智慧，也没有什么奇特的手艺，出名是因为爱吹，还得个绰号吹破天。明知他吹牛，村里却没人敢当面嘲笑他。父亲脾气暴烈，三句话不对口就要扯刀子杀人。那些年，被父亲"杀"过的人排一长串儿，总有这样那样的事得罪父亲。比如生产队队长将一只死羊带回家中，关起门独自享用。父亲拎刀讨伐，末了队长羊汤也没喝上。父亲不贪，招呼别的村民把那只羊一起吞掉。算不上乡村无赖，父亲其实很仗义的，所以并不那么讨人嫌。相反，父亲的言语和举动常带来乐子。唯一遭罪的是母亲。父亲游手好闲，家里家外都是母亲一人操持。母亲是父亲骗来的，自然这也是父亲吹牛的资本。母亲去世后，没有哪个女人再上当受骗。父亲一个人东游西逛。

宋刚平时极少回家，只在年根探望他一次，送些钱物，顺便把父亲挂在小卖部的账结了，一般当天就离开了。有酒有肉，父亲才不在乎宋刚住不住。父亲没主动找过宋刚，所以父亲突然跑到矿上，看见他就嚷腿快走断了，宋刚眼都硬了。

父亲说要娶一个叫金枝的女人做老婆。宋刚细细打量，父亲有了些变化。仍旧是紫铜色的脸，神色却亮了许多，不只是洗干净了；褂子敞着，但扣子一粒不少。在宋刚的印象中，即使母亲在世，父亲的扣子也从来没完整过。宋刚说本事没丢，还能把女人骗到手。父亲没有炫耀，说不是骗的，然后讲了金枝的一些情况。金枝也就比宋刚大几岁，和父亲可是差一大截。宋刚盯住他，没骗她怎么会跟你？你许诺人家什么了吧？父亲"喊"一声，就算你是大老板了，我也是你老子，别这么跟你老子说话。你娘确实是我骗的，我可没骗金枝，她死心塌地要跟我。宋刚不屑，死心塌地？是不是海誓山盟了？父亲来了火，哈，你娶老婆我不管，我娶老婆你倒要管？宋刚差点气笑，这倒成父亲质问他的资本了。父亲确实没有管过他，宋刚还未成年，父亲就把话撂下，有本事你自己娶，别指望老子。宋刚反问，那你大老远跑来找我干什么？父亲说我不能白娶人家吧。宋刚问，多少？父亲说十万六千五。其实宋刚不过是敲打敲打父亲，虽然这样的敲打没什么意义。怎么还有零有整的？宋刚问。父亲说这个钱是金枝给男人治病欠下的，还了账就行，不多要。十万块钱对彼时的宋刚实在不算什么，光打通关节哪年不花上百万？宋刚就是不想痛痛快快给父亲。见宋刚没动静，父亲就急了，大骂宋刚没良心，没有他哪有宋刚的今天。宋刚感到好笑，问父亲帮过他什么。父亲说，没有老子，你能从你娘肚里出来？没老子的血性，你能混成今天的模样？宋刚哑然。父亲嗓门高，虽然关着门，也没人敢偷听，可毕竟是办公场所，宋刚怕父亲再弄出什么花样，忙通知会计取钱，并派车将父亲送回。

　　父亲和金枝结婚时没告知宋刚，宋刚计划年底回去拜见一下父亲的新娘。宋刚不关心父亲娶了谁，但从礼节上他必须要拜见的。今非昔比，宋刚已是罩了光环的人，不能不看重声誉。那年春节，新换的局长想带家人去香港游玩，宋刚回家的计划泡汤。局长行事谨慎，宋刚正琢磨如何攻破，局长竖了梯子，宋刚当然不会也不敢错过。从香港回来，矿上出了事故。处理整改，几个月又过去了。秋后父亲便辞世了。宋刚和金枝见面竟然是在父亲的葬礼上。

　　金枝圆脸，重眉，比宋刚想象的还要年轻。还有她的儿子儿媳和六岁的孙子，女儿尚在读高中，也回来奔丧了。金枝的儿女皆是重孝，六岁的孙子也是。金枝的孙子虎头虎脑的，甚是可爱，宋刚没带礼物，掏出两百块钱给他。金枝拦住宋刚，别惯他的毛病。宋刚说孩子嘛，塞进他兜里，并摸摸他的头。金枝的孙子喊大爷好，极其响亮。宋刚笑笑，张罗事去了。

其实没什么张罗的。村里有丧事主管，所有程序均在主管指挥下进行，包括什么时候磕头什么时候哭。当然少不了请示东家。主管或许发怵和宋刚说话，更愿意征询金枝的意见。遇此，金枝便和宋刚商量。或者，她做了主的，也要向宋刚汇报一二。从宋刚进门，她就开始汇报，父亲如何发病，谁的车拉到医院又如何从医院拉回来，从哪家买的棺木。有些事比如装衣、买棺木，她来不及和他商量，就定了。她略带不安，摆出等他责备和质询的样子，但又不是那么刻意。宋刚不想挑剔，也挑不出来。金枝喉咙嘶哑，眼带血丝，悲悲戚戚的。马晓丽都看出来了，金枝不是装的，是真伤心。

其间，一个汉子非要拉着宋刚喝一杯。算起来，他是宋刚的姑舅兄弟，只是极少来往。宋刚喝了一口，但汉子不干，硬要宋刚干了。三说两说汉子恼了，扯出旧事，那年他父亲过世，给宋刚打过电话，宋刚面也不露。宋刚想把胳膊拽出来，汉子喷着浓重的酒气，就是不松，你以为有几个臭钱就了不起了？此等场合，宋刚不好怎样，尽量耐着性子。金枝及时闪出来，抓住汉子的手，说他还有很多事，想喝我陪你。汉子斜住金枝，你算老几？金枝不卑不亢，我是宋刚的小娘，你说我算老几？你不拿我当长辈我管不着，我和你喝杯酒总行吧。汉子的手慢慢松开。金枝给自己满上，不待汉子举杯便一饮而尽，然后平静地看着汉子，要不要我替宋刚他爸敬你一杯？他可是看着呢。汉子迷瞪半晌，慢慢缩回座位。金枝转身对宋刚小声说，他喝多了，别放心上。

　　宋刚才不把汉子放心上呢，放在心上的是金枝。这样一个女人，不羁的父亲也会服帖吧。宋刚已有预感，丧事完结，他和金枝之间或许会有冲突。当然，宋刚不怕。

　　回城的前一天，宋刚正式和金枝摊牌。父亲没什么财产，除了三年前宋刚给盖的那几间砖瓦房。此外，丧事结余万把块钱。宋刚一并留给金枝了。金枝嫁给父亲，自有所图。如果她不狮子大开口，宋刚也不会太多计较。就是他一分钱不出，也完全说得过去。他和她完全没有关系。但好歹跟父亲一场，打发一下作为老板的面子，又可从此与她撇清关系。归根结底，这不是一桩买卖吗？

　　金枝似乎没听明白，宋刚只得重复。宋刚猜她是装的，那么灵透的人怎会不明白？金枝的眼睛扑闪两下，慢慢低下头。她在掂量数目的多少吧？这几日她肯定盘算透了，只是没料到宋刚如此爽快吧。宋刚说，我是痛快人，你直说就是。金枝抬起头，往后挪挪，和宋刚拉开距离。你让我直说，我就不绕弯了。我和你父亲过了一年，一日夫妻是夫妻，一年夫妻更是夫妻，我和你父亲是领了证的，在名分上我还是他的女人。我比你没大几岁，但论关系，我是你的小娘。我没有占你便宜的意思，可辈分在这儿，谁也抹不掉。

你可以叫我小娘，也可以称呼我金枝，都行。你父亲头七没
过，你就急着和我撇清关系，你什么意思？怕我黏上你？

金枝不急不缓，柔中带刚，宋刚竟有被逼到角落的感
觉。宋刚解释没这个意思，不过是想帮金枝做些什么。宋刚
不相信她没任何条件，可能是他说得过于直接，伤了她的自
尊。金枝立即自责，瞧我这点儿心眼，想多了。我说呢，你
怎么可能这么快就不认我了。说句厚脸皮话，你父亲不在
了，咱们还是一家人对不对？她满是期待地望着宋刚，宋刚
不得不点头。金枝说，既是一家人，就不要说两家话，你是
做大事的，该走就走，家里的事不用你操心，需要你帮忙我
自然会说。清明你能抽出空就给你父亲烧个纸，没空也不要
紧，有贵祥在，你放心好了。

摆了半天阵势，对手却和自己站到一起，宋刚稍有失
落。这是他没有料到的局面，可又说不出什么。宋刚不只是
想和金枝，也想和宋庄从此断开关系。父亲在，断是不可能
的，哪怕他不回来，也是宋庄的人。父亲走了，仍然不能，
这个叫金枝的女人，这个名义上的小娘还在。

当然，宋刚不打算再回来。金枝如何打算随她去好了。
上车前，宋刚抱了抱金枝的孙子。女儿未能回来，父亲这个
外姓孙子可是替女儿磕了头的。

回到矿上，宋刚便将金枝撂到脑后。那么多人要吃喝，
那么多关系要攻克，还有明着暗着的箭要躲，哪一件都要耗
费大量心血。金枝也没和他联系过。年底，在镇里当副镇长

的朋友来看望宋刚，宋刚才想起金枝。副镇长带了些土特产，宋刚回带了些烟酒。另个信封装了三千块钱，让他捎给金枝。副镇长感慨万分。宋刚笑笑，没有多言。

转年清明节，宋刚回乡祭扫。进村没停车，直接去了墓地。父母墓前摆置了供品，并有纸钱焚烧的痕迹。宋刚料想必定如此，但亲自查验过，还是松了口气。返回，贵祥已经在村口候着。宋刚让他上车，贵祥连连摆手，没几步的，没几步的。他一路小跑，欲与奔驰并驱。宋刚让司机放慢速度，跟在后面。远远的，看见站在院外的金枝，宋刚心一动，对司机说，我走过去吧。近前，方发现满脸掬笑的金枝手里抓一把刷子。金枝让宋刚别动，她蹲下去替宋刚扫鞋面上的浮尘。宋刚退后一步，说我来吧。金枝叫，让你别动！声音不高，却带着威严，似乎还有慈爱。尔后解释，只能我来。乡下规矩多，宋刚不知这扫鞋的程序有什么讲究，便定住。金枝的头发里夹了几根白丝，宋刚停了停，移开目光。金枝很小心。待直起腰，笑重新盛满，好了，进屋吧。

宋刚一瞅满桌子的菜，就知金枝准备不是一天两天了。金枝是有心人，知道宋刚喜欢吃什么。似乎看出宋刚的疑惑，金枝说你爸在的时候常说你。父亲那样一个人，竟然知道宋刚的喜好，还和金枝说，真是奇了。宋刚没有耽搁，吃完即走。他打算留点钱，但金枝死活不要，年前捎给我的还没花完呢。宋刚作罢，让她有事给他打电话。

两个月后，金枝去了趟皮城，送了些苦菜，是她自个儿挖的。担心放不住，还腌了一罐。宋刚不在家，是马晓丽告诉他的。秋天，她送了趟豆角；年根儿，她带了些粉条干瓜丝黄米糕。这次宋刚在家。留她住几日，金枝说什么也不肯。宋刚给钱，她推让一番总算接了。

宋刚每天与各种各样的人正面或侧面交锋，殚精竭虑，这个不常见面的小娘，并不用宋刚费任何心思。

3

杏花沟的房子敲定后，宋刚不动声色，暗中准备。金枝走的第二天，他和马晓丽立刻搬家。其实没什么搬的，家具未搬，锅碗瓢盆未搬，好多衣物都没动，搬的只是他和马晓丽这两个活人。所以也没择日期，金枝离开即是日子。金枝来去三天，待她返回，等待她的是打不开的屋门。手机号码换了，她无法与宋刚联系。宋刚设想了种种可能，比如她在门外死守，她是做得出来的；她四处寻他，且不论寻到寻不到；她不得不回宋庄，哪怕过阵子再来……唯独没料到她会联系他们的女儿，她什么时候记下了女儿的电话？

宋刚大脑一片空白。如果手里抓着砖头，他会立即拍出去，大吼，我没事！突然的号啕撞击过来，宋刚耳膜一阵回响。即使在父亲的葬礼上金枝也没有这般痛号。宋刚不说话，任她号任她喊。虚火渐渐燃尽。我没事！宋刚精疲力竭。她什么都没问，没有问他身在何方，没有问他什么时候回去。

宋刚回头，马晓丽站在身后。我说吧，她没那么好甩。马晓丽软软的，甚是无奈。宋刚无言。

宋刚有意拖延一晚，次日上午和马晓丽返回。你打算怎么办？把她带回杏花沟？宋刚板脸不说话，似未听见。马晓丽说，要是这样，杏花沟的房子不白买了？宋刚咬着嘴。他没想好。但有一点是清楚的，金枝联系上他，就不能再躲着不见。

车在小区停稳，马晓丽推开车门，呕吐物喷在地上。她晕车了。宋刚开的速度快，拐弯又多。宋刚正欲下去扶她，一个人影蹿过来，架住马晓丽，将她搀扶至旁侧的椅子上。和几天前走的时候一样，金枝灰衫黑裤，衬得马晓丽像艳丽的花朵。不同的是金枝不长的头发剪得更短了。金枝一直就在恭候吧。她掏出纸巾替马晓丽揩拭嘴角。马晓丽试图自己擦，被她挡开。马晓丽像个婴儿由着金枝侍弄。别动，合上眼睛，歇歇就好了。然后，金枝朝宋刚走来，问他车上有水没。当然有水，如果金枝不在，宋刚会记着。金枝让马晓丽漱了口，再次站在宋刚面前，带了点儿责怪，这么大的风，怎么不穿褂子？你肩膀爱闹毛病，吹不得的。在这里吗？金枝欲拽车门，宋刚说，我自己来。金枝便道，你看着她，让她多歇会儿，我去买菜。宋刚制止，不用了。金枝问，吃过了？宋刚略一顿说，歇一会儿就走。金枝似有疑问，目光微微抖了一下，但什么也没问。竟然没问。那好，我去照顾晓丽。

半小时后，马晓丽缓过劲儿。金枝把她扶上车，很自然地坐在马晓丽一边。宋刚默默地发动车，有缴械投降的窝火，又有尘埃落定的平静，仿佛过来就是特意接金枝，数月的计划、行动不过是与金枝玩游戏开玩笑。

市区有些堵，前后车都在摁喇叭，整条街都是躁烦的。宋刚窥窥镜子，马晓丽歪头闭目，金枝看着窗外，没有问他话的意思。她可真沉得住气。终于出城，宋刚开得更慢了。金枝仍看着窗外，没问门锁为什么打不开，没问他和马晓丽为什么换手机号码不告诉她。她似乎是天下最大的糊涂虫。宋刚要拉她去哪里，她也不问。只要在宋刚和马晓丽身边守着，此外的一切都与她无关。

到了杏花沟，走进三层别墅，金枝上上下下转了一圈，仍没问宋刚什么时候买的什么时候住进来的，只说比市里安静多了，便钻进厨房。半小时之后，几盘菜便放在桌上。几天前的菜了，也没几样，冰箱保鲜效果虽好，还是失了颜色和水分。但经过金枝的手，便如重生了一般，仿佛才被金枝从地里摘回。香菇是晒干的，却也烹煮出浓烈的香味。宋刚吃不惯山珍海味，虽然他可以吃，喜欢的仍是乡野饭蔬。开矿那会儿，厨师自然要为宋刚开小灶。那个厨师有证，是宋刚从望江楼挖过来的。当然不是宋刚的御用厨师，宋刚没那么奢侈。宋刚不时请些重要客人到矿上吃便饭，他舍得在这方面下血本。但厨师做得再精致花样再多，也没金枝做出来的合宋刚胃口。她不过是他的小娘，却像从小拉扯他长大的，摸透了他的脾性嗜好。

饭后宋刚和马晓丽睡午觉。消闲下来他养成了这个习惯，不睡一觉整个下午都昏沉沉的。宋刚对收拾碗筷的金枝说，你也累了，休息一会儿。他没说让金枝去哪儿休息，房间虽多，他不指派，金枝不会随意占用。既然她跟过来，游戏已经结束，至少是暂时结束，该分给她个房间，但宋刚没有。不是刻意刁难她，又有什么必要呢？只是实在太困了，他返身进了卧室。

一觉醒来，已是三点多。小会客厅的茶几上已经泡好浓茶。宋刚不喝工夫茶，嫌麻烦，除非接待朋友。他更喜欢用玻璃杯，单就这一点看，他无疑是粗人。宋刚不在乎，他本就一粗人，高中也没毕业，若父亲有实力给他娶妻，他现在还在宋庄锄地呢。他逃离乡村，有了钱，令人仰慕，但骨子里与农民没有本质区别。比如这喝茶，就喜欢大杯，大杯喝才香才过瘾。当然，与那些粗人比，还是有些区别。春夏秋冬，一季一茶，价格均不菲，若说讲究，也就这些。金枝上门后，泡茶的任务便被她接过去。金枝心细，摸得透透的。虽是一季一茶，但上午与下午有别，下午与晚上不同，她懂何时浓何时淡。

香气扑鼻，温度适宜，宋刚先喝一小口，然后连灌两大口。这才想起该给金枝安排个房间。他踱到窗前，看见金枝跪在地上扒拉着。院子大，硬化面积也就三分之一。有两棵杏树，叶子已掉大半。这也是宋刚当初看中的地方。他逃离乡土，却对乡土有难以割舍的情缘。秋风萧索，金枝还想种什么东西？宋刚瞅了半天，看清她手里抓一个食品袋，每扒拉出什么，就放进袋子。

她在干什么？马晓丽的声音透着诧异。她彻底歇过来了，脸上有了光泽。宋刚已经猜到了，说，这是为春耕做准备呢。马晓丽说，这下好了，她更有理由住下去了，你……打算怎么办？宋刚顿了顿，这地僻静，先让她照顾你吧，我得出几天门，回来再商议，一楼那间空房，让她住好了。

马晓丽下去了，宋刚仍在窗前立着。马晓丽和金枝说话。金枝比马晓丽矮半头，虽然宋刚看不清楚，仍能猜到金枝脸上是恰到好处的谦卑。不同的场合不同的时间，她会调整自己的表情。此时，马晓丽是主人，金枝是奴婢，所以自然要带出谦卑。马晓丽未必把她当成随意指使的奴婢，她冲金枝撒过火，但那是特殊情形，可金枝在神态言语上的努力使主仆关系很自然地形成了。这个女人呐，宋刚感慨地叹息一声。

原来她在捡地里的石头子呢。她说土质挺好，打算从宋庄背些羊粪过来，这是要大干一场了。马晓丽忧心忡忡的。

宋刚说，不施化肥，不喷农药，她是能做到的。

马晓丽问，就这样了？

宋刚反问，那要怎样？把她拖出门外，还是把她捆了？

马晓丽说，可是——

宋刚说，先这样吧，我会处理的。

马晓丽没再说什么，她看出宋刚不耐烦了。

宋刚喝完第二杯茶，发了几组信息，打了几个电话。失踪有一阵子了，虽然已是赋闲的人，没有杂七杂八的事等他处理，他亦有意掐断某些往来，但依然有好多关系需要维系。活着，就不可能与世隔绝。很快有回话打过来，都是最近找他却联络不上的。宋刚解释，致歉，说明。不同的人需要不同的口气，有骂宋刚的，当然宋刚也会回骂，相互骂那是更亲近的关系。闲聊闲话，许许多多的信息就是这么汇集来的。谁被逮起来了，谁升了什么职位，某场大火背后的隐情……多数是没用的，与宋刚毫无关系，但也说不准哪条与他相关。这些信息永远以一种半私密的方式传递，至少在没公开前是如此。所以，表面闲聊，却有用心。一通电话下来，天色已经暗了。

晚上九点多，宋刚下楼，金枝跪在地上擦地板。地板明晃晃的，能当镜子用。金枝不是故意做势态，她闲不住。但从这闲不住，他分明能觉察到她的心力。宋刚说已经很干净了，没必要这么擦。金枝头也不抬，这么好的房子，不擦哪行？你歇着吧，别管我。

宋刚在沙发坐下，小娘，我想和你说说话。我虽是你的小娘，不过，你叫我金枝就行，这样的话金枝说过几次。宋刚很少叫她小娘，也没喊她金枝，他和她说话都不带称呼，叫小娘便带了几分严肃，所以，金枝愣了一下，看宋刚的目光没那么自然。

宋刚说，不早了，别弄了。

金枝立起，移步过来，与宋刚呈丁字形。她略带拘谨，宋刚笑笑，说坐啊。她便坐下。

宋刚说，我打了一下午电话。

金枝明白宋刚的用意，期待从她的眼底爬出来，弯弯绕绕的。

宋刚停了停，很抱歉，贵祥的事我无能为力，过去那些关系，都指望不上。

那些弯弯绕绕摇晃着，抖了抖，慢慢缩回去。继而，金枝的目光平静如水。但口气却带出狠，当然不是冲宋刚。她在骂贵祥，他活该，是他自作自受。多判他几年才好！

每个字都像沙砾，敲打的何尝不是宋刚？

宋刚说，已经这样了，你没必要生气的。

金枝说，哪能不气呢？李家祖辈还没出过这号人，脸都让他丢尽了。

宋刚问，你有什么打算？是不是——

金枝猛然立起，我没什么打算，连你都管不了，就说明他该着。我打算又有什么用？

宋刚说，你想想别的办法，或许——他没往下说，他已经说得很明白。

金枝说，就当没养过这个儿子，生死由命吧。

宋刚说，你没必要在这儿耗费时间。她装糊涂，他只好说透。

金枝做吃惊状，我可不是为了他，你这是要撵我走吗？

宋刚说，当然不会。

金枝笑笑，论能耐，论仁义，一百个贵祥也抵不上你。你歇着吧，还有几块儿，得擦完呢。

4

那几年，金枝像鸟一样来往于宋庄皮城之间。她从未住过，有时饭也不吃，搁下东西就走。她要赶车。末班车到县城天就黑了，这意味着她必须在县城住宿。她宁可在县城住小旅店也不住宋刚这儿。可能是觉得不方便吧，她既如此，也不可强留。

金枝在某个秋日再次来皮城，照例背了一大包。恰好宋刚在家，他拦住她，没让她匆忙离去。宋刚在皮城的海鲜阁定了包间，请金枝吃海鲜。只有他、马晓丽和金枝，也是替金枝着想，他人在场，金枝难免露怯。宋刚点了好多，鲍鱼龙虾螃蟹……哪样金枝都没吃过。宋刚让她放开吃，吃不了只能扔掉，海鲜是不能打包的。他半真半假地说。金枝说你诓我吧，这样该多浪费。宋刚说，所以嘛，不能剩下，我和晓丽胃口小，就靠你了。金枝望着满桌子的菜，说我要是饿两天再来就好了。马晓丽差点把嘴里的水喷出来。

金枝用了会儿筷子，嫌不利索，两只手直接上了。马晓丽还替她挽了两次袖子。开始还扯些村里的家长里短，后来金枝也顾不上了。宋刚问她味道怎样，她说好。她的目光一寸一寸往回缩，最后定在面前的盘子上。有她抓过来的，有宋刚和马晓丽夹的。服务员已经清理过三次残渣。宋刚本意是怕她拘束，吃个半饱再饿着。可见金枝像完成任务一样拼尽全力，有些后悔。吃不了就算了，宋刚开始劝她。扔了怪可惜的，金枝头都没抬。宋刚说，扔就扔了。金枝哼一声，她话都顾不得多说。马晓丽说，他天天在外面吃，不知要糟蹋多少呢。马晓丽的劝也不起作用，金枝充耳不闻。制止她除非夺去盘子，可这样无疑更加不妥。宋刚目光示意，马晓丽起身，把桌上的盘子归拢到一起，金枝再无机会下手。

宋刚担心金枝撑着。她笨拙了许多，还是抢在服务员面前拉开门。马晓丽说，很多人吃海鲜过敏，要是哪儿不舒服早说。金枝说，乡下人皮实，没事。完后又道，我这老没出息的，是不是给你们丢人了？马晓丽忙道，你这么说就见外了，他是高兴，跟他这么多年，还没这么大方地请过我呢。金枝说，宋刚仁义，我头次见就瞧出来了。她的话恰到好处，赞，不是媚。父亲从未这么夸宋刚，哪怕宋刚盖了全村最好的房子给他。在父亲的观念中这未必是好词。仁义？这辈子宋刚怕是与其无缘了。

金枝没什么大碍，宋刚放心了，睡前还打了两个电话。半夜，金枝还是有了反应。被惊醒时，金枝已经冲进卫生间。她把门反锁了，叫也不应。呕吐一阵紧似一阵，听着都恐怖。卫生间门口地板上有一摊呕吐物，想来她实在没坚持住。那几天保姆正好请假，马晓丽好久没干活，竟然没找见拖把，直接拎半袋大米倾倒在上面遮盖。宋刚叫不开门，又怕她出什么事，打了120。

金枝被拉到第一医院，宋刚也跟着去了。金枝不是中毒，并不需要抢救，不过是伤着了肠胃，所以又吐又泄。一程药输完，金枝已经安静下来。脸色灰白，她的歉疚不安越发明显。丢人了，我这没出息的。给你们添麻烦了。她反反复复说，不敢和宋刚对视，一碰便落荒而逃。

那天一早，宋刚本要赶到矿上，十点半开中层会，时间是他定的。虽说金枝没什么危险，可把她撇在病房终是不妥。而且，折腾了一夜，他头昏脑涨，疲惫不堪。会议取消，他打发司机兼保镖夏龙回去，替他办一件事。

夏龙在途中出了车祸。宝马撞断护栏，翻进十米深的悬崖。闻知消息，宋刚目瞪口呆。他难以相信，夏龙跟他好些年，行事稳重，车技更是一流，而且那条路每年来往数百次，对路况极熟悉，哪处有坑哪处裂缝儿，夏龙门儿清，怎么会出事？赶到现场，宋刚仍然怀疑。但车是他的，夏龙虽血肉模糊，却并不难辨认。交警询问宋刚夏龙夜里是否饮过酒，宋刚摇头。夏龙自跟了他便滴酒不沾。化验结果与宋刚说法吻合。不是酒驾，也无吸毒史，现场没有其他车辆，交警给出的说法是疲劳驾驶。

宋刚回想近半年发生的种种，认为没那么简单，不单纯是车祸。对宋刚的怀疑，警察也很重视，但一番调查，并无证据有第三者参与。监控显示有货车在那个时间段经过，可货车没有牌照。折腾数月，终是不了了之。

宋刚心里却结了疙瘩。许多个夜晚，他一遍又一遍地推演，宝马车一次又一次炸裂。嘭嘭嘭嘭嘭嘭。他写了数个可疑的名字，反复排列顺序。游戏并不好玩，每玩一次他都被利刃划得伤痕累累。

事情没有画上句号。对波涛汹涌的宋刚，永远画不上了，但渐至平静。宋刚着手转让开了十余年的矿。这个决定耗了几个夜晚。他心有不甘，无疑夏龙的车祸成了催化剂。

回想整个事件，金枝功不可没。她救了他。她从来不住，偏偏在那天住下。她守着山包一样的海鲜，一块一块往嘴里塞。她被拉到医院。不是设计好的，可每个步骤都那么奇异吊诡。不然，他就和血肉模糊的夏龙并排躺着了。

宋刚专程回了趟宋庄，把金枝接到皮城。你救了我的命呀，宋刚要当面告诉她。这个小娘，他是认定了。当然，他也暗暗感激父亲，父亲没帮过他任何忙，但父亲娶了金枝，等于重赐他一次生命。可金枝略显局促的神情封了宋刚的嘴，那谢还未出口便咽了回去。他打算选个合适的场合，这么说会羞着她的。晚上设宴，金枝说什么也不出去，马晓丽说不是吃海鲜，她才起身。宋刚频频向金枝敬酒，他特意带了一瓶十五年的干红。宋刚的热情让金枝不安，甚至惶恐，每次都要站起来，双手抱杯。待马晓丽敬酒，金枝终于撑不住了，你两口子……我哪里……口齿伶俐的金枝竟然语无伦次。马晓丽说，该敬你的，你可是……宋刚踢马晓丽一下。他知道马晓丽要说什么，却不清楚自己为什么踢她。那是下意识吧。

夜里，马晓丽问宋刚为什么不让她说。宋刚的目光就有些重。宋刚不是不告诉她，而是没想好怎么说。

金枝只知道宋刚把矿转卖了，暂时闲居在家，并不清楚这半年发生了什么，又有什么与她相关。宋刚不说，她永远不会知道。和她说这些有什么意义呢？事情已经过去，说出来会吓着她，宋刚终于找到借口。就像对马晓丽，很多事也不能告诉她，不然她会夜夜被噩梦缠绕。

那些年，宋刚经常出入歌厅舞厅等娱乐场所，也常往外跑，香港就去了九次。说是旅游，又不是旅游。目的很明确，又不那么直接。宋刚是配角，又是主角。都是与别人，陪马晓丽屈指可数。有空了，正好带马晓丽和金枝转转。先去了九寨沟，又去了趟青岛，金枝坐了飞机坐了轮船，在她都是第一次。宋刚没言谢，所有的感激都在行动中。

回到皮城，宋刚让金枝歇几天再回。金枝同意却没歇着，保姆拖地她抢着拖，保姆炒菜她抢着炒。金枝做的饭菜更合宋刚胃口，这一点马晓丽也瞧出来了。金枝能做出花样，皆带乡野风味。不只保姆做不出来，就是饭店也做不出。宋刚惊异地发现，许多饭比如荞面摊饼不但让他食欲大增，还唤起了少年时代的记忆。有些马晓丽第一次吃，但一次就喜欢上。她悄悄说，你这个小娘，手艺不错呢。

　　某天，金枝问宋刚，每月给保姆多少钱。宋刚心里一动，说也就两千多。金枝啧啧两声，两千多？还"也就"。宋刚笑笑，说这个保姆干三年了，也没别的毛病，还算称心。金枝追问，还管吃管住？宋刚说，当然喽。金枝说，这个保姆可够福气的，碰上你和晓丽这么好的人。宋刚已瞧出她的心思，但又不敢肯定，而且他说出来也不妥。金枝直奔主题，让我接替她吧，我保证比她干得好。金枝目光含着期待，宋刚终于明白，她打这个主意不是一天两天了。

　　金枝有金枝的好，但毕竟是小娘，也有不便。宋刚说，哪能让你……传出去……金枝立刻抢过去，传出去又怎样，我乐意。地也包出去了，贵萍也上了大学，我现在就是一闲人。干了半辈子活，闲下来骨头就锈了，难受，我正想找点活干呢。宋刚斟酌着，你和贵祥商量商量吧。金枝叫，和他商量什么？我自己的事自己能做主。宋刚说，你真想干……金枝说，我可不是说着玩，保姆那儿我去说，省得你为难。宋刚摆手，不打紧，还是我说吧。

　　和保姆不过是一句话的事。因相处还好，宋刚多付了三个月工资。金枝回宋庄简单收拾了，正式走马上任。宋刚提出每月给她三千，她是小娘，总不能与保姆同等待遇。金枝说给一千就够了，若不是贵萍上学用钱，这一千她也不要的。若你父亲在，知道要你破费，会抽我脸呢。宋刚说，那

怎么行？我不是黄世仁。金枝一锤定音，就这么着吧，别
争了。

　　不管金枝怎么说，宋刚也不会克扣她，况且又不缺钱。
但月底给她工资，她只要一千，其他悉数退回。推让一番，
宋刚说，要这么着，我可要撵你了。金枝说，给三千你才是
想撵我呢，我干一个月就滚回宋庄，丢的不只是我的脸。我
不能回去，你也甭想撵我。金枝的逻辑让宋刚无语。吃你的
喝你的，还要拿钱，我自个儿也觉得没脸呢。宋刚，再争执
下去我就生气了。金枝已显出恼的样子。

　　宋刚第一次被金枝挫败。

　　5

　　没有多余的东西，宋刚只背一个双肩包。用好几年了，
马晓丽给他买了新的，但每次出门，宋刚仍背这个蓝绿相间
带子磨出毛边的包。习惯了。当然还有别的什么，他从未对
马晓丽解释。每隔几月，他都要单独旅行一趟，有时三五
日，有时七八日。现在闲了，整天整天待在家里，不像过
去，马晓丽白天黑夜都难见他的面。马晓丽算过，有一年他
在家住了十六天，一个月还不够两天。闲了，自然要去转
转。去哪里，和谁去，除非宋刚自己说，马晓丽从来不问。
宋刚的嘴可不是水龙头，拧就出水。她也不敢拧的。

　　宋刚去过很多地方，省城、市县，还有边地小镇。他

极少去所谓的旅游区，不凑那个热闹。他没有明确目的，往往买票的时候才决定。有次他买了锡林郭勒盟的大巴票，途经一个叫灰腾河的地方，车出了故障，干脆在灰腾河住了两日。

这次到兰州，也不是非去不可。他说了几个地名，只要下铺，哪儿都可以。售票小姐敲敲键盘，说到兰州有，宋刚说那就兰州好了。说到底，他不单单是去旅游的。

宋刚把双肩包扔在铺上，一个拽着拉杆箱怀抱小孩的妇女挤进包厢。宋刚惊了一跳，妇女像极了金枝。妇女未必注意到宋刚的神色，宋刚仍为自己的失态懊恼。他低下头，把垃圾筒往里踢踢。妇女买的上铺，想和宋刚换。宋刚犹豫一下，一声不吭地把包扔上去，然后出了包厢。估摸她收拾利索了，才转进去爬到上面。片刻，妇女叫声大哥。宋刚扭过头，看到她手里抓一张十元的钞票。这是干什么？他问。妇女满脸浸笑，谢谢大哥！宋刚盯着她，除了短发圆脸，她和金枝并无任何相像。她比金枝年轻，他几乎能闻到她浑身散发的奶香。她被宋刚盯得不好意思，澄润的目光摇曳一下。宋刚伸出两个指头，夹住那十元钱，有意吹了吹。妇女转过身，没有看见宋刚的动作。

傍晚上车，睡一夜，天明正好到兰州。然而那一夜，宋刚根本没睡。小孩啼哭不休，想必另外两人也睡得不踏实。后半夜，宋刚发现同样睡在上铺的后生在玩手机。走出火车站，宋刚脑袋昏沉沉的。虽是如此，宋刚没有补觉的打算。

入住宾馆，洗漱完毕，便溜达出来。到兰州自然要吃拉面，不到十分钟便寻见一家。

吃喝完毕，宋刚继续溜达。转过两个路口，看到邮政绿色的字牌。是个小邮局，但大小有什么区别呢？宋刚要的不过是一张汇款单，这才是宋刚旅行的真正用意。六年了，每到一个地方，他先去邮局。收款地址收款人从无变动。他特意办了张假身份证。汇款地址屡屡变动，汇款姓名冒用他人，他不想让收款人窥见任何与他相关的讯息。也许窥见也没什么，但也许就是麻烦的开始，他可不冒那个险。

宋刚紧盯着汇兑的女孩。点钱，打单，防她作弊似的。女孩二十左右，想必参加工作不久。宋刚在脑里勾画出另一张面孔，她比女孩年龄小，也该上高中了吧。宋刚检查了回执单，确认无误，问女孩几日能到。虽然这毫无意义，汇款单在路上走多久，并不由女孩掌握，但宋刚每次都问。女孩说七八天吧。宋刚叫这么久？女孩改口，也可能五六天。宋刚不由笑了，再问，可能就三四天。回宾馆的路上，宋刚想象着远方收到汇款单的情景：她的手不再发颤，疑惑却更重了。她愣怔一会儿，慢慢走回屋。

睡了一大觉，起来已是下午。此行最重要的任务已经完成，没有什么再让宋刚挂在心上。他喝了会儿茶，去黄河边走了一遭，天色就暗了。也不急着回宾馆，身子扔在石凳上，想静静听一会儿涛声，可传入耳膜的却是忽远忽近的嘈杂。

在干吗呢？

看电视呗。

我在黄河边上。

……有水吗？他第一次告诉她身居何处，也许她有些懵。

宋刚笑笑，没水还叫黄河吗？

她笑了。

你……没事吧？

没事。挺好的。刚喝了银耳粥。她买了把铁锨，把院里的地翻了一遍。

没事就挂了吧。

宋刚没等她再说。后面肯定是关于金枝的。无论说什么，最后肯定绕到金枝身上。马晓丽能有什么事呢？金枝在身边，她不下床都可以。金枝的细致入微很多时候让马晓丽难堪甚至发怵。

晚上仍然吃拉面。极细极细那种。面馆极其简陋，也就几平方米，五张桌子全支在外面。宋刚还要了瓶啤酒。老板娘拿开瓶器给他，宋刚摇头，拇指往上一顶，瓶盖掉在地上。他以为老板娘会惊讶，但她什么也没说，只是笑笑。宋刚斟了一杯，边饮边打量周围的食客，还有忙碌的老板娘和厨师。显然他们是两口子，或许进城不久。在皮城，宋刚不敢到路边摊点吃饭，即便夏龙就在身边。后来退出来，不再是老板，仍然不敢。皮城不大，难免遇上熟人。流言蜚语往往是这么来的，他必须防备。而在这个塞外城市，他是陌生来客，没有谁认识他，更没人关心他是谁。旁边的食客要了头蒜，宋刚也跟着要了一头，虽然他不吃。这是新蒜，轻轻一剥，光洁的蒜瓣便滑到手心。两个蒜瓣并排立着，像极了出浴的乳房。

似乎没过瘾，宋刚又要了一瓶。拇指仍往上一顶，瓶盖未动。老板娘还未离去，宋刚有些窘。老板娘说我来吧。宋刚偏偏身子，再一顶，开了。老板娘说手会被弄坏的啊，便离去。宋刚不屑地想，那怎么可能？他曾经用拇指开启过三筐啤酒。当然是很久以前的事。

第三瓶没喝完，结完账拎在手上。这感觉挺好的。他不是醉汉，没有丝毫摇晃，就是喜欢那感觉，放纵、游手好闲，还有些无赖。他的钱还不到花不完的地步，但足以把他镀得金光闪闪。可在骨子里，他仍渴望过去那种放荡的日子，半夜拎着酒瓶走在县城空寂的大街上。

到了宾馆门口，他驻足玻璃门前，思忖要不要干点什么。他用脚尖狠踢着地面，仿佛那里设置了什么障碍。电话响了，是马晓丽。声音带着急慌，他能听出来。你……还没睡吧？宋刚特恼火，越是遇到事她越是拐弯抹角。怎么了？宋刚大声问，一丹……一丹……马晓丽嘴里似乎塞了乱麻。到底怎么了？宋刚声音提高几个分贝。一丹……和男友……分手了。

　　宋刚嘘了口气。他们的女儿和男友分手了。这算什么事？马晓丽急成这样？分了才好，正合宋刚心意。

　　宋刚把瓶酒塞进垃圾桶。他抓着手机，乘电梯、开房门、插卡，然后坐在床边，听马晓丽叙述经过。马晓丽每隔三两天便与女儿通一次电话，一般都是她打过去。今天这个电话是女儿主动打过来的，告诉马晓丽她和迈克斯分手了。你们满意了吧？你们高兴了吧？女儿气呼呼地。她再三追问，女儿什么也不说，发了通脾气便挂了。马晓丽再打过去，女儿却不肯接。马晓丽说得颠三倒四，宋刚耐着性子安慰了一会儿，马晓丽的声音总算正常了。她让宋刚打个电话，说不定她会接宋刚的。宋刚应了，心里却想，一丹不接她的电话，又岂能接他的？

　　曾经的一丹孤僻、柔弱、多愁善感、没有主见。看见蝴蝶被踩死也会掉泪，小区的流浪猫死了，会伤心得吃不下饭。带她去商场买衣服，她从来不自己挑，一切由马晓丽做主。一丹念到初二，宋刚就把她送出国去了。宋刚当然犹豫过，女儿这般性情，这么早出去肯定遭罪，但权衡过还是下了狠心。有钱人不都这样吗？也许一丹会遭些罪，但日后会好的。宋刚不完全为了赶"时髦"，还有安全的考虑。他的摊子大，自会被人盯上。他还一度雇人守在学校门口，就是怕女儿有什么意外。送出去，就不会再有这方面的担心。这些自然不必跟女儿和马晓丽解释。在这个家，他说了算。

　　一丹是从什么时候变化的？宋刚说不清楚。他和马晓丽去过两次，感觉一丹与过去有很大不同。仍旧多愁善感，但不再顺从，有自己的主意了。宋刚觉得这不是坏事，女儿已经成人，自该如此。可随后的事却敲了宋刚一棒。宋刚送女儿出国，在国外定居，但希望她嫁个中国人。这个意思，已明确告诉过她。宋刚不是保守，就是觉得相同的文化背景在性情上更合得来。女儿没听他的，交了个叫迈克斯的英籍男友。宋刚阻劝过几次。女儿不但不听，他的反对更让她铁了心。除非你用铁链把我拴回去，否则甭想，她如是说。宋刚气得脸色发青，却无计可施。女儿的性格和他越来越像，追到美国又能如何？宋刚本来认了，没想女儿和迈克斯分开了。不管是什么原因，这不是坏消息。当然，电话他是不会打的，打也不是现在。

过了一会儿，马晓丽发短信说，女儿回话了。

宋刚又等了一会儿，仍无后话，便给马晓丽打过去。马晓丽说一丹情绪已经稳定了，还问她晚饭吃了什么。宋刚说她没事就好，你先别乱问了。突然想起，问，她知道吗？

马晓丽似乎确定不了宋刚指的是谁，问，你是说金枝？

宋刚说，还能有谁？

马晓丽没有任何犹豫，说知道。

宋刚立时来了气，你告诉她的？

马晓丽紧张了，一丹打来的时候，她正好在旁边。

宋刚问，现在呢？

马晓丽说，她下去了。

宋刚说，她哭了吧？

马晓丽嗯一声，哭得很伤心，说一丹不定多难受呢。

宋刚没言声。由配角变为主角，金枝有这个本事。

马晓丽问，她已经知道了，我……

宋刚说，没事，你安心睡吧，我两三天就回去了。

6

作为保姆，金枝无可挑剔。比如刷马桶，先前的保姆几天刷一次，金枝每天都刷，不管忙到多晚。宋刚劝了几次，金枝永远都是说闲不住。把碗筷放入消毒柜前她再三洗涮，待拿出来用，仍要冲洗。宋刚说已经消过毒，没必要再洗，她说万一沾了什么东西呢，水是最干净的。金枝如此尽职，却只拿一千，宋刚硬给，她就怪宋刚不认她这个小娘。总不能强行塞给她吧，所以宋刚总是隐隐有些歉疚。

金枝几乎没有闲着的时候。马晓丽私下对宋刚说，你这个小娘实在能干，有她在，省心多了。但不久马晓丽就和金枝闹了别扭。马晓丽的内裤一直是自己洗，她明确告诉过金枝，平时放在一个单独的盆里。这个习惯她坚持二十多年了。那天她没来得及洗，金枝越俎代庖了。马晓丽没好气，我不是说了吗？这不劳你动手。金枝惴惴不安，一样的，一样的，别把我当外人。马晓丽说，我从来没把你当外人，我就是不习惯。金枝说，慢慢你就习惯了。马晓丽质问金枝什么意思，还想改造她？金枝面红耳赤，很委屈很受伤的样子，说借她一万个胆子也不敢，这样的活本是她分内的事。马晓丽说不过金枝，但此时她难免带有主人的威严，再次约法三章。金枝连连点头。马晓丽总有疏忽的时候，半个月后，金枝再次越权，不但洗了，还挂在阳台。马晓丽大为恼火。金枝仍旧一副做了错事的惶恐，说出的话却是火上浇油，我知你是为我好，我没事的。马晓丽大嚷，我不是为你好，我是不习惯，明白吗？我知道你没事，可是我有事！马晓丽上纲上线，人权都扯出来了。金枝保证不再犯，再洗马晓丽就剁她的手。马晓丽发狠，你以为我不敢？

过后马晓丽又给金枝道歉。金枝说她的心眼儿才没那么小，甭说马晓丽说话冲了些，就是抽两巴掌她也不放在心上。我知道你是为我好，她再次强调。马晓丽苦笑，确实不是为她好，就是不习惯。有什么不习惯呢？慢慢会习惯的。这话让马晓丽紧张。

马晓丽向宋刚告状。起先宋刚没放在心上，更不值得他出面。金枝抢着洗，那就洗呗。后见马晓丽精神恍惚，这才急了。一天两人散步，走出几百米，马晓丽忽然想起内裤在盆里泡着，撇下宋刚就往回走。她记错了。出门前已经洗过。照此下去那还了得。宋刚单独和金枝谈话，金枝仍说，我知道她是为我好，我不在乎。宋刚说，你不在乎她在乎。在这个家，我都得顺着她，你就别拗着她了。金枝问，为她好也不行？宋刚说，不行。金枝低头寻思一会儿，又看看自己的手，说这手天生就是干活的，不干活就锈了。宋刚说，没事你到外面走走，别整天在屋里。不买菜金枝基本不出门，买了菜就回来，从不闲逛。金枝说，我喜欢在家里，家里踏实……我不洗就是了。

秋后，金枝的女儿贵萍来了一趟。她大学毕业，虽然不是什么名牌学校，但按照县里当年的政策，本科生可直接安排工作。贵萍是师范生，当老师也正对口。只是县城名额少，大部分在乡下。金枝第一次向宋刚张口。吃晚饭的时候说的，小心翼翼地。宋刚应得很痛快。帮金枝做点儿什么，这个想法早就有了。这事没那么容易，但对于宋刚也不是特别困难。他回了趟县城，贵萍的事就敲定了。金枝说了几箩筐的感激，宋刚都有些烦了。一家人不说两家话，你别把我当外人。宋刚意识到他的话与金枝的逻辑相同，无悖情理，极其奏效。

转年，金枝的儿子贵祥登门。那天，宋刚外出回来，看到贵祥坐在沙发上，金枝似乎正训斥他。贵祥不安地站起来，叫声大哥。贵祥个子不高，眉毛疏淡，其貌不扬，但他不是那种可以轻易忽视的人。恰恰相反，正因为他的普通，反容易引人注意。宋刚第一次见贵祥就有这种感觉。戴了孝帽，穿着孝衣，贵祥跪在那里，宋刚仍不时瞥到他。后来回想，是贵祥的眼神太特别，飘忽，游移，难以琢磨。当然宋刚也没工夫琢磨他，名义上是兄弟，其实没什么关系。若不是金枝来家里当保姆，让亲戚关系续存下去，宋刚恐怕和他形同陌路。

宋刚扫扫茶几，既无果品又无茶水，佯沉了脸，怪金枝招待不周，水也不倒一杯。金枝这才拍下手，说本来要倒的，让他气着了。她从厨房端来洗净的水果，分别给宋刚和贵祥倒了水。她拿起一个苹果，问贵祥吃不。贵祥摇摇头，有些局促。宋刚责备金枝，哪有这么问的，你给他削一个就是了。又转向贵祥，随便些，还开玩笑，我回村可是又吃又喝的。贵祥搓着手，真不吃的。宋刚看金枝，金枝慢腾腾地抓起水果刀。金枝削苹果的技术已经非常纯熟，宋刚想，贵祥看到她这么熟练怕要吃一惊吧。谁想金枝竟然划破了手。她将苹果搁在茶几上，冲贵祥说，我都让你气晕了。宋刚不知两人说什么，不便问也不想问。他怕贵祥难堪，说，当娘的永远有发脾气的权力。

宋刚提议出去吃，贵祥来一趟，他怎么也得请一顿。宋刚每年清明祭扫，贵祥都变着花样招待他。在看护父母的墓地方面，贵祥也极为用心。虽然宋刚的父母不是帝王将相，没有看护的必要，但贵祥如此，宋刚也不反对。那天宋刚心情也不错，从矿上退出，宋刚也没有彻底闲着，和人合开了一家饭店。他投入大半资金，合伙人负责经营。那天正好结算，效益比宋刚想象的好。当然，宋刚没打算去自家饭店吃饭。

金枝执意在家吃，并且罗列一大堆理由，宋刚只好妥协。她已经买了菜，宋刚让她再买一条鱼，他好好和贵祥喝两盅。金枝买菜做饭的时间，宋刚和贵祥聊村里的事。也只有这个话题两人能说到一块儿。贵祥渐渐放开，偶尔笑笑，眼睛会闪出亮光。更多时候，他的目光温和平缓，电力不足的样子。

贵祥有些酒量，宋刚是知道的。但他举杯迟缓，有意无意地扫着宋刚，宋刚口大他便口大，宋刚小口喝，他也同样跟着。宋刚说，你别瞅我，我这个年龄，酒量不行了。贵祥恭维，他们说哥一顿喝掉三斤白酒呢。宋刚摆手，老皇历了，那时太傻，胃生生喝坏了。金枝插话，喝酒伤身，都少喝点，特别是你，她看着贵祥，舌头一大就胡扯。这可是大地方，醉了丢你哥的脸。宋刚笑笑，自己家喝酒，想怎么喝怎么喝。贵祥仿佛受到鼓励，双手举杯，一饮而尽。金枝瞪他，贵祥抹抹嘴巴，哥放话了，我听哥的。

几杯之后，贵祥的目光稳稳落在宋刚脸上，而不是像先前突然有风卷过似的，飘忽摇摆。宋刚明白他有话要说，却又拿捏不准，即便目光停稳了。

有事？宋刚问。

是有点儿事。贵祥的眼睛闪了一下。他终于等到宋刚这话。

金枝呵斥贵祥，少给你哥找麻烦。

宋刚制止金枝，让他说嘛。

贵祥就说了。

金枝揶揄，也不拿镜子照照，就你还想当村长？

贵祥顶撞，我没本事，你把我生出来干什么？

金枝在贵祥头上拍一掌，你个没良心的。

贵祥说，你是功臣，行了吧，有没有本事，干了才知道。这不还有哥嘛。

金枝说，你从来没当过，趁早别打这个主意。

贵祥说，朱元璋也不是生下来就是皇帝，他还放过牛呢。我放过牛放过马，还放过羊和猪，你又不是不知道。

金枝说，不行，不能拖累你哥。

贵祥转向宋刚，我不会的。

母子俩你来我往，宋刚坐观西洋景。贵祥的来意已经明确。贵祥无根无基，竞选村长谈何容易？但有宋刚支持就不同了。宋刚不会轻易表态，他得把利害捋清楚。金枝和贵祥演双簧，她的话带了夸张，但未必没有道理。宋刚的大脑迅速运转，天平渐渐倾斜到贵祥一边。

宋刚说，贵祥说的没错，谁生来也不是村长。

贵祥惊喜交加，哥同意了？我敬哥一杯。他站起来，给宋刚鞠了一躬。

宋刚说，我同不同意不重要，你竞选，主意自己拿。

贵祥说，那怎么行，哥同意我才踏实。哥反对我就放弃。

金枝盯住宋刚，你不是说笑吧？他怎么可能？你真同意？

宋刚笑笑，我当然不是说着玩的。

金枝反应不过来的样子，僵了一会儿，摇头道，还是算了吧，贵祥，你趁早死了这份心。

贵祥说，我听哥的，你别拽我后腿。

宋刚问，你想让我做什么？

贵祥说，哥点头就行，别的不劳烦哥。

宋刚夹了一颗莲花豆。金枝自制的，非常酥脆。他嚼碎，咽下去。其间，他看着贵祥眉毛疏淡的脸。贵祥的目光没有闪避。虽说只是一个村长，但也没那么简单啊。

贵祥的喉结蠕动一下，像陪着宋刚吞咽。我知道，我心里有数。

宋刚不相信贵祥大老远跑来只是为了征得他同意。贵祥可能难以启齿，这也好，宋刚的帮忙便有了分寸和限度。金枝每月只拿一千，余下的钱宋刚存到了特意为她办的卡上。现在正好派上用场。卡上也没多少钱。宋刚直截了当，别的忙我帮不上，用多少钱包我身上。金枝坚决不让贵祥拿，而贵祥也没有拿的意思，他说，哥同意就是帮我最大的忙，钱真用不着的，我自己有。宋刚疑惑，你自己的钱够吗？贵祥说，这个不用哥操心，我自有办法。宋刚沉下脸，叫我哥就别推让，算我借你的，以后再还我。贵祥说，真的用不着。到底没有拿。

贵祥竞选的日子里，金枝常责备宋刚，贵祥不识惯的，你不能对他太好。或者，他再来，你不能给他好脸。宋刚有时笑笑，有时虚应，怎么也是兄弟么。金枝摇头，他不是当村长的料。在她又一次提这个话题时，宋刚说，我也没帮他什么，已经开头，就由他去吧。金枝说，我是怕给你添麻烦啊。宋刚说，一家人不说两家话，有麻烦咱解决就是。这人活在世上，谁能顺风顺水的？你把心放肚里好了。金枝叹口气，没再说什么。

　　金枝勤勤恳恳，却只拿一千块钱，还有，金枝救过他。宋刚从来没告诉金枝，但始终记着。同意贵祥竞选，也算是对她的报答。宋刚出钱也是诚心诚意。贵祥竟然不要，这让宋刚有几分遗憾。如果贵祥让他出面周旋，宋刚也会，这样贵祥就有了胜算。贵祥不提，宋刚也不会介入，由着贵祥折腾好了。选上是他的能耐，选不上也不能怪宋刚。

　　贵祥没打过任何电话，没向宋刚咨询什么。宋刚也挺奇怪，贵祥难道凭着冲动去竞选？宋庄千口人，彼此盘根错节，弄不好不但选不上，花了冤枉钱还得罪人。某天晚上，宋刚接到毛安的电话。宋刚开矿那阵，毛安是副镇长，现在已经是镇长了。扯了些无关痛痒的，毛安突然说，你那个两姓兄弟要竞选村长，你知道吧。宋刚随口说知道，当即脑子转过弯儿，怎么，他去找你了？别理他！毛安嘿嘿两声，宋哥，这可不是你的作风呀。宋刚说，他要选，我也不能拦，选上选不上随他便。毛安说，我明白我明白，宋哥放心，不打扰你了。

　　宋刚发了会呆，虽然夜已深，还是给贵祥打了电话。贵祥已经睡了，迷迷糊糊的。宋刚问他是不是找过毛安，贵祥问哪个毛安。宋刚火了，还能哪个毛安？毛镇长！贵祥说，没有呀。宋刚问，他怎么知道你和我的关系？贵祥委屈，他是怎么知道的，我也不清楚呀。缓了一下，宋刚说，有些关系很复杂，你不能打我的旗号。贵祥连连保证，哥放心，我没那么蠢。宋刚说，让我帮什么忙，你必须和我说，明白吗？贵祥说那是肯定。宋刚听得贵祥连连打哈欠，于是挂掉。然后又给毛安发了一条短信。毛安的回复只有两字：放心。

贵祥不蠢，未必直接找毛安。就如宋刚，未必要亲自出面，有时不出面比出面效果更好。毛安也不会直接介入。但他毕竟是镇长，风会随他的方向旋转。宋刚咂摸出其中滋味，却不宜再说什么。

7

马晓丽没睡好，头疼得厉害。早饭吃一点点便捂了头走进卧室。金枝一声不响地站起来，歉意地对宋刚说，喝完自己添。并不等马晓丽召唤，她知道马晓丽需要她。马晓丽老毛病了，时好时坏，中医西医都看过，药没少吃，却未根治。某次发病，金枝替她按摩一会儿，竟然减轻许多。马晓丽不再吃药，头疼就让金枝按摩。很多事都离不开金枝，比如马晓丽的头疼。她让宋刚按摩过，没两下就喊受不了。当初在杏花沟买房，确实是想躲开金枝。现在想来，选择那样可笑的逃离方式，原本就没想彻底将她拒之门外。

可是……

宋刚在沙发上翻了会儿短信，有约他打台球的，有约他游泳的。金枝将沏好的茶放下，轻声说，睡着了。宋刚点点头，你吃饭吧。金枝叹口气，竟然泪汪汪的。宋刚心想糟了，没等他有所反应，金枝的脸已经被雨帘覆盖。她这是老毛病，不要紧的。宋刚干笑一声。金枝抹一把，在膝盖上擦擦，再抹一把，又在膝盖上擦擦。我是想起一丹了……晓丽头疼，肯定是因为一丹。这个宋刚心里明白，马晓丽的头疼与情绪有极大关系。马晓丽牵挂一丹，也没像金枝这么大肆流泪。宋刚回家的当天，金枝已经哭过一次。闺女大了，由她去吧，也不是什么大不了的事，不就分个手吗？我都不担心，你担心什么？宋刚的话是带了牙齿的。金枝道，男人总归是心硬，一丹就算成人了，也是女娃，你们把她扔在国外，没人照顾，平时怕连个说话的也没有。她开始讨伐，仿佛宋刚和马晓丽把一丹抛弃了。宋刚耐着性子，怎么没有说话的？她朋友多着呢。金枝说，你这个当父亲的不了解女儿，她要是朋友多，也不会大半夜给你打电话。宋刚苦笑，咱这边是黑夜，她那边是白天。但金枝的责备似乎也有道理，他确实不知道女儿有多少朋友。宋刚说，好啦，人不跌跟头长不大，你别操心了，特别是晓丽面前，不要提一丹，更不要掉泪！金枝点头，我知道，她睡着了，我就忍不住了……她有些哽咽。

宋刚说要出去一趟，将她晾在空阔的大厅。替一丹难过，这个理由滑稽却结实。让她哭好了。只是宋刚不在，她还会哭得那么动情那么投入吗？也许吧，毕竟贵祥……宋刚心被划着，咬紧牙，方抑制住身体的痉挛。

贵祥当选，宋刚毫不意外。电话那边的贵祥难以掩饰的兴奋，宋刚淡淡地说，好好干吧。距贵祥的电话不到两小时，宋刚收到毛安的短信。结果在那儿摆着，再撇清反让毛安小瞧了，他回复了谢意。他帮过毛安，毛安将这个人情还给他。顺水推舟，宋刚把这份情补偿给金枝。宋刚也没失去什么，不快一闪而逝。那天，他让金枝多烧两个菜，金枝也破例喝了几杯。平时她不喝的，在保姆与小娘之间，她自有分寸。

次年清明，宋刚回村，贵祥早早就在村口候着了。仍是满脸的恭敬。日光斜射，眉毛几乎看不到了。但贵祥没像往年那样杀鸡宰鸭，祭扫完，便要领宋刚去镇上。你弟妹就那两下子，我得好好请请哥，贵祥解释。宋刚说又不是回来吃饭，家里坐坐就是了。贵祥不依，这哪行呢？食材我自己准备的，不过就让他们做做，钱都给了，咱不去可就白扔了。宋刚已经停车，非去不可？贵祥央求，哥好歹给我个面子。宋刚仍然迟疑，问还有谁。贵祥揣摩到宋刚的心思，清明防火任务重，毛镇长忙得顾头不顾脚呢，就……别喊他了吧。

宋刚嗯一声，嘱咐日后毛镇长问起，不要说他在镇上吃的饭。贵祥点头，我明白，哥放一百个心。

该是镇上最好的饭馆了。两个人吃饭，却摆了一桌子。宋刚皱眉，你这是干什么，没这么糟蹋的。贵祥费了大心思。他嘿嘿着，吃不了咱打包，糟蹋不了，怎么说兄弟也是村长了。宋刚斜他，省长也没这么吃的。贵祥说，省长你是看不见——瞧我这嘴，我知道哥见过大场面，就一次，哥就赏个脸吧。

其间，贵祥接到两个电话，他都是出去说的。宋刚听不清贵祥说话的内容，但能听到他的声音，应该是贵祥突然提高的某些音节刺到包厢中的宋刚。不知怎的，宋刚隐约有些不安。

一个月后，宋刚才知道贵祥和人合办了砂场，就在村庄北面。

宋刚接到车站派出所电话，赶到那里，看到蹲在角落的老汉金三。宋刚把金三领到餐馆，点了两个菜，丢下二百块钱。金三却扯住宋刚，说是因为砂场找他的。贵祥的砂场不允许村民靠近，还养了两条狼狗，金三挽起裤腿让宋刚看他的伤。他不过是想看看，却被贵祥的狼狗咬了。他找了镇里，还去县里反映过，贵祥的砂场照开不误，一分钱也不赔给他。金三说他想好了，宋刚若是不管，他就继续往上告，不信没讲理的地方。

宋刚正要给贵祥打电话，贵祥的电话来了。贵祥已经在皮城。半小时后贵祥就到了小饭馆，身后还跟了两个人。刚刚还愤愤然的金三，此刻怯怯的，若不是宋刚在场，怕是要逃了吧。贵祥狠狠瞪金三，但面对宋刚，瞬间堆砌满脸笑纹，给哥添麻烦了。

怎么回事？拐进饭馆旁边的巷子，宋刚冷声问。贵祥不安地，给哥添麻烦了。

宋刚盯住他，去年就开了？为什么上次不说？

贵祥躲闪着，不想这些个小事麻烦哥。人家是有证的。

宋刚冷笑，人家？你没参与？

贵祥并不否认，我入了股。

宋刚问，给村里交钱吗？

贵祥神色活泼了些，当然交呀，不交怎么可能？

宋刚问，多少？

贵祥说，一年三千。

一个砂场一年少说也有几十万收入。宋刚冷笑一声，你们可够黑的，难怪你要竞选。

贵祥没有在意宋刚的挖苦，我不能一辈子没出息。不过，和哥还是不能比，哥开大矿，我只能和人弄个小砂场。

宋刚暗暗心惊。贵祥的神情带着谄媚和讨好，话却夹着锋利的刀片。他的目光压过去，贵祥往后缩了缩。

那么，这个采砂场是要彻底开下去了？

贵祥说，办采砂证费了不少周折，已经投了很多钱，再说……签了五年合同。

　　宋刚问，狼狗是怎么回事？

　　贵祥叫屈，养狗也是没办法，好多村民专以偷盗为生，人看不过来呀。金三完全是个例外，这事怪我，没处理好。哥放心，我会处理好的。

　　宋刚说，在宋庄地面上，别太过分了。

　　贵祥大虾一样弓了腰，我晓得了。

　　阻止贵祥开砂场已不大可能，除非砂场自个倒了。宋刚也只能警告一番。宋刚不放心金三，让贵祥当着他的面处理，就在那家小饭馆。金三索赔一千五，贵祥立马瞪眼，你又不是金腿。见宋刚皱眉，马上改口，就依你。只是来时没带钱，他让金三先回村。金三死活不肯。贵祥道，我给你打欠条行不？金三依旧摇头。贵祥开始掏钱，他带来的两个人也帮着凑，终于凑够。金三不愿意坐贵祥的车，贵祥不应。他必须把金三交给家人。直到贵祥当宋刚的面做了保证，金三才上了车。

　　贵祥的砂场像枚钉子嵌进宋刚的身体。和哥不能比，哥开大矿，我只能和人弄个小砂场。贵祥的话不时在耳边回响。每响一次，那枚钉子就往深扎一点。宋刚开了十几年矿，从未觉得有什么不对。即便死人。夏龙死后，他被迫退出。不是不愿意开了，是不敢开了。如果可能，他还会的。一个人拎着酒瓶在马路游荡固然自在，但前呼后拥的感觉更让人迷恋。他放弃了，是不得不放弃。那就是他的一段历史，光彩炫目。现在不干了，即便他很低调，光环仍在。他打台球，服务生端上的茶也与他人不同。他从未对自己的过去产生怀疑。所以贵祥那句话着实把宋刚惹恼了。贵祥最多就是个老母鸡，怎可和他这只金凤凰相提并论。他极不舒服却没有发作，并不是贵祥是他的两姓兄弟，而是被贵祥谄媚中夹裹的刀片划疼了。那句话追着他。老母鸡和金凤凰不在一个层次，细究却没什么不同。不过是小偷与大盗的区别。

　　每比较一次，金凤凰的毛就被拔一根，宋刚感觉自己快被拔光了。贵祥不过养两条狼狗，宋刚干过什么只有他自己清楚。死一遍，他也不敢坦陈。是的，拔光毛，他未必如一只老母鸡。这样的发现令宋刚越发沮丧恼怒。

　　金枝发现了宋刚的异常。某天晚上，宋刚在沙发上看电视，金枝端一个果盘过来，果块大小适中，扎了牙签。宋刚让她给马晓丽端到卧室，金枝说她那儿有。宋刚让她端到一边，他的胃不怎么好。金枝却一屁股坐下。你有心事了吧。宋刚愣怔一下，这才将目光搁她脸上。他笑笑，摇摇头。金枝叹口气，我知道帮不上你，你想的都是大事，我一个女人家，什么都不懂，只是……别老憋在心里，找朋友说道说道，久了会生病呢。宋刚说，真的没什么。金枝含了几分痛心，电视开着，你却望着屋顶，还没什么？宋刚啊一声，是走神了。金枝问，不会是因为贵祥办砂场吧？宋刚吃了一惊，金枝还真是厉害。金枝说，你说他选个村长就是了，还开什么砂场？他有多大本事我还不知道。宋刚笑笑，他开场，你脸上有光啊。金枝说，那是托你的福，若不是你罩着，他哪有今天。宋刚说，还是贵祥能干。金枝叫，可别这么说，贵祥折腾破天，我心里也清楚咋回事。他要没良心，我先饶不了他。这份恩，甭说这辈子，下辈子他也得记着。

贵祥不仅撕裂了宋刚包装完好的过去，他还会继续折腾。金枝的表态反点醒宋刚，他所有的不快、不安、懊恼都与贵祥有关。他要与贵祥拉开距离，直至彻底撇清关系。当然，所有这一切，金枝是黏合剂，没有她，宋刚不会和贵祥发生关系。金枝能干，但宋刚用不起了。

几日后，宋刚和金枝谈话，说贵祥繁忙，肯定需要人手，劝她回去，好歹能帮帮他。金枝甚是紧张，你这是要撵我走吗？我哪里没做好吗？宋刚忙说她干得非常出色，他和马晓丽都非常满意，但觉得贵祥更需要她。金枝捶着胸，吓死我了，我还以为你们要撵我走呢。我不走！！她很坚决地说，贵祥那儿我帮不上，也不想帮他。跟你们这么些年，我已经习惯了。要是我哪儿做得不好，你指出来就是，骂我都行，可别赶我走。宋刚，求你了……金枝的眼泪稀里哗啦直泻下来。宋刚有些慌，不是撵你，只是……金枝不说话，一个劲地撩起衣襟抹脸。

别哭了好不好？我就是说说。宋刚忍着烦乱。就是说说？金枝的眼睛红得滴血，不是真的撵我？宋刚说，你这是何必？金枝大喜过望的样子，我就知道你不会真的撵我，以后可别吓我了，我心脏不好。工资我不要了，管我吃住就行。宋刚说，这和工资没有关系。金枝说，那我也不要了，怎么说我也是你小娘，咋能要你们的钱呢？我知道你们不缺，不缺我也不该要。贵祥那儿，你千万别多心，他不会有意见的。啊呀，得买菜去了。

8

饭菜在桌上摆着，却不见金枝踪影。宋刚以为她又去为春耕做准备了。她热情高昂，快搂着菜田睡觉了。她已经列好种植计划：青菜、韭菜、萝卜、豆角、黄瓜、茄子、辣椒，沿墙侧点玉米和向日葵。她知道马晓丽喜欢吃黑白相间的花玉米，但不知什么样的种子能长出花玉米。她让宋刚在网上查查，以免她买的时候上当。宋刚没查出来，她有些遗憾地说只能去市场询问了。

宋刚踱到窗前，并没看到她。杏叶被秋风扫尽，院子空阔许多。那片地已被金枝分成大小不等的方格，自然不同的方格种不同的菜。金枝已经在预演，她什么都不耽误。一场雪，半夜风，方格就会被抹平，金枝的工作其实是徒劳。宋刚任由她折腾，对金枝也不是没有任何意义。她也是一粒种子，雄心勃勃的种植计划也包括她自己。

宋刚在餐桌边坐下，马晓丽也趿着拖鞋下楼了。每个盘上都扣着碗，宋刚一一揭开。即便是早餐，金枝也变着花样，一周绝不重复，除了粥。宋刚和金枝都爱喝粥，这不会变。马晓丽喝了两口，忽然左顾右盼，金枝呢？宋刚说不知道。马晓丽喊了两声，站起来。宋刚斜她，你干什么？她还能丢了？马晓丽嘟囔，我手机在上面呢。跑腿的事平时都是金枝的。在甩掉金枝的问题上，马晓丽和宋刚一致，甚至比宋刚还强烈，因为她发现金枝跟踪她。这让她大为恼火，在大街上就斥责金枝。金枝却十分委屈，说马晓丽独自上街，她不放心。她常看新闻，被盗被抢的事能说出一大堆。她还向宋刚解释过，绝没有监督马晓丽的意思，借她一百个胆子也不敢，就是不放心。她对马晓丽发过誓，也答应宋刚，但没有彻底管住自己。马晓丽平时很顺从宋刚，为此却和宋刚闹了几场别扭。她认为金枝是受宋刚的指使。宋刚说我有必要指使她吗？还指使她跟踪监督你？宋刚也和金枝发了脾气。金枝难过极了，如果我只是个保姆，才不操这个心呢，可说什么我也是你们的小娘，这乱糟糟的，她连个方向都分不清，能单独上街？金枝虽有理由，还是发誓，再有一次宋刚敲断她的腿。金枝再犯，宋刚当然不能敲她。马晓丽索性不再出去了，想到身后跟着人，她就冷麻冷麻的。除非宋刚陪她。宋刚出门的日子，她偶尔出去，干脆让金枝陪同。竟然渐渐习惯了，只是提起来仍是恼火。马晓丽对金枝的依赖程度超过宋刚。

怎么还不回来？去哪儿了？马晓丽问。金枝在，让人不适；不在，是另一种不适。宋刚懒得回应。马晓丽再次将慌急的目光投过来，他才不耐烦地皱皱眉，她没和我请假，我怎么知道？马晓丽楼上楼下挨房间查过，仿佛金枝在和她捉迷藏。真是奇了怪了，怎么突然没影了呢？不会走了吧？宋刚反问，你说呢？马晓丽被宋刚盯得有些慌，她……或许——忽然想起，有些手忙脚乱地拨金枝电话。厨房传出铃声。马晓丽探进厨房，又闪出来，贵祥的事你打算怎么办？宋刚问，你要我怎么办？替他坐牢？意识到话有些冲，缓了口气，我没法帮他，帮不了，前几日就和金枝说了。马晓丽说，金枝怕是彻底失望了，没准是因为这个离开的。宋刚道，离开倒好，省得你养什么狼狗。金枝被狗咬过，见狗有些怵。那是老早的事了，现在老虎也未必吓得住她。

金枝要这么失踪了，还真是麻烦事。马晓丽似乎被施了魔法，六神无主的样子。

宋刚不愿听她不着边际的絮叨，站起来，扬了扬车钥匙。

杏花沟通往市区的路车辆稀少，甚为冷清。两边的树木花草，枯的枯黄的黄，满目萧索。宋刚吹几声口哨，短促刺耳，然后嘴唇便牢牢合在一起。

上午计划打台球，但时间尚早，宋刚没任何犹豫径直开进曾经的住所。拉开窗帘，骤然拥入的阳光几乎撞疼他的脸。宋刚挨房间转了转，可不是为了找金枝。一切井然，只是拖鞋东一只西一只的，显示着出逃的狼狈。可不就是出逃吗？他和马晓丽离开那天早饭都没吃。现在他回来了，明白不过是换了个战场而已。金枝主动离开？那是不可能的，除非他把贵祥弄出来。

　　第一次辞退金枝失败后，宋刚暂时搁置。在整个皮城，怕是找不出第二个像金枝这么卖力的保姆。虽说贵祥让宋刚不爽，虽说那枚钉子嵌得更深，但砂场还算平安，贵祥也极少登门，宋刚清静了许多。宋刚仍把金枝未领的工资存到卡上，她说不要钱，宋刚只得变换支付方式。

　　贵祥开两年砂场后，着手实施另一项计划，他要承包宋庄的荒地。虽是荒地，土质不怎么好，但花花草草也能生长的。面积不小，有四五千亩，贵祥承包五十年，承包费五万块钱。这样的条约八国联军也想不出来。一千个不合理，一万个不合理。但按照政策，如果每位村民签字同意，条约即可生效。宋刚得知这个消息，贵祥已经进行过半。有些村民外出打工，贵祥一一找到，逐一攻破。贵祥在皮城经停了一下，宋刚阻劝他停止这个计划。贵祥再没有选村长那会儿的谦卑，疏淡的眉宇间满是不在乎。我不承包，别人也会承包，就像那个砂场，我不开采，别人早晚也会开采。我不是胡来，每一步都符合法律。他振振有词。宋刚说这不合理。贵视嗤地一笑，哥，你这是开玩笑呢，什么是合理？什么是不合理？宋刚一时无语。贵祥继续诘问，那些上百亿的厂子几百万就卖了，你说合不合理？咱县投资六千万建了个三国城，现在都是野猫野狗住，你说合不合理？宋刚惊讶地发现，论口齿，贵祥居然和金枝不相上下。宋刚竟被他质问得有些词穷，当然还有些心虚。好在贵祥没提他开矿的事。他说兔子不吃窝边草，你这样做会让宋庄人心寒。你可是他们选出的村长。没料这句话又遭到贵祥耻笑，哥，那是过去，现在哪个兔子吃的不是窝边草？吃窝边草才没风险。贵祥拿出村民的签字让宋刚看，我没强迫谁，他们都是自愿的。宋刚瞅着那些歪歪扭扭的字迹，不相信每个村民都是自愿。我就不信没有反对的，宋刚气呼呼地。贵祥一笑，反对自然有，但我有办法让他们签字。宋刚警告他不可乱来，贵祥只是一笑。哥的胆子变得这么小？不过哥放心，我不会乱来。

　　宋刚未能阻止贵祥，贵祥的翅膀已经硬了。贵祥说是不乱来，临了还是闯了大祸。金三死不签字，贵祥用尽招数。后来雇了两个混混，打算教训一下金三，但两个混混下手重了，金三被拉到医院，没抢救过来。两个混混，一个被抓，一个在逃。主谋贵祥就这样把自己折腾得戴了手铐。

　　贵祥出事的消息传来，三个人正在吃饭。宋刚抖了一下，差点摔了碗。金枝的目光聚过来，宋刚直说了。金枝号叫了一声。没想到她矮小的身体有如此巨大的爆发力，马晓丽脸色都变了。宋刚也险被吓住，但他反应还算快，在金枝跌倒之前扶住她。一手掐人中，一手打120，金枝终于缓过气，反捏住宋刚，不让120过来。我没事的，千万别……宋刚确信她无事，也就作罢。金枝磨磨叨叨地，这可怎么办呀，这可怎么办呀。宋刚安慰她，分寸得当，没承诺什么。金枝却又抓住他的胳膊，宋刚，他是你兄弟呀，纵有千般不是，也是你兄弟呀，你救救他，救救他吧。这就是她死皮赖脸死缠烂打留下来当保姆的理由吧，硬生生把贵祥嫁接到他的血脉里。宋刚忍着不快说，你别这样，这不是一句话的事。金枝说，我知道人命关天，除了你，没人能救他。宋刚被她摇得不耐烦，生气地说，你得容我想想吧。金枝的手慢慢松开。她仍在哭，但没有任何声响。

晚饭金枝照做。除了眼睛红肿，没有别的异常。宋刚打电话，她怕是听见了。她不问，在饭桌上一瞟一瞟的，每束目光都顶着花苞。宋刚视而不见，直到搁了筷子，才说具体情况他已经问清楚了，但他无能为力。这个忙我真的帮不上了。他的难过不全是装的。

金枝没闹，话都没说，冷静得出奇。宋刚不知她在想什么，他原想离开的，见她这个样子，他没敢动。你也救不了他？金枝终于说话。宋刚说，村长雇凶，影响恶劣，不知多少人盯着呢。金枝说，就不该让他选这个村长，他几斤几两我还不清楚？我当初就说他不行。宋刚不自觉地皱眉，难道是他怂恿贵祥当村长的？金枝说，当个村长咋就变了，心都让猪油蒙了。一个其貌不扬外表还算憨厚的人当几年村长，就放肆疯狂到如此地步，宋刚也不明白，也感到吃惊。他是贵祥变化的见证者，却理不清其中的逻辑关系。金枝说，如果我能替他坐牢的话……她失神地看着一个地方，自言自语。宋刚料她不会有事，撇下她走掉。

次日，金枝给宋刚致歉，说她失礼，不该那么为难宋刚。宋刚说他理解她的心情，没有怪她的意思。我想一夜想通了，金枝的声调恢复了之前的韧性，贵祥自作自受，老天爷也帮不了他，随他去吧。金枝的超脱让宋刚吃惊，不由盯住她。她眼睛红肿，自然哭了很久，可神情安详，无悲无喜。宋刚不相信她会把贵祥抛开。她的安详反让他忐忑。

宋刚靠沙发上眯了会儿，竟然睡着了。没几分钟他就被冻醒了，供暖前这一段，屋里格外阴冷。若金枝在，她会轻手轻脚把毛毯盖他身上。宋刚活动几下，看看表，知道她走了。

临近中午，宋刚行驶在回杏花沟的路上。马晓丽打过两次电话，第一次告诉他金枝还没回去，第二次问他要不要报警。宋刚没回应就挂了。这女人怕是整个脑袋都被金枝洗了。此时，宋刚竟也有说不出的忧虑，他不相信金枝会不辞而别。可若她真的人间蒸发，他该如何？

转过弯，左前方有一骑车人，背影像金枝。稍一停，目光便滑开。宋刚自嘲地笑笑，他也被金枝洗脑了。车超过骑车人，宋刚偏了偏头。担心认错，他放慢速度，摇下玻璃。确实是金枝。金枝也看到他，刹住车。

车把上挂着青菜蒜薹萝卜等，还有一只活鸡。秋风清冷，金枝的额头却湿漉漉的。原来她去市场买菜了。杏花沟距市区远，平时多是宋刚捎她去。

金枝拍拍八成新的自行车，花一百块钱买的，以后我自己就可以去菜市场，省得麻烦你和晓丽。

宋刚说，这么远，骑车也不方便。

金枝说，方便，我顺便也活动活动腿脚。噢，我知道花玉米是怎么种出来的了，我还买了浇菜的管子。

宋刚这才注意到自行车后座夹了一大团红色的软胶管。终是没忍住，声音有些冷，你准备得也太早了吧。

金枝说，早晚得买，这个季节便宜。

马晓丽埋怨金枝出去也不打招呼，我以为你失踪了呢。宋刚狠狠瞪她，但马晓丽没注意到。金枝面带歉意，我怕影响你们睡觉。马晓丽说，你可以写个纸条，或者带上手机。金枝说，以后保证不会了，我还买了天麻，炖鸡放几粒。马晓丽说，我在网上看到的，未必有效。金枝说，试试就知道，反正没坏处。金枝是要对马晓丽的头疼全方位治疗了，她会不断买鸡回来。

晚上，宋刚在门口走了一小会儿。风小下去许多，他能听到脚底枝叶的碎响。他想打几个电话，有些电话要背着马晓丽和金枝。碎响不断，他有些躁，好几次快拨通又掐断。

金枝蹲跪在地板上，手抓着抹布，人却在发呆。她又落泪了。似乎怕宋刚看到，她慌了一下，低下头。天冷了，你穿得有点薄。宋刚说。她仍背对着他。宋刚突然有些恼，地板很干净了，你别没完没了地擦！金枝几近哀求，我闲不下来，就让我擦吧。宋刚整个人被定住。

半晌，宋刚神情沉重地说，贵祥——金枝急切地打断他，别提这个货。宋刚愕然。金枝缓了口气，千万别提这个货！

我哭绝不是为他，我真的是为一丹难过。你放心，我不会当着晓丽哭。她再次哀求，你就让我难过一下，行吗？

9

　　阴云密布，这样的天气宋刚更喜欢窝在家里，毕竟年龄不同了。可合伙人再三央求，无论如何也得他出面。哪怕露一下脸，合伙人说。虽然之前有口头协议，可现在饭店遇到麻烦，他不能旁观。

　　金枝抓着雨伞追出来，宋刚摇下车窗说用不着的。金枝说你总得下车呀，硬塞给他。

　　刚进市区，雨点便砸下来，击出砰砰的响声，像冰雹。数分钟后已是白茫茫一片，声音反而弱了，只剩下雨刮器的喘息。车速缓慢，到那儿用了近一个小时。

　　合伙人早在大厅候着。宋刚问到没，合伙人说刚打过电话，应该快了，他不让接。数日前，饭店收了几只野鸡，被查住了。这事说大不大，说小也不小。合伙人未能摆平，不过，姓毕的科长答应出来吃饭。电话里已说得清清楚楚，合伙人还是择要讲了一遍。宋刚说见机行事吧。就怕铁板一块，他答应吃饭，那就是有回旋的余地。

　　毕科长五十上下，半个脑顶已经亮了。这个年龄再上怕是不可能了，他或也未必有上的打算。不怕老油条，就怕生瓜蛋，宋刚看到毕科长松弛的脸，已经有数。合伙人介绍宋刚后，毕科长说，我好像见过你……哦，想起来了，你上过电视。宋刚摆手，老皇历了。合伙人说，宋总赞助过好些——宋刚打断他，请毕科长吃饭，别换了片儿。合伙人忙说，对对对，不过毕科长不是外人，你的事该让毕科长知道，你说呢，毕科长？毕科长说，那是，该传颂的。宋刚给毕科长点烟，毕科长推让了一下。闲聊间，宋刚知道他是黑石镇人，再瞧他被烟熏黄的指甲和眼底的倦意，猜他必定常常熬夜。敬酒时，宋刚说，我和毕科长和（hú）三杯。毕科长一愣，这可是我老家的习惯，宋总怎么知道？宋刚轻轻一笑，那我是猜对了，你老家也不是每个人都这么喝。毕科长说，那是，怎么，宋总也……宋刚再次笑笑，我麻将打得不好，与毕科长恐怕差远了。毕科长说，我不是常胜将军，输光腚的时候也有。宋刚说，那是你谦虚，怎么？怕我学艺呀。当即让合伙人准备一下，一会儿见识见识毕科长的牌技。毕科长推说还有事。宋刚说有事也不在这一时半会儿，这么大的雨，正适合打麻将。毕科长说，一会儿再说一会儿再说。宋刚示意合伙人，合伙人举杯，我不能和宋总看齐，我和三个，毕科长一个。

毕科长有些迫不及待，要和宋刚切磋切磋。他上厕所的工夫，合伙人将钱塞进宋刚包里。宋刚以为毕科长久经战场，麻技该说得过去，没想很糟，宋刚反不好打了。每次出牌都大动脑子，妥帖地输掉并不容易。

散场已快两点，合伙人留宋刚休息，宋刚没应。合伙人让宋刚把车留下，宋刚说酒醒得差不多了，不碍事，合伙人还是喊了代驾。代驾把宋刚送到城区的住所，宋刚躺了一会儿，毫无睡意，洗了把脸，开回杏花沟。

宋刚正要下车，大门却拉开了。他嘱咐过金枝，在外应酬，没迟没早的，可金枝每次都等，不论他回来多晚。宋刚说他困了，让金枝也早点休息。金枝说她温了碗鸡汤，你怕是饿了吧，喝酒人都不吃饭。宋刚确实饿了，喝掉鸡汤，又吃几片全麦面包，然后匆匆上楼。他不休息，金枝会一直候着。

一觉睡到半上午，刚打开手机，合伙人的信息便跳出来。当然是好消息。没什么悬念，毕科长在麻将桌前坐定，事也就定了。宋刚拨通合伙人，叮嘱今后千万别卖什么野物，只挣能挣的钱。合伙人连连保证，并说确实不知道那是国家保护动物。宋刚说现在知道也不晚。宋刚虽无当年的斗志，搞定一个科长还是不在话下。很多人在他的进攻中丢盔弃甲。那个姓白的行长，不爱钱物不喜美女，文物字画也没兴趣。宋刚的人跟踪他一个月，终于发现行长的秘密。他有个自闭症儿子。或是怕家丑外扬，也可能是别的顾虑，行长每次去看儿子都特别隐秘。从行长的儿子身上做文章自然很困难，但宋刚没有退却。半年时光，虽未能治愈，但行长的儿子总算说话了。每一场战斗，宋刚都有说不出的成就感。退出后，宋刚越来越厌倦挖空心思、不择手段的日子。自然，更无荣光。

宋刚自认还是有能力和手段的，但面对金枝，却常常铩羽而归。金枝说不怪宋刚，贵祥自作自受之后，果然绝口不再提贵祥，但她眼底是藏着话的。她红着眼睛在宋刚面前晃来晃去，宋刚就如芒在背。第二次让金枝离开，宋刚先和贵萍沟通了，让她上门劝说金枝。贵祥出事，现在里里外外是最需要她的时候。结果金枝把贵萍骂跑。我在你哥家住惯了，除非你哥撵我。这样的话扔出来，自然是让宋刚听。我咋说也是你的小娘啊，这是她的救生符。后来宋刚发了狠心，直言他和马晓丽休闲在家，不再需要保姆。金枝又把那一套搬出来，她不要钱，管吃住就行。宋刚说不是钱的事，她不干，他照样每月给她钱，主要是不方便。她非问哪儿不方便。宋刚说不方便说的。金枝顿一顿，再次把宋刚拽进她的逻辑系统，我知道你是为我好，怕我牵挂贵祥，可是我回去，他就能放出来吗？躲得远点儿还省得心烦。你的好我领了，别再说走不走的话，好吧？

宋刚无语。

马晓丽推开门，慌里慌张地，你猜金枝干什么？宋刚腾地坐起来，怎么了？马晓丽叫，你去看呀，她在院子里……宋刚赤着脚随她至窗前。金枝已经接好水管，在给菜地浇水。还没种呢，昨天才下过雨……她脑子不是出毛病了吧？马晓丽的担心似乎有些道理。宋刚也很奇怪，金枝演的是哪一出？

宋刚出去，马晓丽跟在身后。金枝极其专注，宋刚咳了一声，她方回转头。

你这是干什么？宋刚声音很大。

浇地呀。金枝眉眼全是笑，似乎宋刚问了极其愚蠢好笑的问题。

我知道你在浇地。宋刚没有掩饰不快。

你呀！生在农村，却没干过活儿。金枝语气中有责备，似乎还有长辈对晚辈的疼爱。地得保墒，墒分秋墒和春墒，我这是保秋墒呢。

宋刚说，不是才下过雨吗？

金枝轻笑，昨夜的雨没下透。趁这个劲儿浇透，也省水。正好检查一下水管，这些卖货的可奸着呢。

宋刚无言。

怎么？你俩是不是觉得我脑子出了问题？金枝仍笑盈盈的。放心，我还没糊涂，对不对晓丽？她冲马晓丽眨眨眼，来，你试一下。

马晓丽瞅宋刚，宋刚没反应。马晓丽犹豫着走过去。

那一夜，风声凄厉。偶尔窗外沉闷的声响，不知是被吹晕的归鸟还是飓风卷起的砂粒。马晓丽倒是睡得沉，金枝坚持不懈的按摩及食疗确实起了作用。宋刚就有些惨，翻滚足够二百次，后来索性静静听着风声……呜呜呜，鬼哭狼嚎的。不由想起独自藏身破礼堂的那夜，风也是这般疯狂。金枝是怎么摸进来的，宋刚毫无察觉，直到赤条条的人钻进被窝，他才看清是金枝，宋刚怒喝，却发不出音，四肢无力，完全使不上劲儿。金枝吐着香气，柔滑的手从他胸前往下移，在小腹下，停住……然后，她翻到他身上。

宋刚突然醒了。他坐起来，喘息四顾。室门紧闭，马晓丽依然是微鼾。风仍在嚎叫。躺下，他触到坚挺的尘根。他舔舔干裂的嘴唇，轻轻嗅了嗅，脸隐隐地烫了。再睡却没那么幸运，脑里一片杂乱。躺了一会儿，不只乱，还有些烦。他趿着拖鞋出来，想了想，又在睡衣外套了褂子。

宋刚怕惊动了金枝，轻手轻脚地摸到厨房，拿了昨日喝剩的红酒。还有多半瓶呢。不是第一次了。睡不着的时候不得不借助红酒，在矿上那会儿就开始了。他在餐桌边坐下，摸了倒扣在盘里的酒杯。正欲倒酒，灯哗地亮了。太突然，宋刚本能地眯了眼……金枝从他手里抢过酒瓶，眼神带了几许责怪。宋刚竟然有些慌，像偷窃被抓现行，解释得词不达意，我检查一下瓶盖。金枝说，瓶盖牢着呢，想喝几口吧。宋刚说不出的沮丧，睡不着。金枝说，空腹喝伤胃，我弄两个菜。宋刚制止，金枝轻声说，放心，不会影响晓丽。返身闪进厨房。宋刚坐着，意识到自己成了同谋。

几分钟，金枝把菜端上桌，并在宋刚对面坐下。炒鸡蛋，拌黄瓜，还有一盘花生米。我也睡不着，陪你喝几杯吧。金枝很自然地给自己斟上，和平时判若两人。当然，宋刚不再慌乱，只是没来由地紧张，特别是看到金枝的手……

很粗糙的。白天，如此对饮肯定是滑稽的，可在北风肆虐的夜晚，两人因失眠坐在一起。

起初，宋刚稍有些不适，那个梦仍在脑里盘旋，后来终于被他驱逐掉，人也放松下来。而金枝始终都那么自然。即便有同病相怜的意味，金枝也没有忘却自己的身份，独揽斟酒。半瓶酒当然不经喝，金枝问要不要再开一瓶。宋刚略一犹豫，说，反正睡不着。金枝的眼神跳了一下，起身。

你觉得贵祥和贵萍长得像不像？金枝问。那时已是后半夜，宋刚有些冷，上楼加了件衣服。宋刚没觉得突兀，也没平时那般警惕，想了想说，有点像，又不是很像。金枝说，你看得挺准，他俩不是一个老子。宋刚大吃一惊，你……喝多了吧。金枝一笑，别这么看着我，我酒量其实比你大，不是乱说的。贵祥和贵萍都不知道，这个秘密我捂了三十年，你爸都没告诉。又一阵砂石扬到玻璃上，刺啦的声响在屋内振荡。宋刚不由扼紧酒杯。金枝说，反正也是坐着，当解闷吧。

我嫁给第一个男人那会儿，已经怀了贵祥。以为他不会知道的。他是个猎手，左臂炸断了，只剩一条胳膊。一条胳膊打人比两条胳膊还狠。两腿一夹，我就动不了了，他的拳头想哪儿打哪儿。他让我招认是谁的孩子，只要招了就放过我。我说不出来，因为我真的不知道。他以为我不肯招，以为我心里还想着那个人……他哪知道我比他还想杀了那个人。金枝撩起袖子，让宋刚看胳膊上的伤疤，蚯蚓状的突起，还有树斑状的疤痕。

他对贵祥更是动不动就打骂，还说要掐死贵祥。那回让贵祥买酒，贵祥慢了点儿，他一脚就把贵祥的腿踢断了。等我生了贵萍，他对我好了点儿，至少不喝酒的时候还有句人话。我说什么话，他倒也听。可他对贵祥始终没有好脸。上面不让打猎了，他还是偷偷打，自制炸药，到底把命搭进去。好多年我都没嫁，害怕呀，直到遇见你爸。老了，得有个依靠。我对你爸说，儿女都不是你亲生的，你待见他们吗？你猜他说什么？他说我儿子还不知是谁的种呢，从小到大我没动过他一指头。

宋刚呛着了。

金枝欠欠身，不安地，一喝酒我就管不住嘴，真是该抽！

宋刚摇头，我没怪你的意思。那样的话父亲绝对说得出来。

金枝说，你爸看似放浪，啥也不操心，可对我好，对贵祥和贵萍也好。他说杀这个宰那个，也就是闹闹，在宋庄，你爸名声很好，因为他仗义，又有你这么个出息的儿子，可如今……都让贵祥毁了。他干的事老天爷也不容。他是个孽种，这就是他的命。

还是绕到贵祥身上。金枝愤愤的，宋刚反不好说什么。

算了，不提他，喝酒！金枝豁达地举起杯。

上楼，宋刚腿软了一下。他知道软的不只是腿。金枝在收拾餐桌，也可以理解她在毁赃灭迹。宋刚和她没有任何过分举动，只是喝了酒。可不知怎的，宋刚仍有些……不安。

10

火车像一条受了伤的蛇，在灰蒙蒙的大地上蜿蜒。有时还停下喘息。这是趟慢车，慢极了。宋刚终于累了，收回目光。

其实目光中并没有内容，他在回想那个夜晚与金枝的对饮。金枝的故事有诸多疑点，虽然她看上去掏心剖肺。以金枝的本事怎可由着猎人施暴？她为什么不离婚？猎人丧后才摆脱噩梦，这不是金枝的作风。可是，如果是杜撰的，她胳膊上的累累伤痕又是怎么回事？那些伤绝不是一次留下的，可以肯定。难怪金枝从来不穿短袖。还有贵祥和贵萍的长相，越想差别越大。宋刚被金枝拽进一桩扑朔的迷案。扑腾无果，却又难以摆脱。但不管真相如何，金枝的用意不难明白，虽然她说到贵祥就愤愤的。

我可全招了，你不想说点儿什么？金枝面带顽皮。那时，宋刚已有些许酒意，大脑迟滞，他说，当然……却不知该说些什么。他说的是真话，突然之间浪涛一样的往事涌进脑海，撞击着他。这可不公平哦，金枝说。宋刚承受不了她目光里被酒精浸泡发涨的幽怨，那一刻几乎要说了，随便哪一桩。但忽然间，他结巴了，我……我……他咳嗽一声。他欲抓起酒杯，她及时把水杯推至他面前。半杯水咽下，他改了主意。你想知道什么？他拙拙地问。金枝愣了一下，随即转换到保姆角色，我放肆了，你别介意。宋刚说，你可以问的。金枝摇头，不，我不该问的。气氛突然间就尴尬了，对饮再难继续。宋刚把最后的酒干掉。

现在想来，宋刚甚是后怕，差点被她揪住。除了示弱，她肯定还想抓住些什么。

火车到达晋城已是傍晚。宋刚在宾馆住了一晚，清早赶到长途汽车站。得先到县城，然后转车到那个乡镇。与以往的单独旅行不同，这次目的很明确。这么多年，汇了多少款宋刚完全没有计算过，但他从未到过写了无数次的地址。不敢去，当然也没必要去。她们需要钱，而不是他这个人。现在，他想去那里看看。只是看看。在那个夜晚和金枝对饮后，他突然间有了这样的念头。也许与金枝有关，也许与金枝无关。那是他自己的事，是他的秘密之一。

到了县城，却又迟疑起来，他听到胸腔的撞击。是不是太过冒失了，会不会有什么麻烦？若是他的身份被识破，后果真不好预测。又想既然来了，看看又如何？只是远远地看看。宋刚一时难以决定，他走进一家削面馆。山西地界，自然要吃削面。一大碗削面吃完，宋刚坐了几分钟，待额头的汗落干净，往车站走去。中巴车还停着，车主喊再有五分钟就开车了。宋刚没再犹豫。上车时，车主还推了他一把。宋刚把双肩包抱在怀里，视死如归般地想，交给上天好了。

　　但车出县城，宋刚却有些后悔。一再自问，是不是太冒险了？是不是太冒失了？然后，他又寻出种种理由给自己打气。中午终于摇到镇上，宋刚快吐了。下车，宋刚马上招了辆黑出租。

　　终是逃离。

　　回到杏花沟的当晚，宋刚便发起高烧。金枝大显身手。宋刚服了两粒退烧药后，金枝指挥马晓丽用湿毛巾敷宋刚的额头，而她先用酒将宋刚的脚擦拭过，然后按摩脚底的穴位。宋刚抽缩几次，均被金枝牢牢摁住。听话！她像训斥自己的孩子一样。马晓丽也帮金枝劝。但马晓丽显然对金枝的做法存疑，轻声问，有效吗？金枝说，当然有效，我可是专门学过的。宋刚在两人的忙碌和嘀咕中，竟然睡着了。

　　次日宋刚的烧便退了，只是嗓子嘶哑，还有些肿痛。金枝仍要给他按摩脚底的穴位，宋刚再三说不用了，可拗不过金枝，马晓丽也在旁边帮腔，反正也没坏处，宋刚只得顺从。宋刚让马晓丽找几粒含片。金枝像料到似的，火都跑嗓子了，含片见效慢，一会儿我啃啃。马晓丽没听懂，问怎么啃？宋刚却是明白的，这是乡间的法子，他小时候嗓子痛，母亲给他啃过。这是什么原理？马晓丽问。金枝说，原理我说不清楚，但肯定管用。宋刚不让金枝啃，金枝说，咋说我也是你小娘，你还害羞啊？晓丽，找块手绢盖住他的脸。宋

刚坐起来，真的不用了！金枝将宋刚堵在床边，你现在是病
人，听我的！宋刚没法发脾气，此刻也没气可撒，有的只是
紧张。金枝让马晓丽摁住宋刚，马晓丽没有那么唐突，看着
宋刚，眼神有些犹疑。金枝叫，愣着干什么？这是治病啊。
宋刚投降，好吧，我躺下，你啃就是。金枝赞许地，这就对
了，你又不是三岁小孩！金枝的脸凑过来，宋刚合上眼睛。
他想起那个奇怪的梦，脸隐隐发烫，随即他的脖子被紧紧
地……不是叼和咬。叼和咬要用牙齿，啃其实是吮吸，但力
度远超吮吸。金枝用力有些猛，宋刚死死抓着床沿，生怕叫
出声。啃了三遍，宋刚的脖子青紫青紫的。

　　半日后宋刚的喉咙就没那么痛了。马晓丽私下问了宋
刚两次，仿佛宋刚骗她。宋刚说乡下都这么治的。马晓丽若
有所思，如果……当初……宋刚明白她要说什么，缓缓闭了
眼。若没有贵祥的事，那自然好。可没有贵祥，金枝还是金
枝吗？

　　对饮的夜晚之后，金枝再没提贵祥，像彻底忘了。她的
眼睛也只是偶尔红肿一下，那多半是马晓丽说起一丹的什么
事。她的神情平淡，时而还有欢愉，特别是在菜地忙碌的时
候，似乎她即将种下的是金子。有一个夜晚，宋刚听见她在
哼乡间的老曲，与擦地的节奏竟十分合拍。金枝越是这样，
宋刚越是不安。她咒骂贵祥未必是装样子，但再骂再厌弃，
也不会把贵祥从她的世界割去。她的思路变了，进攻的方式
不再是悲戚。宋刚相信那个夜晚是变化的开始。金枝什么都

做得出来，但具体她会干什么，宋刚想不出来。那个梦如破灯笼一样在脑里晃来晃去。他清楚，那未必不会发生。她剖开自己，已是赤裸之身，她什么也不在乎的。他把自己捂得死死的，不要说向她敞开，自己都不敢靠近。外强中干，不堪一击。如果金枝早点使出手段，他或可应对，可金枝偏偏什么都不做。

除非……

其实，事发后，宋刚回了趟宋庄，只是没告诉金枝。他看望了金三的家属，留了两万块钱。贵祥是金枝嫁接到他身上的，没有宋刚，贵祥绝对不会当选村长。宋刚怀着歉疚，但没有揽过来。毕竟贵祥是贵祥他是他，他才不会让自己沾上。他的看望于事无补，却是有利于贵祥的。宋刚还询问过律师。他该做的已经做了，虽然没告诉她。当然，他明白，这与金枝的期望相去甚远。如果与金三的家属达成民事协议，那么贵祥可以少判几年。宋刚掏得起几十万块钱，可凭什么呢？就凭金枝把他和贵祥绑在一起？就凭贵祥每年清明给父亲磕几个头？贵祥如此疯狂，该遭报应，宋刚越想越气。只是这么想的时候，总有一个声音在耳边环绕，你不过是比他幸运而已。宋刚突然就沮丧了。随之更大的愠怒冲上头，贵祥算什么东西？怎么可以和他宋刚相比？

宋刚有自己的难处和痛处，金枝怎能明白？更难的是，他不能向金枝坦陈。

　　可金枝……她的平静她的不动声色一点点地摧残着宋刚脆弱的神经。

　　宋刚决定和她谈谈。

　　某天，金枝正在侍弄菜地，宋刚走过去，捏了撮土，闻了闻。这土地被金枝揉捏得和她一个气味了。金枝兴致颇高，指着被她分成方块的地说，这儿种豆角，这儿种青菜。她的目光热气蒸腾。宋刚没兴致随她想象，"哦哦"两声后说，我想和你说说贵祥——金枝打断他，别提那个孽种。宋刚说，其实——金枝用更高的声音叫，说了别提他就别提他，他不是我儿子。她满脸悲愤。宋刚败下阵，说好吧。如果他再说，没准她会大喊起来。金枝紧绷的脸马上松弛，我想长茄子圆茄子每样都种点儿。宋刚返身，随便吧。

　　金枝越是回避贵祥，宋刚越是心乱。在吃午饭时，他说，你若去看贵祥——金枝问，汤是不是咸了？真该死！马晓丽看着宋刚，又看看金枝，说我喝不咸的。金枝说那你多喝点儿。宋刚直视着她，我陪你——金枝惊慌道，蒜薹炒过火了吧？这么贵的菜，罪过罪过。金枝从未这么无礼过，她一向是谦卑的。宋刚闭嘴。

　　又一个晚上，金枝在擦地。她一遍遍地擦，地板反着贼亮的光。她背对着宋刚，宋刚咳嗽一声，她并没有回头，说，这灰尘也不知打哪儿来的。宋刚说，你歇一会儿，我想和你说说贵祥。金枝突然回头，求求你，别再提他好不好？宋刚忍着火气，你这是何必？总得让我把话说完吧。金枝慌

恐道，他，你一个字也不要提。她突然捂住胸口，你还认我
这个小娘，就不要再提这个孽种。她脸色发白，随时要发病
的样子。宋刚定了足有半分钟，几乎是退到楼上的。

　　宋刚又失眠了。马晓丽细碎的鼾声让他更加烦躁。一丹
和男友复合了，临睡着告诉他的，这个消息对她就是多了味
催眠药。宋刚想推她一下，手伸出去又缩回来。起风了，像
是夜在呜咽。宋刚想起数日前和金枝对饮的夜晚，她敞开了
自己，他却裹得严严实实。金枝不让提贵祥，除了恼火和不
安，他还有一点儿难过。还是要说的，贵祥怎么可以成为忌
讳？那么，就再制造一个机会？这个始终自称小娘的女人还
会不会和他对饮？

　　宋刚轻轻碰碰马晓丽。马晓丽睡得很沉。他爬起来，摸
黑穿了衣服，出了卧室，带上门。他定了一会儿，摸索着下
楼，下一个台阶，停一停，听一听。除了风声，什么也听不
到。厨房的门半敞着，似乎就等着将他吸进去。

　　宋刚长长地吐口气，小心地抬脚。

　　灯突然亮了。

内
吸

1

　　我通常叫不上工人的名字，也不在意他们叫张三或李四，那两口子是例外。

　　夜里没睡好，我起得晚了点。家里没饭，我踱到小区门口的早点铺，要了碗羊杂汤，一个烧饼。羊杂汤里浮了几粒葱花，一撮芫荽，绿茵茵的，很招摇的样子。我慢条斯理地搅拌着，一瓣黑乎乎的瓜子露出肚皮。老板娘兼服务员正用抹布擦桌子，她个子高，弯腰时两肩前伏，肥臀后撅，鸵鸟一般。我收回目光，将瓜子皮用筷子夹放在桌上。吃到一半，老边打电话说快到了。我估摸怎么也得十点，没想这么快。我吃饭一向慢，而且喜欢边吃边想事，就是有人催也快不到哪儿去。但老边不同。我不敢怠慢，放下筷子，结账离开。

　　我返回小区，开了金杯车，直奔车站。

　　那一队人站在广场上，当然不那么整齐。男男女女的脚下堆放着鼓鼓囊囊的编织袋、脸盆、提包，孩娃在哭闹，远远望去，像一群逃难者，但他们的脸是亮的，看不出流浪的疲惫和狼狈。看见我，一旁抽烟的老边喊了什么，他们挪动腿脚，齐整了许多。正在吞咽干粮的汉子停止咀嚼，腮边突起两个大包。那一束束目光藤蔓般伸过来，缠绕住我。车站嘈杂，这一处却异常安静，似乎掉根针都听得见。老边凑过来，说十六个人，加上娃十八个。然后冲那一队人用不标准的普通话说，这是马老板。藤蔓又伸长了一截。

我不是老板，虽然别人背后叫我二老板，黄萍不在时，工长也向我汇报，但我知道自己不是。哪怕二老板，我也不够资格。可这话不能逢人就解释，尤其这种场合。

不是选演员，无须面试，只要胳膊腿健全，能干活就行，何况他们是老边选出，千里迢迢带来的。老边让我过目，表面是让我拍板，其实更像炫耀。在这高原小城，能有本事从他乡带人，且不止一拨的，没几人。已经不是第一次了，我粗粗一扫，就想让老边带他们上车，而老边的手已经举起，那是发号施令的意思。

这时，我注意到队伍里那两口子。其实，我刚到广场就注意到了。男的细瘦，女的矮胖，好像没站稳，她一肩高一肩低。两个孩娃都是他们的，小的在丈夫的背上，大的也没多大，也就四五岁的样子，由妻子紧紧牵着。外来工常有带孩子的，并不稀奇。但我没料那女的是个瘸子。男娃抽脱手，她去追。还好，男娃只跑出五六米，否则就她那瘸腿，根本追不上。

　　我看老边，老边"噢"了一声，说原打算一会儿再和你说的，她有点儿特殊，但干活麻利，我亲眼见的，而且——老边扫扫队尾，压低声音，她同意不挣满工的钱，你看着给。我没吱声，不是不同意，而是寻思着要不要给黄萍打个电话。去年新建了冷库，电力那儿没协调好，断了几次电，这些日子她在跑这个事，没准这会儿正跟某个头头谈呢。头头未必大官，但只要能管着你，就是头儿，就得把腰弯下去。又怕影响了黄萍，我犹豫着，不知该不该打。

　　老边招了招手，那两口子走到我面前。男的面皮发黄，女的肤色微黑，颧骨处有几粒雀斑。丈夫还算镇定，妻子极为不安，似乎不敢高原的风，身体左右摇摆。她的手倒利落，掏出身份证让我看。我捏着瞧了瞧。花玉兰，蛮好听的。花玉兰冲丈夫使眼色，他慢吞吞地拿出来，冲我笑了笑，小心翼翼的。与妻子同姓，叫花小春。显然，他清楚叫什么并不重要，我还给他的同时，他用央求的口吻说，留下我们吧，她干活不疲。

　　老边说，工钱由你定，没二话。花小春立刻点头，对对，咋都行。说到这个份儿上，我再说别的就不近人情了。留就留下，想来黄萍也不会责备。但规矩还是要有的。事先不说好，难免揪扯不清。我说日工一百二，给你一百，行吧？花小春和花玉兰异口同声说行。我瞟瞟老边，老边说那就这么定了，又对那两口子说，碰上这样的老板，是你们的福分。花小春和花玉兰感激又讨好地冲我笑笑。

　　金杯车是十五座的，除了驾驶座和副驾驶座，全拆了，放一堆马扎，人货两运。依黄萍的意思，副驾驶座也要拆的，我没同意。某些时候，我说话还是起作用的。十八个人，加上他们的行李，结结实实塞了一车。我不跑客运，不走长途，从县城到野马镇也就三四十里，不用担心这个拦那个查的，别人也这么干。

　　花玉兰和她的两个娃坐在副驾驶座，她揽一个抱一个。小的先前在花小春的背上，她坐到副驾后，他递给她的。我没看清，想必不到一周岁。花玉兰上车时，我特意观察了一下。她没用花小春扶，先将大娃抱上去，然后伸腿斜肩，麻利地钻进驾驶室。倒是花小春或是细瘦的缘故，早就挪到车门口，但一次又一次被胳膊肘或行李挤开，是最后一个上的。

　　县城不大，车却不少。算不上富庶之乡，但有钱人挺多，据说上百万的私家车不下二百辆。不怎么宽的街道从早到晚都是吃撑的样子。穿过半个县城，花了二十多分钟。

　　咳嗽、低语、咀嚼，还有说不清楚的气味，使车厢胀了许多。我摇下半个车窗，冷风扑进来，右侧的花玉兰马上把小娃的头盖住。我顿了一下，把玻璃升上去，只剩筷子宽的缝隙。花玉兰扫见了，想说什么，但又没说。大娃对悬挂在车内的吊坠很感兴趣，几次伸手欲摸，都被花玉兰拽住。但大娃不死心，目光粘连，身子歪倾，伺机挣脱她的牵拽。花玉兰自是明白他的心思，低喝一声，抓得更紧了些。她怕大娃闯祸。看得出来，她非常紧张。

吊坠是桃木的，蝴蝶状，年头久了，灰暗无光。下部已经开裂，车内看不清楚，阳光下还是很清晰的。如果是别的，我可以摘下来给他，但这个桃木吊坠不行。如果他挣脱花玉兰，我伸手就可将他拦住。这时，花玉兰往后缩了缩，用力一扯，将大娃夹在两腿中间。他再无可能够着，但她没放松戒备，双臂环围，箍着孩子的腰。

四月的南方已是草木葱茏、百花绽放了吧，而在塞外高原，虽然五月初了，冷风依然呼啸。杨柳绿了，但叶片没完全展开。花朵更是稀少得可怜，偶尔能看见几朵黄色的蒲公英、蓝色的马莲花。

当然，高原有高原的好，季节虽迟，却不会缺席。时间的错位，使宽城成为京北重要的蔬菜基地。与种小麦、莜麦的稳妥不同，种菜有点赌运的意思。有的一年暴富，成为宽城的人上之人，有的倾家荡产，巨债缠身。这么说吧，每年都有买宝马的，每年也都有寻短见的。

运的因素很多，比如市场价格，比如虫害，比如菜的品相，太多不确定性。金枝玉叶，未必嫁得好，黄毛丫头，也有可能坐八抬轿。黄萍算不错的，她种了十几年蔬菜，只有一年入不敷出，其余皆有盈余，不然怎么可能建冷库？运气好，倒不如说她脑瓜灵活，虽然她初中还没毕业。

在宽城，有那么一些人，不种菜，却依附种菜人生活，比如卖农药、化肥、地膜、水管的，比如跑运输的，比如打井的。如果说这些还有成本，另一些只靠嘴皮子就有不菲的收入，比如像老边这样专职领工的。种菜，特别是蔬菜密集采摘上市时期，需要大量的人手。黄金期就那么几天，耽误了，菜可能就烂在地里。宽城劳力不足，而且要价也高。于是就催生出老边这样的专职中介。不知他们有什么门路，能从各地招揽。老边常跑南方，招的多半是边境省份的。老边在宽城很抢手呢。他是黄萍的远房舅舅，多远我不清楚，反正黄萍叫他舅。因而，他带来的第一拨人定给黄萍。按人头数，黄萍每天为每个工人付给老边十块。而工人每天的收入，黄萍交给老边，由老边分发。当然不是转手发放，有提成的。就是说，老边这样的专职领工，两头得利。这也不是秘密。当然，老边也不是白提成，若有纠纷，他要处理。

　　快到野马镇时，金杯从公路拐下去，往北也是柏油路，不怎么宽，但来回错车足够了。七八里后便到了地点，地头的平房皆是砖墙、石棉瓦。长的那一溜是给外来工住的，旁侧两间是厨房，对面三间，东间是守夜人住的，西间是办公室。车未停稳，黄果便跑出来。他是黄萍的叔伯弟弟，帮我干些杂七杂八的活。我简单交代过，然后指指花小春一家，让他们住在角上。如果他们愿意，可以从中间拉个布帘。我能照顾的只有这些了。黄果瞅瞅花玉兰，怎么是个瘸子？我说又不是跑步比赛，手利索着呢。黄果问，和我姐说了？他个儿不高，圆脸，宽肩，身板瓷实，相比之下，他的目光就虚多了。我盯住他，你现在请示一下？黄果的圆脸立刻绽开，姐夫别误会，我就是提醒你一下，免得她——我说，管好你自己吧，别动不动绷断裤带。黄果马上说，听姐夫的。笑意缩拢回去，像突然间被剃掉了，光秃秃的。

晚上，我向黄萍汇报。培训了一下午，明天就可以打垄。这拨人不错，最大的也只有四十几岁。黄萍说，没白叫他舅。我说有一个腿有些残疾，但干活比别人还快，也是奇了。黄萍问，残得厉害吗？我说厉害你舅怎么会带出来，而且，每天给一百就行。黄萍斜我。我故意那么说的，平时当着她也叫老边舅的。我不紧不慢地，当然是你舅，然后才是我舅，亲有远近。黄萍的目光投向窗外，没忘了调侃，酸！

2

我拧开门，彭小莲正给母亲喂饭。母亲坐在那把特制的、无论怎么摇晃都不会歪斜的白木椅子上，她戴的围裙下摆长，几乎到膝盖了，两根背带没拴捆，从腰部垂悬到地上。围裙是绿色的，背带是粉色的，去年赶会彭小莲给母亲买的，还哄母亲，戴上这个，你要多美有多美，可惜我没娘，要不才舍不得给你呢。母亲看我，她不喜欢，我知道。彭小莲说，看他没用，你现在听我的指挥！我没吱声，母亲乖乖戴上了。

现在，彭小莲又在指挥母亲呢，张大嘴，我拿出勺子你再嚼，哎呀，你咬住了，就剩七八颗好牙了，崩掉你就只能喝粥了。彭小莲立在母亲面前，穿着和母亲一模一样的围裙。彭小莲冲我扬了扬眉，示意我别出声。等她喂完再说话。我轻手轻脚地坐到沙发上。

母亲还是听见了，我常常怀疑她不是凭借耳朵，而是靠直觉。老年痴呆，未必第六感也失灵。她欲扭头，被彭小莲扳住。彭小莲板着脸，安心吃饭，别扭来扭去的！母亲或是被她吓住了，乖乖转回去。彭小莲从碗里舀米饭，母亲突然转身。准确地说，只转了三分之一，头肩往左倾，这使她整个人像要倾倒了。明知她不会摔倒，我还是迅速站起。母亲的计谋得逞，她看到了我。

马屁！我就知道是你！母亲惊喜而得意，米粒和菜喷出来，有的掉到地上，有的溅到围裙上，下唇也粘了几粒。

彭小莲砰地将碗撂在桌上，没好气地，瞧瞧，洒了不是？母亲不理她，或是这会儿她听不见训斥。她问，赶了老远的路吧，吃饭了吗？然后对彭小莲说，给我儿盛一碗。彭小莲用湿毛巾擦掉她唇边的饭粒，气哼哼地，你不听话，我就不给他吃。又半真半假地瞪我一眼，就饿着他！我笑了笑，端起小碗，俯下腰，对母亲说，我来喂你。母亲摇头，她满是渴望地盯着我，见到你弟了吗？我说见到了，先吃饭！喜悦如烟花在母亲眼底绽放，很快熄灭、混浊。她急切地，他挨打了吧？我说，没，他待得好好的，天天吃肉包子。母亲忽然变凶，别哄我，我不是傻子，监狱那么好，早撑破了！

母亲的神态、语气与之前一样，有时我天真地想，她彻底清醒了，这世上的奇迹那么多，为什么就不能发生在母亲身上？

你得管，马伸再糊涂也是你弟，卖房卖地，也要救他出来。母亲的喝令如冬日的冰水凌空泼下，我浑身发冷，满腹酸楚，回应说，我记住了。

母亲说，那就别在这儿磨蹭了，赶紧去！被皱纹覆盖的脸缀满了冷硬和坚定。

每次看到她这种神情，内疚便如毒蛇咬着我。父亲粗通文墨，我和哥的名字带了那么一点儿文艺。哥叫马屈，我叫马伸。母亲以为我还在监狱，总是把我认作马屈。

去呀！母亲提高声音，还戳着干什么？

母亲的头发已然如雪，头顶掉得多，盖不住了，灰粉的头皮显露着岁月的残酷。我的心又痛了一下。对自己的仇怒突然袭来，我缩了缩肩，用近乎残忍的声音说，他自作自受，活该他受罪！

母亲被惊着，脸上那横七竖八的纹路也被劈断，一截截的，几乎要掉落下来，她像不认识我似的，目光僵硬而陌生。你说什么？她小心翼翼，生怕谁听见，但突然间，她大嚷起来，与咆哮无异。我说了半天，你当耳旁风了？他是你弟弟，你怎么能这么说？

我凝固着。也许激一激，气一气，她就会放弃。她已经
失忆，为什么不把马伸从脑里彻底抹去？

你救也得救，不救也得救！你是当哥的，就得这么做！
母亲叫。米粒和菜叶早就喷干净了，此时只有冷嗖嗖的风。

我没那个本事，你以为我是什么人？我的声音弱下来，
毕竟这有点儿冒险。

但母亲被激着了，她浑身颤抖，脸色铁青。她要站起
来，也许她还想抽我。站了两次也未能立起。她的一只脚踩
到围裙的背带，她的脖子半缩着，被折了似的。

一直未说话的彭小莲瞪我一眼。这次是真瞪，她生气
了。她一生气就翻白眼。没见过你这样的，不帮忙，还添
乱！说着，她扶住母亲的肩，他逗你玩呢，他是你儿子，除
了听老婆的，就听你的。

我终是害怕了，接着她的话说，我也就是说说，他是我
弟，我当然要管。

母亲盯住我，凌厉而又带着怀疑，你说真的？

我笑笑，有些酸，当然是真的，卖骡卖马也要救他！

母亲说，那你快去吧，还愣着干什么？

彭小莲抢先道，他刚回来，你得让他喝口水再走吧，渴
昏了，他就救不了马伸了。

母亲惭愧地，瞧我，差点糊涂了，吃饱喝足，你再
上路。

彭小莲倒了杯水，放到茶几上。

这下你满意了吧？来，接着吃饭。你得听话，你儿子听你的，你得听我的，别扭来扭去！这么好的饭，都洒了！

我踱进卧室，来到阳台，点了一支烟，然后将窗户半推开。这栋楼是银行的家属楼，与后来拔地而起的商品楼相比，显得破旧，窗户小，不怎么敞亮，尤其一楼。但优点是暖气烧得好，在寒冷的北方，这特别重要。别的楼四月底就停暖了，银行家属楼供到五月中旬，虽然只是清早供一会儿，屋里一整天都暖烘烘的。老人住这样的楼再合适不过。楼是黄萍买的。我进去不到半年，母亲就痴呆了。黄萍把母亲接到县城，专门雇了保姆。那时，我和黄萍已离婚数年，她完全可以不管。

院不大，墙不高。一棵白皮杨被砌进墙中，彼时应该还是细弱之身吧，此时已有碗口粗了，墙体被撑开拇指宽的缝隙。它比路边的树绿得早，叶片已彻底舒展。墙角处长了些杂草，还有开着黄花的苣荬菜。看到苣荬菜，我心里一动。

手机突然响了。我瞄了瞄，快步走过去，将门关了，然后接通。先生，您好。这样的电话接了太多，卖楼的，售药的，推销保险的，但我并没有马上掐断。我沉默着，任由那端鼓舌。我等待奇迹发生，也许是故意装扮，玩笑一番就会露出真容。数分钟后，我按了关停键。点起第二支烟，手机又响了，我接通，没有任何犹豫。再次挂断，我并不恼，心如无风的水潭。

我出来时，原先的电话号码已被移动卖给他人，是个乡村老太太，为了赎回这个号码，我花了一部手机的钱。并不是我对这个号码有多深感情，而是因为记住这组数字的不只是我。方便旧友打，这有些滑稽，可对我异常重要。空等了三年，我并没有失去信心。依然在等，我就不信！

彭小莲推开门，夸张地用手掌扇了扇，怎么又抽烟了？你跑过来就是为了抽烟吧？我将剩下的三分之一捻灭，丢出去，正要关窗，彭小莲制止，你抽一次，味儿要走大半天呢，大娘最烦烟味了，这么大一个人，不长记性！作为保姆，彭小莲自然是越权了，但我不在乎，而且还喜欢她这种傻咧咧的直性子。

彭小莲是黄萍雇的第三个保姆，前两个我没见过，据黄萍说干了几个月就被她辞了。一个太馋，整日变着法打着母亲的幌子为自己做好吃的，另一个太懒，屋里迈不进脚。彭小莲在菜地打短工，被黄萍相中。黄萍自诩有识人之才。确实，彭小莲伺候母亲，我是放心的。

吃过了？我没话找话地问，语气带了那么一点点讨好。

彭小莲说，我做的饭，大娘哪次都吃得干干净净。

彭小莲从小没娘，半路地儿父亲去世，她跟随哥嫂，什么活都干过。说她厨艺多么好那是胡说，不过日常的饭食还说得过去。莜面窝窝推得厚了点儿，倒也整整齐齐。现在像她这个年龄的女孩，别说推窝窝，能把莜面和好就不简单了。

我说，多谢你呀。

　　彭小莲说，谢什么？我把她当自个儿的娘呢。

　　一句话说得我眼睛发潮，她可不是嘴巴讨巧的人。彭小莲问中午在这儿吃不，她要包饺子。我摇头，说有卖苦菜的顺便买点。彭小莲说有是有，就是太贵了，二十块钱一斤，还不是顶芽菜，叶子宽得能喂猪了。我说别管价钱，让你买你就买。彭小莲说你们的钱也不能乱花呀，大娘睡午觉的时候，我自个儿去地里挑，在村里，谁都挑不过我。我不得不沉下脸，告诫她绝不能将母亲一个人抛在家里。我掏出一百块钱，叫她单买苦菜。彭小莲说月初留了钱，再拿没法算账，坚决不要。她死心眼儿的时候，实在让人没办法。我不敢硬塞，怕引起误会。

　　母亲靠在沙发上，头微微垂着，眼睛半睁半合，吃过饭，母亲就犯困。听到动静，她马上仰起头。我脚步极轻，自己都听不见的。

　　你弟弟呢？母亲往我身后瞅了瞅，又盯住我，混沌的目光挂满钩子。

　　快了，就快回来了，你别担心，我说。

　　彭小莲推我，走你的吧，哄人的话，还说个没完了。

　　彭小莲的话如同伤口撒盐，但我不计较，更不羞恼。许多时候，伤口是需要盐的。我这就去，你等着。我推门的时候，母亲叮嘱，路上小心。我知道，当年母亲也是这么嘱咐哥的。我咬了下嘴唇，闪出去。

　　已经十点了，我不敢耽误，直奔菜市场。不管本地工还是外地工，都要管一顿饭。这是规矩，哪家种菜的都这样。对外来工，还要多一顿，当然这多出的一顿需他们花钱买。伙食上不挣钱，几块钱就可吃个肚饱。我除了拉人拉货，还负责买菜买米。黄萍不信任别人，哪怕是她的叔伯弟。当然，对我的信任也是有限度的。已经很不错了，毕竟我曾经伤害过她。她不计前嫌，和我复了婚，还让我成为她的总管。

半小时后，我将金杯车停在银行家属楼小区门口。我买了三斤苦菜。确如彭小莲所言，苦菜的叶子宽大，二十块实在是太贵了。但母亲喜欢吃，我能做的也就这些了。

我拧开门，将苦菜丢到地上，立即合住。我怕母亲看到我，她一成不变的询问和催促更像是审判。

3

那些外来的短工像候鸟一样，五月来，九月底返回老家，来年春日又飞过来。他们比本地打工的吃苦能干，工钱要得低，哪家都愿雇用这样的人。其实冬天也能寻上活计，薯粉厂、薯片厂、麦片厂、奶粉厂都需要工人，或许受不了高原的寒冷，极少有冬日留下来的。当然不是没有，某个后生相中本地一姑娘，做了倒插门女婿，把自己变成高原人。

黄萍让我管理，我当过厂长，管过百十号人，这是我的长项。只是说起来有些脸红，那百十号人同情我的屈指可数，多半人恨不得吃了我的肉。其实没什么好管的，凌晨三四点就起床干活，直到黄昏，一个个累得腰酸腿软，吃过饭早早就睡了。我曾想弄台电视，也算有个娱乐的，黄萍不同意。她说他们出来是为了挣钱，不是为了看电视，若弄一台电视摆进去，难免有个别不自觉的乱捣鼓，搞得想睡觉的人也睡不好，无端制造矛盾。黄萍看问题比较透，她说得有道理。睡不好觉，自然影响干活，她没说，但我明白。

我准备了一些药品，当然都是常用药，感冒胶囊、肠炎宁、布洛芬什么的，有个头疼脑热就不用跑了，菜地到镇上有段距离，来回耽误时间。除此，没有需要我操心的。

那个午后，我拉着水泵去县城修理。老地方，老关系，我把水泵卸下，问多长时间修好，师傅问着急吗，我说当然着急，他让我两小时后去拉。该采购的都购了，这多出的两个小时也没什么事。上午刚去了母亲那里，我可不想一天被她审判两次。回我和黄萍的家？也没多大意思。经过大桥，看见河边那一长溜垂钓的人，便将车停在桥头停车场。有那么几年，我迷上了钓鱼，也结识了一帮钓友，有时还跑到邻县的水库。那是老皇历了。钓具多半抵了账，买的时候花一万多块钱呢。

钓鱼是心情，也是乐趣，只有痴迷其中才能够体会。看别人钓鱼傻乎乎的。其实，我也不纯粹为了观看。河边适合想事。黄萍说我酸，是有道理的，胡思乱想还要选个环境。

我等待的电话一直没有来。但昨日不来不代表今日不来，今日不来不代表明日不来。也许，坐在河边，就等来了呢。

神游八荒，两小时被偷了似的，转眼就过了。我返回修理部，拉了水泵，直奔菜地。开车从不走神，我发誓。中午犯过一会儿困，这阵儿清醒得很，我向老天保证。那路我一天跑好几趟，熟得就跟自己的手掌似的。连路边的野花野草，我都熟。刚出镇那一段尽是独行草，再往前就是一丛丛的蓝羊茅，还有青蒿、灰蒿、艾蒿，地头则是一片片的车轴草。五月蒲公英、马莲开花，一黄一蓝，六月飞廉和漏芦开花，粉嘟嘟的，七月翠雀开花，八月蒲公英、飞廉、毛茛絮便开始飞了，任风这个媒婆带着。我承认自己酸，管他呢，老天造就，改不了啦。

这么熟的路，我怎么会出差错呢？

如果我直接将车停在生活区，不会有任何问题，可车上拉着水泵，得送到井口。左边的田垄已经打好，这一百亩即将种白萝卜，工人们正在右边插种白菜秧。押宝不押孤丁，可以降低风险。萝卜没收成，靠白菜回本儿，白菜赔了，用土豆找补。黄萍从不将蛋放在一个筐里。

地边儿放置着工人的衣服、水壶、水瓶，还立了一把铁锨。有一孩娃在打了垄的地里玩，那是花小春和花玉兰的大娃，我老远就瞥见了。看见我，准确地说，是看见金杯车，他挥了挥手，然后向我跑过来。几日前，我参加婚宴，带回来一包糖，给了他，因此他见到我就喊老板。未必是花小春夫妇教的，小家伙天生嘴甜。

我开得并不快，所以并不担心什么。倒是小家伙快到近前了，不但没有放慢，反拉大了步子。我摁了摁喇叭，提醒他。可他没有停，连连向我挥臂，还喊着什么。看着只剩几米远，我不由慌了。如此，他非钻轱辘下不可。我由慌而恼，猛摁喇叭，并朝右打方向盘。我该立刻停住的，事后回想，那一刻大脑彻底木了。一偏一转，车拐出地头，我才刹住。尖细的哭叫响起，我酥软如渣，推了两次才将门打开。

我没站稳，突然扑过一股风，我被挟裹着，摇摆着跳了几下，才立定。正好站在车尾，距男娃几米远，我看得清清楚楚。他瘫在地上，一边呜号一边叫喊。我吓坏了，脑袋嗡嗡乱响，风停了，我拽了几次才将自己拽到他身边。我蹲下，触摸着他，试图发现他被碾压了胳膊还是腿。男娃挥舞着胳膊，叫喊声更高了。腿很细，但完好无损，他没受伤！车轱辘、车的任何一个部位都没挨着他。我稍稍松了口气。可他哭喊得更凶了，我有些纳闷，这娃似乎被什么吓着了。我正要问他，神经突然又绷紧了。然后，顺着他手指的方向，我看到衣服旁边的那个包裹。车轱辘正是从包裹上碾压过去的。心像被踩裂的冰面，发出巨大的持续不断的声响。我瞅瞅男娃，又盯住包裹。我小心翼翼地移过去，蹲伏下身子，慢慢撩开，整个人彻底傻掉了。

我没做任何挽救的措施。眼前黑影乱飞，耳朵隆隆作响，直到花小春将我撞开，抱起包裹，直到花玉兰撕心裂肺的哭喊响起，我似乎才醒悟过来，意识到自己闯了大祸。那些人围过来，像牢笼一样将我囚在中间。

不知黄萍在冷库还是别的什么地方，不知谁给她打了电话。没多久她就过来了。那时，花玉兰已与花小春挤在一处，花小春抱着小娃，她抓着花小春的肩，两人头抵头，互相支撑着，仿佛他们被抽去了骨头，不这样就会成为流沙。有个声音对黄萍说人已经没得救了，黄萍仍试了试鼻息。立起时，她的脸僵硬如铁。围在这儿干什么？干活去！她凶巴巴的。那些人便回到地里，只剩下花小春一家、黄萍、黄果和我。黄萍给黄果使眼色，黄果抓住我的肩将我拽起，扶进屋。我不想让他搀扶，但没甩脱。所谓的木偶，就是这个样子吧。

我坐在床沿，黄果合上门离去，临走没忘了警告：别出来，除非我姐叫你！我不怎么喜欢他，他总拿黄萍压我。他算老几？我人落魄了，心上那团气还在呢。即便他偶尔露个苗头，我也会冷语还击。但在那个黄昏逼近的春日，我机械地点头，任黄果指挥。

门合窗闭，我置身于密闭的空间，耳边仍有嘤嘤的哭声。头顶的某个地方苍蝇在飞。似乎还有风，脸颊能感觉到吹拂的凉意。我惊愕地抬起头，环顾了一圈，又垂下来。

我看着自己的双手，如果那个孩娃不朝我奔跑，我就不会打方向盘。那么，花小春和花玉兰就不会失去他们的小娃。要不要向他们两口子还有黄萍道明原委和过程？那不怪我，至少不完全是我的责任。我搅翻着那个场面，并没有动，屁股被吸住了。我压死了人，这是事实，怎么辩解都不能改变。我知道黄萍在和花小春夫妇谈判，先让她谈好了。黄萍的损失不会小。按县城这几年的肇事案，少说也要四五十万。我没钱，这钱只能黄萍出。这会儿，她一定为和我复婚后悔死了。

薄暮纱幔一样垂落时，黄果推门进来，让我跟他走。我问去哪儿，他说送我回家。我没反应过来，回家？黄果说，姐让我现在送你回去。她呢？我问。这很愚蠢，我轻轻咬了嘴唇。黄果说，姐让你好好休息，那事处理了。我吁了口气，但又有些怀疑，这么快？黄果说，姐是谁！

那些外来工正在打饭，井然有序。我四下睃睃，没看见黄萍，也没看见花小春夫妇。我甚是疑惑，目光乱扫，黄果催促我快点，说再黑他就开不了车了。

我问黄果怎么处理的，黄果说该怎么处理就怎么处理，你放心好啦。这个马屁精，竟然和我玩太极。我斜着他的脸，恨不得在那上面抓几把。老边正往过赶呢，其实他来不来都可，黄果没有任何征兆地摁了下喇叭，那刺耳的响声让我倏然一惊，目光从车窗扑出老远。灯光将黑暗凿出梯形的豁口，看不到别的车，也看不到飞鸟走兽什么的。黄果未必故意吓唬我，是我的神经变得脆弱。

到了县城边儿上，黄果终于憋不住，说黄萍几千块钱就摆平了。怕我不明白，解释，姐和那个男人谈的。我确实不是很明白，停了几分钟，追问，她对你说的？我甚至想，也许黄萍是怕我内疚，故意将数字后边的零略去。黄果反问，你说呢？我就不明白了，像我姐这么厉害的人，你怎么舍得——我突然喊出来，掉头！我要回菜地！黄果说你这是干什么？还没进家呢。我没好气地，让你掉头你就掉！黄果将车停在路边，熄了火，拔了钥匙，说你给我姐打电话，她让你回，我没二话。我冷笑，我去哪里，还得她批准？说着就要推门。黄果说，她正替你擦屎屁股，你还是少给她添乱为好。我便犹豫了。黄果压低声音，推心置腹又带了些警告，那孩娃的父母见到你，情绪肯定不好，搞不好……我没再吱声。

　　我和黄萍住在凤凰城，这是宽城第一个高层住宅小区。住的是顶楼，带一个小阁楼。夜晚，尤其深夜，难以入眠时，我喜欢站在窗前凝望。我喜欢夜空的深邃，常常幻想化作一颗流星，从这端滑到那端，哪怕付出化为灰烬的代价。

　　那一整夜，我立在窗前。仰望星空，满脑子都是花小春和花玉兰。我不知黄萍怎么和他们谈的，可几千块实在是……我无法形容自己的心情。也许黄果听错了。我急于弄个明白，但再急也只能站在这里，等待黎明。

　　次日一早，没等黄果来接，我打了出租车赶到菜地。黄萍和衣缩在床上，听见动静，她坐起来，揉了揉眼窝。脸色晦暗，眼圈泛黑。睡眠差，她就这个样子。

黄萍没有详述谈判过程，简要说了重点，她让花小春提，他要了五千。她以为自己听错了，愣愣地瞅着他。他误会了她的意思，那会儿他已经平静下来，花玉兰也停止了哭泣。他问是不是要得多了，说还可以商量。黄萍连忙说不多，她当场数了八千给他。黄萍从床板下拿出已经打印好的协议，让我签字。花小春已经签了，歪歪扭扭的。我签完，黄萍折好，放进包里。我问老边来过？黄萍点头，说花小春签了字，他就回了。然后，她的目光横扫过来，你近视了吧，该去配一副眼镜。我想解释，又觉得没必要。还好，两口子都是老实人，没有狮子大张口，不然，这一年就白忙活了，黄萍说。她似乎松了口气，但我还是捕捉到她眼底的忧虑。她想得远，自然担心。

你今天买一顶帐篷，能用来住那种，黄萍说，让花小春和花玉兰单独住吧，也算照顾他们，挤在大屋，想也睡不好。黄萍舀了水，准备洗脸。她从镜子里发现我盯着她看，猛一回头，有什么问题吗？我说没有，这就去买。我出了屋，日头才刚刚冒出，蘸了血一般红。

　　　　4

帐篷的位置是黄萍选的，在厨房的另一侧，在我和黄萍"住所"的对面。傍晚收工，花小春和花玉兰便搬过来了。也没什么东西，他们自带了两床被褥，一个放置衣物的编织袋。帐篷里的床具是用木板支起来的，脸盆和暖壶是我新买的。另外，还添置了一套被褥。黄萍问我干吗买被褥，我没正面回答，说不贵。大娃想必是和花小春合睡，这样就可以单独睡了。黄萍皱了皱眉，没说什么。

两口子搬东西时，我站在帐篷门口，准备搭把手。花小春固执地扭转了肩，背对着我将行李拖进去，没让我碰。他眼底并无敌意，但这一动作说明他是怀了些怨恨的，毕竟是我压死了他的婴孩。除了昨天那一撞，他没动过我一指头。他隐忍克制，或许与我的二老板身份有关。花玉兰拎着编织袋，我抓住另一端，她说，我自己能行，老板。我没松开。她低着头，眉宇间含着丝丝缕缕的哀伤。

有什么需要，尽管和我讲，我说。花小春埋头铺床，没吱声，花玉兰看看他，小声说不用了。她没正眼看我。虽然达成了赔偿协议，我还是有些内疚。而协议也成了另外的重负，仿佛那不是两页纸，而是厚厚的枷锁。

我想把手机号告诉他，又想没啥必要，站了站，便出来了。

黄萍回县城了，我留下来值班。黄萍叮嘱我看着点儿，别让他们的老乡随便进帐篷，胡说一气，容易生乱。我明白黄萍的意思，不以为然。老乡若想撺掇，白天也可以啊，何必等到晚上？虽有工长，但说句话还不是分分钟的事？但我保持沉默。她是老板，她说了算。

晚饭是炒葱头、馒头。我比平时多吃了一个馒头。昨夜没合眼，我困得要命，但太困反而睡不着。而吃得太饱，眼皮黏合特别容易，屡试不爽。我想狠狠睡一觉，太想了。多出的一个馒头发挥了效力，我躺下不久便进入梦乡。

半夜被噩梦惊醒，我摸起手机看看，没有短信，没有未接电话。每年初冬，我会离开宽城半月二十天的。黄萍不喜欢旅游，从不与我一起。其实，我不只是为了旅行，而是寻找那个人。如果有可能，我想走遍世间的每一个地方。大部分时间，我只能等待，即使深夜，也经常拿出手机瞅瞅。

再无睡意，屋里有些闷，我轻轻推开窗户。看见帐篷门口一明一暗的烟火，我怔了怔，推门出去。

他是蹲着的，烟火闪亮时，能照见他紧皱的眉头。我停住，他没任何反应，我便蹲在他旁侧。我摸了摸兜，烟在桌上，忘带了。他递给我一支，并给我点上。烟味很冲，我轻咳了一声。然后，便陷入寂静。

高原的夜空，繁星如织，与在楼上凝望不同，虽是蹲着，星星反而更近了。

我犹豫着要不要把昨日的过程说出来。终是打消。任何解释都没有意义。

花小春又点了一支，显然，他不想回去睡觉。如我一样，他睡不着。也许，花玉兰也如此。我想还是说点儿什么。

对不起！我听出声音里的虚。

花小春没接，烟火更亮了一些。许久，他才说，都过去了。他的声音有些哑，有些浮。

起风了，我瑟缩了肩。又一支烟吸完，花小春一言不发地钻进帐篷，我也快步回屋。

清早，黄萍问我没什么事吧，我说都在各自的屋睡觉呢。黄萍说这几天你留在这里，别大意了，像是担心有人偷听，她压低声音，未必就这么过去了，我不踏实。我盯着她，试图剜出更多的东西，她的手机响了。她声音甜腻地叫了声舅，边说边出了屋。

我值守了八个晚上。每天午夜，我都会坐起，习惯性地朝帐篷门口瞭一瞭。烟火再没闪亮。确如花小春所言，都过去了。花小春与花玉兰准点出工，准时打饭，神色淡然，好像什么事都没有发生过。他们还年轻，或许过几个月就能怀上，我妄自推测。

第九天，黄萍说我不用再留在那里了。其实，睡觉在哪儿都一样。但黄萍说不用，我赖在那儿不回家也不妥，况且，她说要请老边吃饭，我无论如何要陪的。每年年根与开春，黄萍都要请老边吃饭。这不时不节的，她突然要请老边，自然与我闯的祸有关。黄萍谈判如此顺利，想必老边也做了工作。人是他带出来的，他说话还是有分量的。

仍然是涮肉馆，黄萍点了一堆，连菜谱都不用看。老边爱吃的就那几样，猪脑花、鸭血、羊肚、尖椒，其他的都是配菜。老边也是从地里赶过来的，头发乱糟糟的，就如他的牙齿，没几个整齐的。看相貌没人把他当回事，但只要张嘴说话，谁也不敢小觑。

这顿饭我请了，先说好，我来就是为了请客，不然我就不来了，老边重重强调过，然后吐出大大一个烟圈，轻轻一吹，那烟圈没散，旋转了两下，才慢慢散开。老边有些不被人注意的本事，极为奇异，比如这吐烟圈。独自抽烟，我多次想模仿，但没一次成形。据说老边找小姐从不花钱，有时小姐还倒贴。他两片嘴唇磕碰起来，她们便醉了。确实，他有把人说醉的本事。

瞧舅说的，你这不是骂我和马伸吗？你这么忙，能抽空过来我们就很感激了，再说，自家人吃个便饭，谁请还不一样？黄萍接得也快。种了十几年菜，她修炼得伶牙俐齿。

老边嘿嘿一笑，我请是有理由的，昨儿玩了个通宵，都是头面人物，虽说退了休，不能呼风唤雨，掀几个巨浪还是不在话下，若他们在位上，也不会和咱这种人打牌呀。退了才放下身架，但也不是什么人都交往，他们自己有个圈子，吃饭喝酒打牌，连买房都要结伴。他们在海南的房子同一座城市同一个小区，就是为了方便玩。他们麻将打得大，不然我也没机会结识他们。昨天我把他们割了。老边得意地伸出两个指头。

我问，两千？

老边"喊"了一声，亏你还是当过厂长的人，太没想象力了。黄萍与我对视一下，说他哪能与舅比？但凡……也栽不了跟头。老边冲我笑笑，少说也得加个零。我暗暗吃惊，看来老边这几年收入很可观呢。

所以，这饭得我请。行内有规矩，赢了钱要破一破，图个吉利，保持手旺。他们，老边停顿一下，带着淡淡的失落，我能参加他们的牌局，饭局是不可能的，毕竟咱不是大老板，挣的是辛苦钱，连暴发户也算不上。这已经很不错了，没你们这些种菜的，我恐怕还在亚麻厂看大门呢，哪有机会和他们混，挣他们的钱？

黄萍会意一笑，恭敬不如从命，今儿吃舅的、喝舅的，祝舅的手气常好，运气常旺，你好了，我们也能沾光。

老边连声说，互沾互沾，没你们我就喝西北风了。我说请你们，也有为你们压惊的意思，说实话，那天一听到消息，我吓得不轻。马伸，你这祸闯得不小！

突然被蜇，我抽搐了几下。我想起忽明忽暗的烟火，想起那个清瘦的身影，脸上立时糊了浆，皱皱巴巴的。黄萍仍然笑盈盈的，没有丝毫的变化。

多亏了舅，那会儿我急得头晕目眩的，黄萍举起杯，又看看我，我随着把酒杯端起。老边也不客气，一饮而尽。夹一块滚烫的猪脑花，蘸了蘸，塞进嘴巴，才慢吞吞地说，这是你的功劳。老边瞟着我，你娶了个能干的媳妇。我努力地挤出些颜色，不让自己的脸变得更难看。这么快就处理干净，像没发生一样，宽城以前没有过，以后也不会有，我敢肯定。马伸，你该敬你媳妇一杯。

　　黄萍说，还是敬舅，我是先锋，舅是统帅，先锋要是有什么麻烦，还得要烦统帅出马。

　　老边哈哈一笑，爽快地干了。说你这文辞一串一串的，快赶上马伸了。他盯住我，听说你过去给工人开会，古诗顺口就来？没等我回答，老边就转了方向，那几个牌友，我寻思着他们成天在台上坐着，定是满肚墨水，出口成章，嘿，哪想他们说起脏话，比下水道还下水道，让我这个粗人开了眼界。然后感慨地，都说戴面具，一点儿不假，这还是当我的面，单他们，不知是什么样儿呢。

　　黄萍说，管他呢，舅能赢钱就行了。

　　老边说，这倒没错，来，喝杯压惊酒。

　　黄萍识人察色的本领不比老边差，但论气场，老边远强于她。老边引领话题，一会儿天一会儿地，接着讲去年街头的一次车祸。一个人喝醉酒被撞死了，家属硬赖车主赔了五十万。另一出更稀奇，某人看邻居房屋装修，结果被木板砸残了，邻居并未邀请，是他自己去的，但闹得凶，邻居只好赔了几万医疗费。这个世界没道理的，怎么讲都行。老边又点了支烟，连吐三个烟圈，颇像个哲学家。他不看我，也不看黄萍，什么是理？谁霸道谁就是理，谁难缠谁就有理，我他妈算看透了。

　　黄萍附和，舅说得对，再敬舅一杯。

　　酒是黄萍带的，草原王，喝完一瓶，老边摆手说不喝了，吆喝服务员买单。黄萍说算舅请客，账还是让马伸结了吧。如果需要我结账，黄萍会给我眼色，绝不说话。她这样说，我就没动。老边摆摆手，说好的，别和我争。黄萍说，那就让舅破费了。老边说，哪里话，你舅我高兴。

黄萍从挂在椅子上的黑包里抓出一个大信封，鼓鼓囊囊的。这是早就准备好了的，我清楚。这就是今晚请客的用意。就厚度和宽度，少说也有两万。她往老边手里塞，老边好像很吃惊很不解，这是干什么？黄萍说，这是谢舅的。老边生气地，这钱我不能拿，你把你舅看成什么了？黄萍说，不拿才见外，舅不是嫌少吧？那改天登门谢你？她这样说，老边也就顺水推舟，好吧，那就谢谢你和马伸。

送走老边，黄萍将她的车钥匙给了我。她的座驾是白色现代，平时我是不碰的，除非她喝了酒。可现在我也喝了酒，虽然没她多。我强调，我也喝了啊，还开？黄萍问，怎么办？放在这儿？我说，听你的。黄萍说，那就走回去。

黄萍走在前面，我跟在她身后，相距五六米的距离。如果我是个称职的丈夫，该与她并排才对，她喝了酒，难免摇晃，需要我携扶。可我不称职。还因为，我心里有气，我想让她发觉我的不满。要说，我该愧疚的，我不闯祸，她就不用给老边钱，可我就是有气。那张协议在脑里晃，还有那一明一暗的烟火。这是怎么个理？毫无道理可言的世界？

黄萍自然觉出来，她似乎也生我的气。她先进屋，砰地合上门。我打开门，将她的车钥匙放在茶几上，她已经进了卫生间。后来，我听到放水的声音。我坐在沙发上，摆弄着手机。她是老板，一向都是她说了算，但在这件事上，我要亮出态度。

二十余分钟后，黄萍穿着睡衣，踢踢哒哒走出来。她的头发还在滴水，空气弥散着杏仁的香气。八九天没洗澡，浑身皱巴巴的，我早就想洗个澡。可我没动，我的心比后背还皱巴。

黄萍没看我，在沙发的另一侧坐定，边用毛巾揉头发边说，问吧。她仍然没看我，目光瞟着茶几上的车钥匙。我准备好的开场白略去，直接说，我不明白。黄萍这才与我对视，不明白什么？我问，老边……敲诈你了？黄萍皱眉，以你的了解，他会吗？我说，那就没必要给他！黄萍说，他是什么人？非要他提出来？我说，这不公平，给老边倒比赔的还多。黄萍问，那依你的意思，我再加赔点儿，还是跟老边要回来？我回答不上来，哪种选择都不妥。黄萍说，实话说了吧，我谁都不愿意给，挣钱不容易，花一分钱我都心疼，可……这是你的过，你倒怪我了。我立时哑然。一切由我造成，我是罪魁祸首。黄萍说，协议是签了，但并不代表没有纠纷没有麻烦，可以枕着枕头睡大觉，不把可能的因素排除掉，我不踏实，这么做，不仅仅是为了我，你该比我明白。

我并没被黄萍说服，可头不知不觉地勾了。

拔了捻子，炮就没那么容易点了。黄萍说。她用心之深，令我吃惊。多个心眼儿并无坏处，如果你当初……何至于弄成现在这样？不过，我倒是感激，不然，你也不会回到我身边。她的嘲讽已经扎不疼我，但我还是不适。我不回应，这样她的挖苦也就到此为止。

没捻子的炮也是炮，是炮就有炸的可能，黄萍说，别以为过去了。

她的话有深意，我不是很明白。我无意掩饰自己的疑问，有些吃力地望着她，有那么一点紧张。

黄萍慢悠悠地，把婚离了吧。我被彻底惊着，再说不出话。

5

雨是从半夜开始下的，清早仍没有停的意思。活儿不能干了，饭是要吃的。我将两捆菠菜、一袋土豆、一袋萝卜、两兜馒头送到厨房。我的水杯摔了，昨天去超市买杯，顺手买了一个变形金刚，与曲奇饼干装在一个袋里。我靠近帐篷时，听见花小春在训斥他的娃。他说话快，用的是方言，我听得不是很清楚，但听懂了。那娃顶雨玩耍，弄湿了衣服鞋子。

帐篷的门帘是撩起的，但依然昏暗。那娃赤脚站在地上，双腿裸着，上身披着粉色的褂子，肯定是他母亲的。鞋就在门口丢着，裹满了泥，已经看不出颜色。花玉兰蹲在地上，正揉搓脸盆里的衣服。

看见我，花小春立即住嘴，只是愠色没完全退去，如云翻卷。花玉兰反应快些，叫了声老板，站起来，甩着手上的水滴泡沫，完全是等待指令的恭顺。我说歇着吧，这雨一时半会儿停不了。花玉兰问雨什么时候停。她大概实在找不出话了。我说难讲，天气预报也不一定准。我扬了扬手，冲娃说，给你的。那娃眼睛一亮，就要来拿。花小春猛地抓了他的肩，那娃朝后倾仰，差点摔倒。挺贵的吧，花小春说，那不行！那娃的目光像长满了嫩芽的柳条。我说从朋友那儿拿的，一个玩具而已。我走过去，塞给那娃，雨天出不去，正好在屋里玩。那娃倒机灵，说，谢谢老板。我佯沉了脸，你可不能这么叫，叫伯伯好了。那娃马上说，伯伯好！我摸摸他的头，说还没告诉我名字呢。那娃说花社。花玉兰让我坐，我说还有事呢。花玉兰推了花小春一把，但花小春只是嗫了嗫嘴。没等他发出音儿，我便离开了。空气阴湿，帐篷如瓮，实在憋闷。

　　我返回县城，买了箱水果，割了几斤肉，直奔赵庄乡。赵庄与野马镇不在一个方向，是距县城最远的乡镇。虽不像去野马镇那么频，但这条路也常走。我知道路边有几处农家酒店，有几个加油站，还知道哪个路口有牌子。路面泥泞，我开得小心翼翼，目光像标尺一样，直视着前方，未有半毫偏移。可是……眼睛并不任人指挥，想装作看不见，根本办不到。牌子不大，白底黑字：宽城殡仪馆。下面有一个粗黑的箭头，指向岔路。我稍踩了一下油门，呼啸而过。

　　那处院子在赵庄乡的最北端，院里有个盖着塑料布、四周压着砖头的大包。塑料布下是羊粪球，虽然盖着，空中仍弥漫着臭气。院内没铺砖，隔一米垫着一块石头。我踩着石头走到门口，将肉和水果放下。屋内也有一股羊粪味，比外面好些。堂屋没人，里屋也没有。但我知道赵月红肯定在。里屋的东墙有扇门，直通羊圈。门是后开的，丢过一次羊，赵月红和她现在的丈夫恨不得日夜搂着羊睡觉。羊圈的正门只填饲草的时候用，平常都锁着。

　　我推开，浓重的气味卷过来，几乎将我掀倒。没等我喊，赵月红便从角落立起，朝我走过来。她穿着高帮水鞋，戴着套袖和手套，脸湿而红。套袖尚能看出灰蓝，手套已经看不出颜色。

　　她是个少言的人，说声来了，合上那扇特殊的门，搬了两个小凳放在堂屋门口。她问我喝水不，我说不喝。来过多次了，我没碰她家的水杯。我不是多么讲究的人，但也不是随时随地都可以端杯，何况我又不渴。我和赵月红分头坐了，她知道我待不长，所以仅仅是将手套摘了。院里的空气与她身上的气味差不多，门口是她招待我的最佳地点了，至少她是这么认为的吧。隔一段时间，我就想来，但来了就想走。

　　我问销路还行吧，赵月红说上个月出了不少，我说那就好。赵月红问今年种的什么，我说还那样。都是没话找话，可有可无。但坐下来，总不能什么都不说。这短暂的时间也需要打发。时间这玩意就这样，眨眼数年就没了影子，有时每一秒都如蜗牛爬行。

马屈在医院抢救那些天，赵月红基本没合眼。我不在现场，别人告诉我的。肇事司机跑了，医药费均是赵月红负担。她的钱多半是借的，后来，她嫁给现在的丈夫，只有一个条件，帮她还债。两人养了百十只羊，头几年没挣多少钱，近年收入才好了一点儿。不是卖羊肉，而是卖羊粪。她丈夫的侄儿帮他们在网上出售，一小包十块钱。那些散发着臭味的羊粪于她如同宝贝。

也就十几分钟吧，我起身，顺手将一个信封放在锅台上，不多，两千块钱。钱是黄萍挣的，我不能随便花。说老实话，黄萍不是吝啬的人，就她为母亲买楼，并雇人侍候这一项，就使我感激不尽。她完全可以不管的。我和她都分开那么久了，不管也没人说她什么。让黄萍连赵月红也管了，那说不过去。

赵月红每次都推拒，但终会留下。而这次她坚决不要，说债还清了，用不着了。我强调最后一次，她说以后不要跑了。我看她，她立即道，没别的意思，大老远的。我笑笑，说嫂子放心。我来不仅仅是为送那两千块钱。心上垒着比城墙还高的石头，我常常喘不上气，跑一趟，多少能卸掉几块。我来，不全是为她。她要将这条路堵住吗？

雨似乎小了些，我摇下车窗，冷风透进来，发出鸭掌扑打水面的噗噗声。车内的桃木蝴蝶似乎不抵寒意，瑟瑟地抖。有雨丝吹到脸上，后颈凉凉的。我伸手摸摸蝴蝶，它抖得没那么厉害了。但稍稍松手，它就来回晃荡。我略略往上摇摇车窗。车内太闷了，我不敢关死。

　　雨刮器不停地摆，那块白底黑字的牌子如一把利剑老远就刺入眼中。什么时候立在路边的，没人说得上，至少我不知道。无论多么醒目，和你没关系，你不会在意，自然无视其存在。一旦和你有了某种联系，即使蒙住眼睛，也难以忽视。

　　我在路口停住，没下车，点了支烟，静静地吸着。拐进去，沿水泥路走几公里就是终点。每到清明，这条路忙忙碌碌，此时没有一辆车，没有一个人，只有朦胧的树影及逆雨飞行的燕子。每次经过，我都对自己说，别想了，没人能让时光逆流。但我忍不住，只要经过，记忆就如铁链抽打着我。我做不了什么，就如现在，停一停，抽支烟，唯此而已。这不是什么仪式，谈不上庄重与肃穆，只是这样做了，那堵高墙又能掉下两块石头，我会舒服一些。我很自私，不是吗？

　　县城的街道没因下雨而空荡，反更挤了。车像蜗牛，一个红绿灯要等老半天，举着伞的行人不顾喇叭的鸣叫，在蜗牛缝里挤来拐去。或是汹涌而至的人间烟火的诱惑，我突然饿了。不到十二点，还能赶上彭小莲和母亲的午饭。只是想到要向母亲复命，我又发怵。我其实挺想陪她一起吃饭，但只要我去，还没等站稳，她就催我救她的马伸。她吃不好，我也咽不下去。彭小莲性子直，若我吃得没滋没味，就会问我咸盐是不是又放多了。她很用心，既想合母亲口味，又想让我满意。她不懂我的心思，那与口味无关。

还是吃过了再去，我这么想着，拐进卫生局对面的巷子。金杯车不好停，我又从另一个口出来，将车停在药店门口，步行入巷，走进通常去的莜面馆，要了块牛骨头，一笼莜面窝。服务员拎过一壶茶，端来两碟小菜。一碟是酸菜，一瞧就是刚腌好的，酸气清爽，若是老酸菜，汤是混浊的；另一碟是咸菜，芥菜丝，拌了鲜红的辣椒。这家莜面馆的饭食与他处没什么区别，但这两碟小菜让我有归家的感觉。每次饭上桌前，母亲也这般先上两碟菜，一酸一咸。我爱吃酸的，马屈偏咸，嗜辣，所以那一碟必定夹拌着辣椒粉或辣椒丝。

刚啃了一口，手机响了。我匆忙放下，擦擦手接听。黄萍问我在哪儿，我说在外面吃口饭。她不轻易给我打电话，我问怎么了。她没回答，问和谁一起。我说没别人。我没撒谎，没必要，也许她就在街对面，看见了金杯车。黄萍说你吃完赶紧回来，我头皮一紧，再次问她怎么了。黄萍说电话说不清，你回来就是了。

我催服务员上饭，接着啃牛骨头。

三天前，我和黄萍办了离婚手续。与上次不同，这次是假离，我和她仍住在一起。离婚是为了规避风险。没人统计过假离婚的夫妻有多少，想必那是个庞大的数字，有的为买房，有的为转移财产。我和黄萍属于后者，只是因花小春和花玉兰而起，是我没想到的。如果花小春夫妇索赔几十万，就不会有后边这些事了。在请老边吃饭的那个晚上，黄萍大加分析。何以只要五千元？黄萍认为可能之一是他们久在偏远村寨，不知外面的"行情"；之二，那个小娃可能有什么残疾，碾压致死，虽也伤心，但也帮了他们。这很残忍，很无耻，很不地道，我强忍着，没让狠话出口。我还得仰赖她，母亲更是。其实，黄萍不坏，远比我好。包地时，她被一村民讹诈过，心有余悸。她心底有防线，或与此有关。我不赞成她的说法，但不得不同意她的决定。万一呢？我的一个失误会让她白白损失大几十万。房子，轿车，金杯，冷库，所有财产都在黄萍名下，离了婚，完全归她所有。谁找我索赔，单身一人，只有身上这套不值钱的皮。花小春夫妻做梦都不会想到吧。

我隐隐有预感，她催我回去，仍与花小春夫妇有关。防火墙已经竖起，黄萍还不踏实吗？她还担心什么？那块牛骨头被我啃得干干净净，我没丢掉，翻来覆去，寻找着可能的遗留。不是我多么馋，就是想咬点什么。

6

黄萍坐在转椅上，肩往前倾，从我站的角度望过去，脸与电脑屏幕不足半尺，似乎里面有巨大的力量，要将她吸进去。她的双臂撑着电脑桌，绷硬如弓，似乎连吃奶的劲儿都使上了，整个人呈现搏击的架势。

我心里一沉。黄萍喜欢看电视，极少上网。那台电脑虽是她买的，却属于我。电脑里有些秘密，当然也不是多么机密，可我不想让人知道，尤其是黄萍。我猜黄萍发现了那些文字和视频。暴风雨就要来了，我一时想不出应对之策。也许沉默是最好的选择，随她去！我倚住门框，故作镇定。

贪夜蛾就要来了！黄萍背对我说的，然后才站起来，或是坐的时间久了，她有些站立不稳，扶了下椅背。

我不由愣住，使劲地瞅着她。她的脸不怎么好看，晦暗中透着隐隐的青。她往旁边挪挪，指了指电脑，你赶紧瞅瞅。我听出了紧张和忧虑。

这个阴雨天，黄萍没出门。吃过早饭，打了几个电话，睡了个回笼觉。她原本要洗衣服。她习惯边洗衣服边看电视。贪夜蛾的消息是从电视上看到的，她再无心思洗衣服，赶紧上网查。

贪夜蛾是外来昆虫，吞噬能力强，可寄生玉米、荞麦、水稻、花生、高粱、大豆、番茄、马铃薯、白菜等八十余种植物；繁殖能力强，单头雌蛾最高产卵两千余粒；迁飞能力强，每晚可飞一百公里；适生范围广，11～30摄氏度都是适生温度。贪夜蛾一月份入侵云南，一路北上，五月份已侵入十三个省份。更糟糕的，现有的杀虫剂难以杀死贪夜蛾，据说专家正在筛选，目前尚无有效农药。

难怪黄萍抽皮剥骨般。不与植物打交道，那就是个消息，如风过耳。可对黄萍这样的种菜人，就是悬在头上的利剑，这么说并非夸张，虽是小小的昆虫，如果不能有效杀灭，就可能颗粒无收，一年的辛苦付之东流。

黄萍不是窥看我的秘密，可我没有如释重负的轻松。我理解黄萍的焦忧，甚至惶恐。

怎么办？黄萍问，声音透着无助。

我笑一笑，将窗户打开。黄萍缩缩肩膀，说太冷了。我将窗户拽了拽，留了一道窄缝儿。屋里太沉闷了。别担心，坝上风大，不等飞到，就刮回老家了，我试图用玩笑缓解她的紧张。黄萍不悦，我和你正经说话呢。我说，我也是正经话，你没必要太担心，专家都没办法，你能怎么办？况且不是还没飞过来吗？杞人忧天，有什么用？黄萍说，专家靠不住。我说，如果专家都靠不住——黄萍打断我，那年种香菜，若不是我坚持换药，就完蛋了。那倒是，黄萍文化不高，但在使用杀虫剂、杀螨剂、除草剂方面极有悟性，全靠自己摸索。我问，你想怎么办？黄萍摇摇头，我不知道。她忽然想起什么，说出去一趟。我问她是否吃过午饭，她说不饿，头也不回地走了。黄萍就这样，一旦执着于什么，非弄出个子丑寅卯不可。

傍晚，黄萍回来，拎了一袋油炸黄米糕，另一个塑料袋里是她新选的杀虫剂。这一下午，黄萍冒雨跑遍了全县的农用物资商店。我炒了盘鸡蛋，拌了个黄瓜丝。吃的是油炸糕，谈的却是农药。黄萍决定采取预防措施，**不能坐以待毙**，她说。这个词很大，大得有点吓人。她并非故意，就是那么认为的。

需要说明一下农药的杀灭方式。常用的有胃毒、触杀、内吸、熏蒸几种，黄萍惯用内吸。药剂在植物体内具有传导性能，由根茎叶传导全株。内吸法受降雨影响小，能有效杀死隐蔽处的害虫。但使用须有度，如果用得多，蔬菜毒性大，甚至将自己毒死；如果剂量不够，不但杀不死昆虫，反使昆虫具有抗毒性，就如曹操吃砒霜一样。这个度很难把握，好在黄萍在这方面极有悟性，虽然请了技术员，但用什么药，多大量，都是她自己掌握。只是已经施过一次，若因预防贪夜蛾再施一次，会不会防卫过当？敌人还在路上，这阵势大了点儿。

我抛出自己的疑虑，黄萍说你不懂。确实，我没她懂，但提醒还是必要的。我和她离了，依然绑在一起。就这么着吧，黄萍说，这就是不让我再多说。那就不说好了，谁让她是老板呢。吃过饭，我去看母亲了。

五天时间，数百亩蔬菜被药喂了一次。也许贪夜蛾能飞到坝上，也许飞不到；也许这防火墙会起作用，也许毫无用处。但至少缓解了黄萍的紧张与焦虑，她的脸不那么青了。

那天，我正从金杯车往厨房搬东西，黄萍从地的另一头走过来。她戴着顶草帽，挽着双袖。她不是只说不干的老板，许多时候她亲力亲为。我说葱头便宜得不敢相信，今年种葱头的怕是要赔死了。纯属没话找话。这不能说明什么，蔬菜的价格诡异得很，现在便宜，也许两月后能蹿上天。黄萍没接茬，说你进来一下。她的脸不怎么好看，难道又有别的昆虫入侵了？贪夜蛾夜行百公里已经让黄萍如临大敌，若杀出个夜行千里的，叫人怎么活呀。我没卸完，尾随她进屋。

你给那孩子买玩具了？黄萍劈头问。她的目光像刚刚吸食了农药。

原来是为这事，我甚是不快，但没显露在脸上。我顿了顿，反问，怎么了？不就是一个玩具嘛。

黄萍毫不掩饰恼火，你怎么就不动脑子想想！

我说，没几个钱，值当吗？她不是心疼钱，我明白，但我故意往这上面扯。

黄萍狠狠地抿了抿嘴，如果我是一个萝卜什么的，她怕是早就把我嚼了。这不是钱的事，她说，如果没出那样的事，你就是买两个三个，也没什么。可现在不同，你这么做，他们难免往别处想。

小题大做，我感到好笑。没必要这么设防吧，我说，已经过去的事了。

黄萍说，如果像你说的那么简单，那当然好，但你能百分百保证吗？

我说，我保证，拿我的脑袋担保。这是气话。

　　黄萍显然听出来，她的脸又青了一些，你以为你的脑袋那么值钱？

　　我说，已经买了，你说怎么着吧。破网是不在乎身上有几个口子，那几个口子会不会扯得更大。

　　黄萍又抿了下嘴，她在克制。她不愿把破网扯得更烂。买就买了，还能怎么着？但愿这几个月平安过去，她说。她瞟瞟我，目光转向窗户，其实那孩子挺招人喜欢的，看见他，我就想起豆豆小时候，你不着家，顾不上陪他，大半时间他都一个人玩，孤僻不是生来的。

　　黄萍拐到这上面，我便如扎了窟窿的轮胎。

　　喜欢归喜欢，有些事还是要想得长远一些，考虑得周全一些，这没坏处，如果你有防人之心，也不至于……黄萍停住，等我的反应。我没任何反应。那是我的死穴，她使出一指禅，我便立时气绝。效果达到，黄萍没有再说下去，改口，上午老犯晕，也不知怎么了。我劝她找医生瞧瞧，黄萍说也没大事，稍躺一会儿。

　　我打算把车上的东西卸完，出屋便看见花社蹲在车侧，正用树棍抠轮胎纹路里卡的石子。他腿如麻秆，胳膊也瘦。嘿，干什么呢？我问。他指了指。我摸摸他的头，叫他离车远点儿。他说，很多的。我唬了脸，听话，不然我弹脑门了！他勾了头，往帐篷方向走去，仍抓着棍子。我拉开车门，从副驾座上拿起绿柄红筒的塑料水枪。刚买不久，枪匣下端的孔里还吊着纸牌呢。我掂了掂，又放下了。合上车门，花社已经不见了。

那个夜晚，我留在了菜地。种菜如怀胎，须精心呵护。菜长出来，就离不开人了。要么我，要么黄萍，要么黄果，有时我和黄萍都得住在地里。那天，本应黄果当值，他临时有事，我只好留下。住在地里也蛮好的，听风入睡，有扎入泥土的感觉。我常常想，做一棵草也挺好的，生生世世长在那里，秋枯春生，恬静，自然。

不过，睡觉并不那么容易，越想睡越不得。脑子乱得很，我决定出去走走。这时，听见敲门声。

竟然是花小春。他站在门口，略有些不安。我见亮着灯，估摸你没睡呢。我说，睡不着，正想出去转转，有事吗？花小春望望身后黑漆漆的夜，似乎以为我在说梦话，问，现在？他肯定是有事的，我想起黄萍的警告，难道真如她预料的那样？我说，进来说吧，风这么大。花小春没动，说也没什么事。迟疑了一下，问歇工日能不能带他进趟县城，他想把那些钱存了。我说没问题哇，哪天都行。他说还是歇工日吧。我说随你。他说麻烦老板了。我说没啥麻烦的，一天来回好几趟呢。

几天后收工早了点儿，三点钟，银行五点才关门呢，我拉花小春，还有另外两个工人去了趟银行。工人们的钱有的在身上装着，自己缝的袋子，装个两三万没有问题，有的会存到银行或汇到老家。我管不着，钱是他们的，想怎么弄都和我没关系。花小春夫妇除了工钱，还有那笔赔偿，想来带在身上不大方便。

我让花小春坐在副驾，另外两个人如先前一样坐马扎。那把水枪在他前面的台上放着，他没碰，甚至没看。下车时，我叫他拿给花社，他连连摆手，那可使不得。我没再说别的。

黄萍知道我拉花小春几个存钱了，这并不是花小春专有的礼遇，哪个工人有需求，我都会拉。她没怎么担心，但还是问，存完就回来了？没去别的地方吧？

7

我回过头，母亲紧张得似乎气都不敢出了，枯树皮般的脸涂了一层蜡色，想看我又不敢，目光躲闪、游弋。我甚是奇怪，母亲刚刚还在训斥我，怎么我接了两个电话，突然就变了一个人？难道她的耳朵灵敏到可以听到电话里的声音？

你怎么了？我盯住母亲。母亲不答，五指叉开护着膝盖，双腿紧紧并拢，完全是守护的架势。我的目光扫过去。母亲的裤腿已经湿了，尿液顺着脚踝淌到鞋上，再流到地上。她一定是忍了太久，憋不住了。

难怪母亲这个样子！我哎呀一声，皱眉道，你怎么不说话？母亲的目光没再躲闪，却比先前更加紧张，头顶没有被白发盖住的那一处暗粉更加醒目。她的嘴唇嚅动了数次，只是嚅动。心中有瓷器碎裂似的，我蹲下去，她下意识地往后藏，被我摁住。我把裤角往上挽了挽，鞋、袜、内裤基本湿透了。来，站起来！我抓住她的胳膊，她问去哪儿，我说还能去哪儿，给你换干净的。母亲叫，我不去，等小莲！她往后缩着，如果身后有洞，她肯定会钻进去。我说你会闹病的，母亲仍然不肯配合。我又疼又气，不由分说将她拽起来，搀架住她。她身体僵硬，但没再违拗。

经过卫生间门口，我问她还想尿不，她说不了；问她要不要拉，她说不。便搀扶着她进了卧室，让她坐在床沿，将她的鞋袜脱下来，丢到一边。袜子是红色的，袜口各有一个黄色的福字。彭小莲喜欢大红大绿，给母亲挑选的衣服都是喜气洋洋的。

我拉开衣柜，翻了几下，拽出一条红花粉底的秋裤，一条镶着绿边的黑色长裤。母亲不肯脱，比刚才坚决。她死死抓着裤子，与我对抗，力气大得出奇。我拽了半天，愣是没拽下去。我慢声劝她，不能穿湿裤子，换上干爽的舒服。还吓唬她不听话就不给她吃饭。母亲要么不言，要么就说等小莲。

我的耐性终于耗光，左手抓住她的胳膊，右手猛扯。母亲又抽又甩又摇晃，但没能阻止我，我终是将她的裤子脱下来，近乎粗暴。母亲脸色大变，她弓了腰，双臂交叉，护住自己的下腹。几滴泪垂到赤裸的腿上，发出爆裂般的声响。

我惊呆了。不是因为母亲哭，也不是因为她仓皇无助的遮护，而是因为她的腿实在是瘦得超过我的想象。好像没有皮肉，只有骨与骨连接着，用螺丝拧在一起。如果螺丝掉下去，骨节就会散架。

我眼睛酸涩，低低地叫了声娘。母亲似乎没听见，依然保持着防护的姿势。她裸着的腿已经湿了。脱也脱了，咱们换上干净的吧，这么晾着容易感冒，感冒了就得给你输液，我说。她绷得更紧了些。我又哄又劝，她不为所动，我只好扯过毛毯盖在她腿上。她弓得不那么厉害了。但这么坐着不是法子，我和她商量，往里坐坐，靠在床头。她没说等小莲，我便揽住她的腰，托起她的双腿。她死死抓着毛毯，仿佛她的腿有什么秘密。

彭小莲村庄搬迁，她回去签字。我看看表，有心给她打电话，又觉得太过分了。她极少请假。她说中午前赶回来，还有一个多小时呢。彭小莲已经到了婚嫁年龄，迟早要嫁人的。母亲已经离不开彭小莲了，我不敢想那一天来临，母亲是何反应。

我问母亲喝水不，母亲摇头。她不掉泪了，但眼睛仍然透着红。我为刚才的粗暴而内疚，母亲这病与我有极大关系。想致歉，终是说不出口。

你别在这儿晃来晃去的，好不好？我头晕。母亲用的是商量口气，但眼神不再发虚，已经没了紧张。我说我在外面坐会儿。她立即道，你不用管我，救你弟弟出来！我说我也是你儿子，你怎么不心疼心疼我，老惦记着马伸那王八蛋干吗？母亲先是惊骇，继而愠怒万分，满脸的网要飞起来的样子，不准你这么说！他是你弟弟，他有难，你不帮，谁帮？我说，他是自作自受。母亲猛挥胳膊，如果手里有东西，肯定会扔到我身上。你有个当哥的样儿！母亲喝道。我说，他有什么好，你这么偏向他！母亲说，他是马庄第一个考上大学的。我怔了怔，声音突然稀软，那好吧，等彭小莲回来我就走。快步走出卧室。

差一刻十二点，彭小莲进屋，放下包，就忙着给母亲换衣服，自然少不了数落。母亲有些怕她，却又那么依赖她。我去菜店买了一袋馒头，一个茄子，两个西红柿，一块豆腐。回去，母亲已经坐在她的专属白木椅子上。

彭小莲看到我手里的东西，哎呀一声，忘安顿你了，中午要吃面条呢。我说为什么非得中午吃，晚上吃不一样吗？彭小莲说那怎么能一样，面条看似软，其实不好消化，适合中午吃；馒头暄乎，适合晚上吃。我说中午和晚上都吃馒头好啦。彭小莲比我想象的拧巴，说那不行，一天吃两顿馒头，谁受得了？彭小莲给母亲撑腰，母亲也给彭小莲帮腔，说就要吃面条。彭小莲得意地，听见了吧。我没再争执，跑出去买面条。

彭小莲边做饭边数落我，就让你照看半天，还让大娘尿了裤子。她离开的时候叮嘱过我。我讪笑着，说一直留意着呢。彭小莲哼了哼，拉倒吧，你的心根本不在这儿。这个丫头心直口快，一下就说中了。我干笑着，不再辩解。

　　我吃饭磨蹭，那日着了火似的，热气腾腾的面条，不足一刻就吞咽进肚里，而彭小莲才将晾凉的面条端到母亲跟前。母亲穿着大围裙，大约是饿了，早早地张开嘴。我可警告你哦，不能吃快了，别像上次再呛着了，彭小莲沉着脸。母亲点头，但并不听话，一噏一吸，面条便进了肚。让你慢点，你咋当耳旁风？小心我罚你！彭小莲冲母亲瞪眼。母亲露了怯，却不忘张嘴，甚至更大了。我不知该欣慰还是该难过。正要走，彭小莲问我能不能再待会儿，她想让我帮着拿个主意。母亲听见了，插话，他要救他弟呢。彭小莲叫，你别打岔！她佯装撤碗，母亲便噤了声儿。我问着急不，彭小莲说急是不急。我说那就改天，我还有事。

　　确实有事，不过也没那么当紧。赵月红给我打电话，说老宅柜底有两双雨鞋，如果我回村，拿上捎给她，不回就算了。赵月红不轻易打电话，更别说帮忙了，我颇为意外。但我没有回村的打算，因为两双雨鞋，太不值了。我从商店买了两双男式的，两双女式的。老板找不开钱，我又各要了一双，然后直奔赵庄。不知赵月红怎么记起老宅的雨鞋，她离开好几年了，可能是雨季快到了吧。

　　赵月红各留了两双，还是我硬塞给她的。她与我哥有些相像，死倔死倔的。

　　来回两个多小时，我返到菜地，近四点，刚刚收工。我接的两个电话中，有一个是黄萍的。香菜、油菜、芹菜之类的，不能及时卖掉的，都要存到冷库。她今天在冷库那边，让我早点回菜地。黄萍两头跑，哪边都不放心。出了那档子事，再加上贪夜蛾的消息，她神经紧绷着，如拉满的弓。

通完电话，我又去了趟冷库，拉了些菜回来。那是不花钱的，或者说几乎不花钱。黄萍的菜也快下来了，基本能接住的。食堂的菜自然单调，但如黄萍所言，他们从老家出来，也不是为了吃喝。况且是免费的，从未有人提出异议。

晚饭后，我躺在床上摆弄手机。每天不知要接听多少电话，但始终听不到等待的声音。我会一直等，等到我离开世界那一刻。并非我有什么奢望，也不是为了报复，只想弄个明白。我不为自己曾经的作为后悔，但是糊里糊涂进棺材那才遗憾呢。

听到吵闹，我起身出去。帐篷外站了三四个人，边朝里张望边叽咕着。数声号叫，是从帐篷传出来的。我头皮一紧，快步过去，问他们出了什么事。一个汉子指了指，我缩头进去，顺手扯了门口的灯绳。

号叫的是花玉兰，她披头散发，边叫边掐脑门。花小春试图摁她，但每次号叫时，花玉兰的身体如鳗鱼摇摆，花小春根本摁不住。显然，她折腾有一会儿了，花小春的黄面皮像从水里捞出来的，精湿。他慌张却没乱了阵脚，花玉兰快滚至床边了，他立马跳下地，死死护住。只是他的麻秆腰未必经得住花玉兰撞击，他自己也明白。这时，他冲旁边的花社叫喊，花社早吓得变了脸色，抖抖地靠过去，与花小春一同护住。又一声号叫，花玉兰滚向床的另一端。

　　我连问怎么了，花小春没应。我急了，大喊，你他妈说话呀！花玉兰号叫的间隙，花小春说花玉兰的老毛病了，疼得厉害，但不会有大事。我问没带药吗，赶紧吃啊。花小春说带是带了，但不大管用，疼过劲儿就没事了。用的竟是自然疗法！我说赶紧送医院吧，这要疼坏的。花小春立即摆手，用不着，真的用不着。花玉兰也听见了，虚喘着，没……事儿。我火了，想爆粗，又忍住，冲门口那几个人招招手，钻进来两个，将花玉兰抬进金杯。

　　花玉兰的号叫弱了许多，或许她在强忍。我不敢大意，有事没事，医生说了算。我努力保持着沉稳，比平时还是快了许多。

　　到了县医院，花玉兰偶尔呻吟一下，花小春与一同来的老乡欲抬她，她不用，只由花小春挽着，一瘸一拐，走得却极快。花社也跟着来了，蹦蹦跳跳的，仿佛到了什么好玩的地方。

　　值班医生简单问了问，开了个 CT 的单子。没一会儿结果就出来了，当真没什么事。我问要不要做别的检查，花玉兰抢先说不用了。医生问要不要开几盒药，花玉兰与花小春一同摇头。但我坚持，医生就开了三盒正天丸。

　　回去的路上，花小春说好几年没犯了，可能是累了，花玉兰当即道，累什么累，比家里可轻松多了。花小春马上改口，说这儿能早早歇着。这话无疑是让我听的。花玉兰腿不利索，反应倒比花小春快。

　　他们下车后，我叫住花小春，把那两双雨鞋给了他，水枪则塞给花社。我留着没用，不就一把塑料枪么。黄萍顶多责备几句，反正不是第一次了，我不在乎。

　　8

　　窗外传来洗漱、说话、咳嗽声，我睁开眼，看了看表，不到四点，屋里还暗着呢。我躺了躺，竭力回想做的梦，能记起一些，绝大部分则如烟雾飘荡，紧抓慢抓，消散得干干净净。

　　这么个工夫，窗帘上方的玻璃已经发白，我迅速爬起，打开柜子，抓起电动剃须刀，边刮边将窗帘拽开。我没洁癖，但绝不让他人染指我的私人物品，特别是牙膏、牙刷、搽脸油这些。黄果用我的剃须刀刮胡子，可把我气坏了。自那之后，我就将洗漱用具、拖鞋锁起来。

　　打水回来，我看到花小春站在帐篷门口。他没吸烟，缩肩立着。我点了点头，他快步过来，说昨天多亏了老板。我说夜里没疼吧，他说没疼，回来就睡了。我说那就好。花小春将卷成筒状的钱给我，我说算了。花小春叫，那怎么行？麻烦你够多了。县医院不大，但左一个走廊右一个走廊，很容易转晕。来回交费，都是我跑的。昨夜花小春要去拿收费条，一早等在这里就是为还钱吧。

　　花玉兰也钻出了帐篷。让她歇一天吧，我小声劝花小春。花小春笑笑，说没事了，疼一次，半年都犯不了。他回头瞅瞅花玉兰，加重语气，老板放心，不影响干活。像是丈夫发了什么信号，花玉兰径直走到我面前，鞠了个躬，说，我刚刚吃过饭，一大碗呢，比好人还好。我被她逗笑了，说你觉得自己行，我不拦你。花玉兰甩了甩胳膊，下颌朝向花小春，不会比他差。

半上午，我回到县城。昨天拉回的免费菜足够吃三四天，但馒头、麻饼、面条还需要采购。面食容易坏，坝上虽然凉爽，也不经搁的。现吃现买，一脚油门的事。

我还惦记着彭小莲的事，她让我拿主意，也不知是什么主意。不是有人给她提亲了吧？心忽然就沉下去。

在向母亲复命、保证后，我将彭小莲叫到一边。刚说几句话，电话响了。催要化肥钱的。农药、化肥都是赊欠，一般要等到卖完菜才结。那边说了一堆难处，用商量的口吻，希望先结一部分。现在资金紧张，这得向黄萍请示。总算把电话挂了，我冲彭小莲点头。彭小莲刚接过话，电话又响了。真是邪了，往日的电话没这么频。我抛出一个歉意的眼神，彭小莲哼了哼，抓起水壶浇花去了。

黄萍问我在哪里，我说买馒头，同时瞟瞟彭小莲的背影。她一定听见了。电话那边没应，这不大正常，也许她猜出我在撒谎。也没什么秘密，我想，随即道，进来瞧瞧娘，什么事儿？黄萍说见面再说，我在菜地呢。我说好吧，这就回去。黄萍不大高兴，我自然听得出来，也猜出个大概。

我没马上离开，和彭小莲说了会儿话。

果然是为花玉兰的事，黄果昨天不在，她的耳目可真不少呢。黄萍并非因为送花玉兰去医院而不悦，而是我没告诉她。唉，区区小事，她也要操心。

我的话音还飘着，她马上反击，这怎么是小事？她比以前注意保养，冬闲的时候，常敷着面膜走来走去。肤色倒是白了些，那些年她推着小车在街上卖饮料、矿泉水、花生、瓜子，风吹日晒，脸色褐红，如风化的砖头。旁的商贩日落就收摊，她要坚持到九点，冬夏如此。她那么拼，是因为心里憋着气。可不是晒黑脸那么简单，因为怕上厕所，她白天极少喝水，夜晚则不停地喝，一趟趟起夜，睡不好，遗留了黑眼圈。所以她敷着面膜来回晃荡，我就有被抽打的感觉。此时，她的脸更白了，额头的疙瘩如绾结过紧的麻绳，随时断裂的样子。

为什么别人不犯头疼病，就她犯？黄萍目光带着挠钩。

我吃惊地看着她。这可不是一个正常人该说的话，太无理，太没水平了。

黄萍显然意识到了，语气缓下来，我不是故意往别处想，但你不觉得蹊跷吗？如果……她顿了一下，多个心眼儿总是对的。

我说，她怎么干活你肯定留意了吧，不比别人差，拿的钱却少多了。

黄萍的目光横扫过来，那不是说好的吗？

我说，说好也可以再议的，两口子没一个张过嘴。

黄萍问，你是不是觉得我的心比煤球还黑？

老实说，我从来没那么想过。她这样问，令我不快。

黄萍说，如果你当初有防人之心，也不会落到这个地步。别人逍遥，你坐牢。

她甩出撒手锏，我如同残破的城楼，立时土崩瓦解，唯有脸硬得跟果壳一样。我忽然想起一句话：马蹄飞踏，花泥四溅。

黄萍没继续讨伐，也许是因为我脸色太难看了。你说她不是装出来的？真的犯了病？黄萍犹有不甘，忧心忡忡的。

自贪夜蛾入侵，黄萍的脑袋上就顶了雷，时刻警惕。你说贪夜蛾飞到哪儿了？她数次问我，就像我是贪夜蛾的领队，我带着蛾群飞行似的。以前她不怎么爱看电脑，现在有空就杵到电脑前。虽然她提前施了药，冒着菜带毒性的风险，但还是不踏实。而花小春夫妇又像根刺扎在肉里。不，用她的话说，那就是颗炸弹。她眉间的疙瘩怕要长得更大了。

如果他们想动心思，早就跳起来，何必等到现在？我说，这算什么？

黄萍说，亏得有协议。

我说，是啊，有协议，你又担心什么？

黄萍说，国与国之间的协议还说撕就撕，跟擦屁股纸一样。那两页纸还能变成铁板？这世道，没什么是不变的。

这倒是。国与国的协议撕毁了多少，我不清楚，但年年有。电视上经常听到看到。我不再劝说，她扯出大"旗"，我还有什么说的？

要是一开始不雇他们就好了，黄萍说，明年带小孩的坚决不要。

我一直这么想呢，那样，我就不会成为肇事者了。

舅也是，为什么带他们出来？黄萍这枪口，逮谁都要瞄一瞄。

我说，如今说这个没用，以前有过的。

黄萍思忖着，若是现在辞掉他们呢。

我有些紧张。临时工，说辞马上就可以，一句话的事。我不敢硬劝，怕适得其反。我极小心地说，那两口子可是没藏奸耍滑呢，你这么做，不大合适，况且，本来他们没想法，没动别的心思，要是被惹恼，恐怕就不好说了，你让他们单住帐篷，不就是怕别人在他们耳边乱嘈嘈吗？

黄萍嘲讽，琢磨我，你倒蛮下功夫的。

我干笑一声，语带双关，不琢磨领导意图，我怎么往上爬？

黄萍脸带红晕，斜我一眼。末了说，先搁搁，看他们还出不出么蛾子，你留心一点儿，别大意了。

我刚想松口气，黄萍说，必要时，也只能……

9

　　七月中旬卖掉甘蓝，距收白萝卜还有十多天时间，我把一半工人借了出去。这也是黄萍的意思。借出去的工人当然要借方支付工钱。这样，黄萍能少一些开销，对哪方都合适。待白萝卜成熟了，立即将人撤回。卖菜期需要大量人手，除了现雇，也常向别家借工。

　　每天清早我将借出的人送到那边菜地，收工时再将他们接回来。自然我不会白跑，这里面的道道挺多的，还是不说了吧。

　　某天，我把人送到，帮了会儿忙，返回时看见不远处的干枝梅，便将车停在路边。我喜欢花花草草，从小就这样，相比乡村淘气的男娃，有点儿娘儿们气。诸葛菜、委陵菜、天仙子、野决明、南芥、飞廉、独行菜、毛茛、翠雀、沙参、老颧草，村庄周边的花草，我识得七八十种。以前每次回村，我要在田野上转一大遭，就为了看那些花草。我极少摘花，看到别人把开得正艳的花朵扯断，甚至连根拔起，很是难过，目光的温度也会升高许多。那天，我也说不上为什么，本是为了观赏。在干枝梅旁边蹲了一会儿，离开时，我掐了半把。干枝梅花期长，插在水瓶里可绽放三五个月。

　　我没回菜地，径直开往县城。车停在楼下，我才意识到，干枝梅是折给母亲的。她越来越不爱动，让她出一趟楼，彭小莲连哄带吓唬的。母亲的话也越来越少，见了我还好些。用彭小莲的话说，每次看见我，母亲都像通了电。

母亲正在打盹。她坐在她的专座上，白发垂顺，两臂交叉，大围裙仍在颈上吊着。想必她吃完就困了，摘都来不及。母亲白日睡觉的时间越来越长，夜晚越来越少，这样，彭小莲就得陪着她。我对彭小莲说过，趁母亲犯迷糊，她抓紧补个觉。彭小莲一句话就呛回来，你以为我是猪呢，说睡就睡！她说话直，但从不抱怨。

我敛气屏声，冲拖地的彭小莲扬扬干枝梅。彭小莲将拖把靠在墙上，把干枝梅接过去。我走进卧室，掩了门，来到阳台，点了支烟。少顷，彭小莲进来，警告我少抽一支。老半天才能走掉烟味呢，她不高兴地说。我有心问问她怎么回复哥嫂的，又怕说多了惊醒母亲，便点了点头，紧吸几口，将烟头掐灭。突然听到母亲的叫声，我和彭小莲同时往外跑。

母亲站立起来，颤颤巍巍，抖抖索索，目光则焊住了一样，牢牢地凝视着电视柜上的干枝梅，间或有零散的火星溅起，噼噼啪啪地炸响。彭小莲奔过去，抓了她的胳膊往下摁，同时训斥，不好好睡，发啥癔症？！母亲没理会她，目光转向我，你弟回来了？没等我回答，她就笃定地说，他肯定回来了！这花是他弄的对不对？他就喜欢个花草，他在哪里？母亲目光弯折，竭力朝我身后瞅，仿佛他惦念的人被我藏起来了。

　　风暴席卷，我摇了摇，竭力站定。我不知说什么。彭小莲急了，瞪着我，你说话呀，怎么哑了？我咬咬牙，往前靠了靠，这样母亲的巴掌就可以扇到我脸上。我就是马伸，你好好看看。一根根刺从母亲眼里射出来，转瞬便化成一缕缕烟雾。你就是？母亲摸摸我的脸，那马屈在哪里？我说马屈他……我哽咽起来。母亲突然叫，胡说！你是马屈，不是马伸，我还没糊涂呢，你别想哄我！母亲连珠炮似的，与刚才判若两人。我不管不顾地，我就是你该死的马伸，你怎么就不明白？母亲被激怒，她扬起手，但并没挥向我，而是在空中乱劈，少胡说！你少胡说！！彭小莲及时揽住她的腰，急赤白脸地，她可是病人呢，你和她较个什么劲儿？犹如冰水浇下，我顿时清醒，说不出的沮丧。可是，我不想就此放弃，诱导母亲，干枝梅是我采的，你想，谁爱采这个？母亲叫，一束花就想糊弄我？拿走！彭小莲劝，留下吧，挺好看的。母亲狂躁地，我不要花，我要马伸，他在哪里？我终于泄气，说，他在监狱呢，不能见你。母亲哼了哼，我就知道！救他出来呀，愣着干什么？我说，好吧。母亲催促，去呀，怎么不走？彭小莲再次训斥，有点儿耐性，他跑了大半天的路，总得让他歇歇呀，他也是你儿子，你也心疼心疼他！彭小莲提高声音，母亲的声音马上弱下去，我是急呀。彭小莲说，驴马还得吃草呢。母亲四处瞭望，饭做好了吗？让我儿吃饭！彭小莲说，你坐好了，你这个样儿，我咋做饭？母亲乖乖地坐了。彭小莲忙活时，我试图摘掉母亲的围裙。母亲双手紧护，要吃饭呀，不能洒在身上。母亲轻轻摇头，又指着彭小莲的背影，压低声音，她会罚的！我本来想再陪她一会儿，顺便喂喂肚子。眼底泛潮，就坐不住了。

彭小莲追出来，将干枝梅和花瓶一并塞给我。我看她，她说还是别刺激大娘了。我没再说什么，回了趟黄萍的家，把花放在餐桌上。香气弥散，屋子顿时清亮许多。

黄昏，我将工人拉回来，正要回屋，花小春迎上来，问能不能把他也"借"出去。他满脸的恳切。借出去的工人每天能多挣二三十块钱，但劳动强度也大。我沉吟着，说也就八九天。花小春说，干几天算几天。我说，明天我问一下，看他们需要多少人。花小春喜形于色，黄面皮顿时被染，谢谢老板。花社从帐篷跑出来，将水枪对住我和花小春，射出一道水柱。花小春呵斥花社，同时对我赔着笑，没弄湿你吧，他看见你可亲了。那倒是真的，他偷偷抠轮胎纹里的石子，以为我不知道。

要说花小春的要求不是个事，但因为他的特别，我不敢轻易答应。这要和黄萍商量。我给黄萍打电话，她掐断了。过了几分钟，她又打过来，说正请人吃饭呢，问我有什么事，当紧不。我说不当紧，她说那就回家说。她没说在哪里吃饭，没说请什么人。我知道她一会儿还要打电话，她喝了酒，我得接她。我简单和黄果交代过，驱车回城。

晚间新闻结束，黄萍也没来电话。手机倒是响了两次。我有些躁，翻弄着手机，不知该不该拨过去。来回走了几步，忽然盯住干枝梅，说不出的惊骇。不知因为灯光的缘故还是我的眼睛出了问题，原本粉白的花朵变成了红色，几乎要滴出血来。我晃晃脑袋，使劲眨了眨眼。仍然是红的，灯光也被传染了，耀眼，灿烂。正要去摸，听到开锁声。

黄萍满面通红，浑身酒气，歪趔着，随时要摔倒的样子。我快步过去，扶住她，将松滑到臂弯的包摘下来。黄萍说恶心，我便搀她往卫生间走。我原本要扶她到马桶边的，到了门口，她推我一把，将门合住。

黄萍呕吐时，我去厨房倒了杯白水。干枝梅又成了粉白色，我刚才经历的似乎是梦境。

黄萍在卫生间折腾了许久。我问她没事吧，她说就是头有点涨，歇歇就好。稍后，听见洗漱的声音，我松了口气。我入狱前，黄萍滴酒不沾。和我重新生活在一起后，她的酒量大得惊人，醉成这样，极罕见。

从卫生间出来，黄萍的脸仍然红红的，但步态稳了许多。看见餐桌上的干枝梅，问我谁送的。我说回来的路上采的。黄萍说你还是没变。我没接茬，说晾了杯白水，问要不要加点蜂蜜。黄萍说不要，我去睡了。

走到卧室门口，她立住，觑着我，目光滚烫，你不来吗？我一声不响地走向她。

我和黄萍许久没有做爱了，二十天，也可能一个月，我记不大清了。时间久了，抚摸都变得生疏，不像缠在一起的身体，更像两棵被砍伐后叠压在一起的树。过了一会儿，才进入状态。在这方面，黄萍一向克制，哪怕成了老板。那一晚可能酒喝多了，黄萍彻底换了个人，我几次都想捂她嘴巴。她的冷让我扫兴，但她如此狂烈，我又犯嘀咕。去他娘的，想那么多干什么？我不在乎。我调整姿势，呼应着黄萍。干枝梅在脑里炸开，像碎裂的霞光。

确实是喝多了，也折腾累了吧，黄萍转过身便打起鼾。花小春的事自然提不成了，只能明早再说。

我睡觉没那么容易，不是一天两天了。黄萍的鼾声让我生出隐隐的嫉妒。翻滚了几十遭，刚刚有了点睡意，手机振动起来。是的，即便睡觉，手机也是开着的。宁可被骚扰，也不能错过。其实毫无意义，于我而言，这无意义或许就是意义。

黄萍是不会被惊醒的，我还是不敢大意，赤身躲到厨房。那边不说话，但我能听到她的呼吸。我的心跳骤然加快，声音颤抖得失真，我知道是你。没等我再说话，那边挂了。我一遍又一遍地回拨，几近疯狂。但提示都在关机状态。我盯着手机黑下去的屏幕，喘了好一阵子，走到阳台，凝望着夜空。不知过了多久，回到床上才感觉到冷。

这一夜肯定要泡汤了，我想躺到天亮，没料竟然睡着了，而且睡得死沉，黄萍什么时候起床都不知道。睁开眼睛，快八点了。再拨昨日的电话，通了，是冰冷的男人声音，我说了半句话，他立即恼火地说打错了。我愣怔了足有一刻钟，如同血红的干枝梅一样，难道昨夜听电话也是幻觉？

我抱着验证的心理来到餐厅。干枝梅不见了，连同花瓶也没了影儿。

我抹了把脸，就往菜地赶。外借的工人等老半天了吧，地上扔了不少烟头。花小春也在其中。他的目光轻轻在我脸上扫了扫，和别人一样往金杯车门口涌。我正要拽他，他收束麻秆腰，极快地钻进去。

10

我把工人送到，抽了支烟便往回返。开出也就两三公里，黄果打来电话。他平时不喊我姐夫，叫姐夫准没好事。我的心直往下沉。他着急起来，舌头就短了半截，说话那叫费劲，但我还是听清了。电话里隐约传来哭号和杂乱的喊叫，知道黄果就在边儿上。我掉转车头，恨不得让金杯飞起来，到了地边，我跳下车，边跑边扫视。花小春扛了一袋菜，双脚生风，飞快地移往菜车方向。他身材细瘦如竹竿，那袋菜足抵他三倍粗壮，然他步态稳健，没有丝毫摇摆。我奔过去，他正好走到车旁边。他抓住菜袋的两个角，往上一抛，车上的人稳稳接住。我扯他，他直往后甩。我喊声高，他意识到了，紧跟我身后。

怎么了？尚未坐稳，他再次问。

我阴着脸叫，抓牢了！

花小春斜过身，如针的目光扎着我。我没理他，紧紧握着方向盘。上了公路，花小春的电话响了。没说两句话，黄面皮彻底转白，额际也冒出冷汗。目光再转向我，已经泛着血红色。他催我快点，眼睛紧紧盯着前面。我一言不发，已经够快了。我还想飞呢。

黄果再次打来电话。挂断，我大出一口气，发现后背已经湿透。救过来了！我腾出右手，狠狠抓花小春一把。花小春的细胳膊比铁棍还要硬。天！他叫了一声。又打一通电话，目光没那么血了，他抹一下额头，在腿上擦擦；再抹一下，再擦擦。

已经在去医院的路上，你……放心，我安慰道，不会有事的。他仍不停地抹额头，仿佛突然间长出个喷泉，但脸已经由白转黄，透着隐隐的不安。给你们添麻烦了，他低声道。岂止是麻烦！我心想。斜斜他，皱眉道，你也是，一天一百二也不少了，非要跟别人跑，你留在菜地，看住他，哪会发生这事？幸亏旁边有人，及时救上来了，这要有个意外……那个黄昏闪出来，我忍住了。花小春惴惴的，嚅嚅嘴唇，什么也没说出来。

上午是县医院看病的高峰期，车辆行人出出进进，喇叭声此起彼伏，比菜市场还喧闹。足有五分钟，才从门口挪进院里，却找不到停车位。我让花小春先下车，他倒利索，插进人流，一闪一跳便没了影儿。转了一圈，我又将金杯开出医院，停在马路边。

黄萍、黄果在走廊里站着，两个人都板着脸。花玉兰则坐在地上，头发有些乱，脸带泪痕，花小春蹲在她身侧，小声劝慰着。

黄果叫声姐夫，我说人呢，他看看黄萍，指了指门。我欲进去，发现门插着。不是救过来了吗？怎么回事？我问黄果。黄果又看看黄萍，似乎说话都需要黄萍批准。没少灌，医生建议洗胃。黄果的声音低得不能再低。

每样蔬菜在不同的生长期要施不同的农药和化肥，黄萍钟情的内吸法，须把农药和化肥用水搅拌稀释，再浇灌。刚抽上来的水温度低，直接浇不利于植物生长。黄萍别出心裁，挖了两个大水池，既可晒水又可溶药。花社在给水枪灌水时滑进了水池。药水毒性轻于农药，但终是有毒。而且，出于对贪夜蛾的恐惧，黄萍用药比往年猛。想到此，我的心又吊起来，水枪是我送给花社的，唉，我怎么想得到呢？

临近中午，洗胃结束，花社算是彻底脱离了危险，医生要求住院，观察三五天。黄萍和黄果先后离去，我帮着办了住院手续，买了午饭，又拉花小春取了行李。花小春说花玉兰一个人陪床就可以，我硬劝他也留下。花玉兰腿不方便，两个人照料毕竟好一些。

我没顾上看母亲，一天折腾下来，身心疲惫，脑袋像灌了糨糊，开车时记得还有一桩事，停了车却怎么也想不起来。我想回黄萍的高楼好好睡一觉，黄萍打电话让我回菜地，我明白她要住在那里了。那张床是临时搭的，床板蹺着，翻个身咯咯吱吱响，一个人睡还好，两个人挤在一起，耳边一整夜都不消停。但黄萍让我去，绝不是睡一夜那么简单。她考虑事情远比我长远，或是又想到什么了吧？

黄萍坐在床边，神色凝重。我触见桌上的水枪，突然明白在脑里摆来摆去，却模糊不清的东西是什么了。水枪在黄萍这里，她自然把一切都搞清楚了。难怪在医院的走廊，她一句话都没和我说。

你干的好事！黄萍毫不掩饰自己的愠怒。

我勾了头，谁能想到呢，那孩子——这是个意外。

黄萍冷笑，意外？没那么简单。

我吃惊地看着她，怎么会呢？

黄萍说，动动你的脑子。

我动不了，那一堆糨糊要胀破头皮了。好半天，我才艰难地说，谁会拿自己的孩子……不会的……绝不会。

黄萍说，你坐了五年牢，白坐了。

那是我的软肋，也是我的疮疤。未能随时间流逝而愈合，有风吹草动就钻心地痛。我紧紧咬着嘴巴，生怕自己说出难听的话。

黄萍轻轻瞄瞄我，缓了语气。不是我多疑，实在是太蹊跷了。你前脚把花小春送走，那孩子就掉进了水池。我问过，他可不是第一次去汲水了。听黄果说，花玉兰干活心神不定，直朝水池瞭。如果担心，她就不该让他去那里。

我终于缓上口气，你别乱猜疑了，如果他们有什么想法，完全可以——何必——？

黄萍说，如果没有那份协议，你以为呢？

我说，不至于。

黄萍哼了一声，眉间的疙瘩宛若青杏，这件事不会就这么结束，你等着瞧。

那一夜，我没睡好，她也是。她总在我以为她睡着的时候，冷不丁地抛出疑窦。清早起床，她眼窝发青，脸皮枯干。她对着镜子照了照，拔掉一根白发，同时咕哝，昨天还没有呢。

三天后，我将花小春一家接回菜地。两口子都有些衰，花社还是那么不安分，几次想摸那个桃木挂件，均被花小春拽住。花小春冲花社瞪眼，低声吓唬。如果是别的，我早就给他了。见他仍一眼一眼地瞭，我说改天送你个别的。那把水枪被黄萍扔了。我不会再买水枪给他。别的也许会买，也许不会，就那么一说。花社眼睛发亮，花小春却有些慌，娃不识惯，老板千万别再破费了。花社说他想要，花小春举手佯打，花社躲了一下，缩进花玉兰怀里。

隔了一日，夜已深了，我和黄萍正要睡觉，花小春敲门进来。这些天我和黄萍都住在菜地。花小春冲黄萍笑笑，望着我，问我能不能帮个忙。我问什么事？他从兜里摸出一卷纸递给我。我觉得算错了，咋这么多呢，也就住了三天，他有些紧张，说话时麻秆腰一抖一抖的。那是叠在一起的药费条子，我刚展开，黄萍就夺了过去。她一一翻过，极其干脆地说，没问题呀，三千二百九十八。黄萍学历不高，但在数学方面极有天赋。花小春说，我不是说没加对——黄萍嘴极快，那就是算对了，你怎么说错了？花小春被噎着，脖子抻了抻，才略显艰难地说，不是数字不对，是医院算得太多了，就三天，我寻思着——黄萍说，什么费用，每项费用多少钱，写得清清楚楚，医院就这么规定的，不是为你单设的标准，这还算少的呢，一天花几十万的都有。花小春显然被黄萍震了，或者说，吓住了，黄面皮僵僵的。如果就这个事，你不必说了，我很负责地告诉你，绝对错不了。黄萍将药费条卷住，塞给他。花小春说，我还是想去问问，万一算错呢。黄萍皱眉，我说了半天，你怎么听不懂呢？花小春甚是不安，他求救地望着我，灯光下，他的目光和他的面皮一样灰黄。我说既然有怀疑，抽空带你去趟医院。花小春生怕我反悔，说那就谢谢老板，风一样飘出去。

我说什么来着？黄萍目光如锥。我说他没进过医院，有疑虑很正常。黄萍冷哼一声，有疑虑结账的时候就该问，何必拖到现在？询问医院不过是虚晃一枪，这小伎俩能哄谁？

其间我给花社买过一箱牛奶，两盒曲奇饼干，几斤桃。住院费黄萍事先就严厉指示过，所以我没结。三千块钱不多，但对花小春和花玉兰，要干半个月才能挣回来。我和黄

萍商量，钱也不多，要不给他结了吧。黄萍仍如先前一样坚
决，不行！这不是多少钱的问题，我没那么抠，你给他医药
费，性质就变了。我说未必有你想的那么复杂，黄萍的目光
就有些凶狠，你敢保证？我说如果真如你想的那样，那协议
他绝对不会签的。黄萍说没有前边的，这后边的事怕也不会
发生呢。我还想劝，黄萍突然来了火，她让我扪心自问，她
是不是黑心的人？她当然不是。替我照料母亲就不说了，每
年她都给野马镇敬老院捐款，五千，一万的都有。

　　我不吱声了。黄萍的感觉令人刮目。比如在用什么农
药及量比上，她说不出理论依据，只凭感觉，连技术员都佩
服。在识人方面，她更是胜我一筹。万一，真如她猜测的那
样呢？

　　第二天收工，我拉花小春去了医院。自然白跑一趟。收
费的姑娘三言两语就把花小春打发了。花小春的黄脸蒙了
一层灰，一路上不停地絮叨，咋这么贵呢？跟吃人差不多
了。若是本地人，可报销一部分，他不在报销范围。我和他
说了。他沮丧地，看来没指望了。我兜里倒是有千把块钱，
那是攒下来，准备给赵月红的。脑里翻腾了一会儿，我放
弃了。

　　一周后的凌晨，我和黄萍起床时，花小春已经候在门
口，神色焦灼、不安。花社半夜直叫肚疼，天亮才消停。他
问能不能送他去趟医院，他想给花社查查。我立即答应。没

有理由不答应。花小春感激地，又给老板添麻烦了，快步跑向帐篷。

　　戏开场了，你等着瞧！黄萍拍打着浮肿的脸，目光却有些游移，老婆头疼孩子肚疼，哪会这么巧？

　　也是从那个清早，我犯了嘀咕。

　　抽血、化验、检查，折腾了一上午，医生说可能吃了不合适的食物，并无大碍。花小春连声道，那就好那就好，他就怕花社中毒。做父亲的担心很正常，来的时候四口人，现在成了三个，谁碰到这事儿不担心呢？只是，或许被黄萍灌多了的缘故，我心里打了个不大但也不小的问号。

　　那晚半夜，我刚迷糊着，床板咯吱了几声，黄萍碰碰我，说花小春在打听花社掉入的水池里掺的是什么农药，还捡了几个农药袋子。为提防贪夜蛾，黄萍下药虽然猛了些，但也在安全范围。这本来不是问题，与花小春联系起来，恐怕真有些复杂。不过，花小春忧心花社中毒，也没错，可以理解。我劝她别乱想，黄萍说，该下决心了。我听出话外有音，问她想怎样。黄萍说，还没想好，不早了，明天再说吧。

　　一早，黄萍发现自己的车胎被扎了。她非常生气，指着车，大声叫骂。这事发生得突然、蹊跷，谁会和黄萍过不去呢？扎她的车胎又有什么益处呢？那天，我没往外借人。黄萍报了警，警察来了一趟，挨个询问，气氛紧张极了，像发生了什么要案。警察临走，单独和黄萍谈过话。

那天下午，老边把花小春一家接走了。他给他们找了新的雇主。花小春不愿离开，因为他的老乡都在这边。他指天发誓，轮胎不是他扎的，更不是花社。黄萍没说是他扎的，也没说不是他扎的。她没提轮胎，说去哪里都一样挣钱，有老边的面子，哪里都好。老边也打劝，花小春没再说什么。临时工，没有合同，辞退就是一句话的事，辞退花小春两口子有些小波折而已。

傍晚，黄萍问我多久没去看母亲了，我说两天了。她说，明天我和你一块儿去。

11

九月底，最后一拨土豆收完，黄萍的精力全部放到冷库那边。我做了两天扫尾工作，到冷库帮忙。其实扫尾用不了半天，工人已经全部离开，或返乡或去他处谋活，只需打扫一下工棚，挂锁即可。看护的老两口常年住在菜地，清扫之类的活儿用不着我，但我硬是在菜地耗了两天。我有时地里走走，有时蹲在空了的水池边发会儿呆，就如我在村里那样。深秋，花草枯衰，还不如菜地有生气。偶尔还能看到一两棵绿油油的白菜。那是弃掉的，长势差，卖不上价。

十月中旬天气转冷，某个下午还飘了阵雪，落地即化成水。路面湿滑，好几对车发生了剐蹭。黄萍的车被蹭了，我赶过去，已经处理完，那个男人赔了她二百块钱。钱是小事，主要是影响心情。吃饭时，黄萍随口说，听老边讲，姓花的夫妇没回老家。我一怔，问，找上啥活儿了？黄萍说，谁知道呢，我没问，反正和咱没关系了。我夹了块白萝卜，塞进嘴巴。黄萍忽然皱眉，怎么这么咸？菜是我炒的，忘了已经放过盐，又放了一次。我大口嚼着，黄萍推了碗筷，走进卧室。没那么忙了，她又可以天天做美容了。

我没向黄萍提出旅行计划，还去不去，去哪里，我一直拿不定主意。没往年那么迫切，也许过些日子就特别想去了。再者，母亲的身体每况愈下，我挺担心的。

某天中午，我替朋友拉了趟货，经过福瑞超市门前，街的拐角处围了些人，我瞟了瞟，看见一辆白色尼桑，知道又出了车祸。我没有观瞧的意思，想尽快离开。但走不动，摁了几声喇叭，也只挪了几米。不知什么人竟然将三轮车横在路上。我下车将三轮车推至路边，往人群扫了扫。脑门的筋突然被烫着，突突直跳。我往里挤了挤。没错，斜躺在地上的是花小春，他的麻秆腰似乎更细了，一把就能掐断。旁边倒了辆旧自行车，几个土豆散落开，一颗几乎挨着穿皮裙的女人的脚。她是车主，显然吓坏了，脸色煞白，声音有些走调，我明明踩了刹车的，没碰着他呀。

有人叫她报警，她没听见似的，重复着，我没碰着他呀。又让围观者给她做证。花小春一声不吭，仿佛这一切与他无关。偶尔，他会抽搐一下。

我站了不到一分钟，便退出人群。我有些紧张，生怕花小春看到我。我一点点挪着，终于驶离街口。从后视镜窥了窥，围观的人更多了。

去过康巴诺尔吗

1

我们一家三口走进自助餐厅，尚未坐定，表妹打来电话，摁了二十次门铃也没开，不会搬家了吧？我说在外吃饭，责备她不早联系，她笑嘻嘻地说这也不晚，告我地点，这就过去。妻子和女儿已拿了盘子，女儿径直走向西餐区，妻子照例吃中餐，顺便帮我拿了盘子。我说你们先吃，真真要过来。妻子"啊"一声，只剩三张票了呀。我没接她的茬，说去门口迎迎她。有些事是要征求妻子意见的，有些事绝不和她商量，拍了板再说，比如现在。

妻子是教师，这家餐厅的餐券是家长送的，确实只剩三张了。正好女儿从寄宿学校回来，我们决定把最后的晚餐券消灭掉。我到前台买了一张，188元。妻子吃惊，并不是心疼钱，而是别的，这我清楚，但妻子的神气和语调仍令我不快。当然，不安也是有的，毕竟这不是表妹第一次造访了。她和我在同一座城市，是家里的常客。用妻子的话说，她比自己家还自己家。我其实挺怕表妹登门的，她每次来总有事情发生。但头皮长出再厚的茧子，也不能拒之门外，谁让我是她表兄呢？

约莫半小时，表妹拖着拉杆箱立在我面前，我明白她又没地儿去了。她辞了老板，或老板辞了她。每遇此，她会从租住的地方搬出来，要彻底切断和"过去"的关系。我劝过她，但没用。所以表妹的拉杆箱是特大号的，几乎和修长的她比肩。那里面装着她的全部家当，衣服、鞋袜，洗漱用品和睡觉、撒气兼用的狗熊枕。

妻子在用牙签吃甜点，她的用餐已进入尾声。而女儿似乎刚刚开始，一个盘里是三文鱼，一个盘里是生牛肉片，她喜欢一切生的食物。妻子边吃边监督，想让女儿多吃，又担心女儿吃多。

表妹"哇"了一声，语义混杂，喜怒哀乐怎么理解都没错。换言之，这惊叫其实是空白，没有任何意义。她将高出椅背的拉杆箱竖在长桌边，便去寻盘子。我夹了些食物回来，表妹已经吃上了。打小她就比我利落，现在依然。她没我吃得那么复杂，鱼一块肉一片菜一根的，她吃清一色麻辣小龙虾。我像热爱×××一样热爱小龙虾。某次在大排档，她喝痛快了，冒出这样的豪言壮语。我被惊着，几乎跳起来去捂她的嘴。

那一盘很快被表妹消灭干净。第二次她端了两盘回来，每一盘都像喜马拉雅山一样高耸，女儿小巫见大巫，瞪大眼睛，像表妹那样"哇"了一声。为什么不一盘一盘端？女儿终是不解。表妹说，傻瓜，等你吃完，可能没有了。妻子皱了皱眉，虽然表妹语气亲昵。好……吃？女儿又问，在她心目中三文鱼才是天下第一美味。表妹说，不只好吃，关键是补脑，我那个年代要是天天吃小龙虾，现在起码也是博士、海归，哪用到处受气？她剥了一只给女儿，你正用脑，多吃多补。女儿看妻子，妻子说，你吃得够多了。表妹充耳不闻，这么一点点，不占地方的。女儿接了，咬了两口，点点头。表妹道，夹一盘，慢慢吃！妻子问女儿作业多不多，表妹插话，没个做完的时候。我让妻子带女儿先回，妻子立即起身，抚抚女儿的肩，女儿揉着肚子撒娇，我都动不了了。妻子斥她，那你还吃？作别时，妻子没看表妹，像是对地板说的，你慢吃！

　　嫂子没生气吧？表妹压低声音，仿佛这是个很私密的问题。我说，为什么要生气？你吃小龙虾，又没吃她！表妹将小龙虾的腿撕拽下来，重重丢到桌上，生气我也不怕，不跟你生气就行。随后语气一转，生又能怎样？还敢跟你离婚啊？我沉下脸，她不是那种人，对你也不错，背后不能说她坏话！表妹瞄我，瞧你这个护短劲，我就随口说说。

　　我问她干得好好的，怎么又不干了。表妹没有马上回答，她擦擦嘴，起身拎了两瓶啤酒两个杯子回来。我摇头，表妹径自倒了，陪我！陪我喝行吗？前一句是命令式的，后一句是央求口吻。从小就这样，她软硬兼施，我虽然长她几岁，但常常被她降服。

版本不同，但辞职的缘由基本接近，受不了气。她刚刚干的这个是推销网课，学校放假前的半个月最忙碌。一切要在这个时间段搞定。连加了数日班，本来次日放假一天，深夜老板通知，明早八点准时到岗。令表妹生气的并不是老板出尔反尔或朝令夕改，而是早上，就这个早上，她们八个姐妹七点五十赶到公司，老板却没到。九点，老板仍未露面，电话又打不通，不知老板忘记了，还是出了什么状况，离去又不敢。一干人就那么傻等着，在等待的煎熬中，猜测老板冷晾她们的可能原因：突发心脏病，车祸，或考验她们是否服从命令。表妹说只有她敢说出来，她们都不敢。老板是中午到的，他没有丝毫歉意，没有向她们做任何解释，进屋就分派任务。表妹没憋住，问老板怎么现在才来。老板轻描淡写，昨晚喝大了，睡过了头。这分明是不把员工当人啊。表妹没有立即发作，不过声音有些冷，你该给我们道歉的。老板被她弄愣，给你们道歉？就为这个破事？让我给你们道歉？他目光如钉，一一扫过，七张面孔都耷拉下去，突然枯萎了似的，只有表妹没有退缩，她语气铿锵，你不尊重人，必须道歉！一个姐妹拽表妹，被表妹甩开。老板冷笑，我要不道歉呢？表妹毫不示弱，我从窗户跳下去！老板显然没想到，他咧了嘴，不是被表妹的威胁压住，而是觉得表妹夸张得可笑，然后，他用嘲讽的语气问，你认为我会吓尿？表妹操起椅子，一步步走向窗前，奋力一砸。哗啦，玻璃碎裂开。又砸了两下，表妹扔掉椅子，在她跃身之际，一个姐妹猛地抱住她，号叫着别干傻事。然后，又有员工拖拽住她。老板终于害怕了，向表妹妥协。老板当然咽不下这口气，致歉的同时把表妹辞退。而表妹本来就不打算干了。所以，这次她和老板是互相辞退。

　　怎么样？你妹子没给你丢人吧？表妹豪饮一杯。我说你太任性了，老板终究是老板，又不是什么深仇大恨，道什么歉呢？表妹愤愤地，我咽不下这口气。我说，人活一世，哪能不受气？表妹哼一声，活着就是为了受气，那还活个什么意思？我不敢和她讨论生死，转而道，现在找一份合适的工作太难了。表妹满不在乎，饿不死的！尔后笑嘻嘻地冲着我，你也不会让我饿死的对不？我制止她，少喝点儿吧。表妹说，还早着呢，急着回去干什么？我想也是，回去干什么呢？她怎么也得住个半月二十天的，除非中途找上新工作。让她少在妻子面前晃荡，或许是我唯一能做的。

　　我和表妹拖拽着大箱回去时，妻子正在看电视。表妹径直走进我的书房，这段日子那里将是她的天下。片刻，她换了衣服出来，嫂子，我先冲一下澡哦。她和妻子商量，但更像是告知，妻子无须回应。她也不会回应，只是微抖一下眉。妻子自然是不痛快，但再怎么不痛快，她也不会说出什么难听的话。她隐忍的程度和能力，有时候我真是挺服的。可我不能装哑，总得说什么，扎到沙发的瞬间，我没话找话，新一轮货币宽松开始了。

2

　　表妹原名吴珍珍，她嫌土气，改成吴真真。她就这样，只要不对脾不顺气，就要扳过来，顺遂自己心愿，打小就这样。

　　舅舅是村里的一把手，从三十三干到六十二，相当了得。他原打算干到七十三，但六十二已是极限，镇里不同意他再参选。说他了得并非虚言，关于舅舅的那些故事，一抓一大把。千把口人，任你是流氓无赖还是泼妇恶夫，他都有招对付，都治得乖乖帖帖老老实实。

　　舅舅三个子女，两个儿子很听话，他唯一治服不了的是女儿吴真真。吴真真不服管，十一岁那年因为涂口红被舅舅用柳条猛抽，只要她说一句不再涂舅舅就会住手，但她就是不说。舅舅的权威哪容她如此蔑视？他发狠地说非抽死她不可。舅母拉了两次，被舅舅踢了四脚，抽了一柳条。舅母哭叫着满大街喊人，但没一个能阻止舅舅，包括我的父母。后来不知谁报了警，舅舅终于住手。吴真真气息奄奄，住了七天医院，依然没服软。都说舅舅和表妹是前世的仇敌，而舅舅更不止一次骂，这闺女白生了。骂归骂，舅舅其实很疼表妹的。如他所言，因为疼才抽打表妹，十一岁就涂脂抹粉，长大会是什么货色？

　　表妹和我，比和她的两个哥哥合得来，她愿意跟着我玩，也常常从家里带吃的给我。我家条件原本就不好，在父亲砸坏腰后就更加窘困。虽有舅舅接济和照顾，但还是清贫。我能长一米七五，与表妹塞给我那些吃的大有关系。年龄渐长，表妹仍喜欢缠我，让我给她补课什么的。表妹学习挺用功的，她的目标是我曾经就读的大学。那是省内最好的大学。但没发挥好，读了三本。学费贵了点，但对舅舅，那不是什么问题。舅舅才不管什么几本，大学就是大学，能上就好。两个儿子一个初中一个技校，只有表妹给他争气。他早就忽略或默认了表妹的反叛，视她如珍宝。舅舅摆了几十桌酒宴为表妹庆贺，那天舅舅喝了三斤半白酒，说了二百遍痛快。那时，舅舅绝没料到让他痛快的宝贝女儿、步入大学殿堂的女儿最终成为他最大的伤痛和心病。

大学四年表妹基本安分，除了和宿管阿姨吵过一次，没和任何人发生过争执。距毕业还有半个月，男友提出分手，表妹割腕自杀。幸亏抢救及时捡回了命。但她目光呆滞，一言不发，如同聋哑人。舅舅急坏了，向我求救。我赶到医院已是第三天了，表妹脸色依然煞白。她是在楼顶自杀的，据说血流了半地。夸张了些，若是那样，华佗也救不了表妹。但失血已至极限，这是无疑的。舅舅的救兵还算有用，看见我，表妹的眼珠转动了，微弱地叫了声哥。三天里，她唯一吐出的音。我留下来陪她，直至出院。

性命无碍，但舅舅担心被失恋击垮，和我商量，试图联系表妹的负心男，若他回心转意，舅舅同样会给他在县电力公司谋份差。"电老虎"走到哪儿吃到哪儿，县长也得给个面子。舅舅如是说。在他看来，只要愿意割肉，没有办不成的事。我自然不会背着表妹游说负心男，只是委婉地问她，他有多重要。表妹说原先他就是她的一切，现在他屁都不是了。那一刀割断了表妹的过往，反让她更加开朗，不把一切放在心上，包括舅舅给她谋得的职位。

几个月后，表妹到省城投奔我。她尚在火车上，舅舅就打来电话，先是痛骂表妹，说她念坏了脑子，早知今日，当初拼死也不让她读那个破大学。表妹不知天高地厚，竟然瞧不上电力公司，他可是吃奶的本事都用上了，就这还花了钱。他不可能再要回来，彻底打水漂了。我暗暗吃惊，舅舅还真下了血本，难怪气急败坏。随后他语气一转，说表妹交到我手上了，她上天入地就看我的了。她不能比你差，不然你甭回来见我！我从小听惯舅舅的命令，熟悉他的口吻和语气，硬着头皮向他保证。且不说当年他对我家的照顾，我上大学的费用有三分之一是舅舅给的，就冲我和表妹特殊的感情，我岂能不尽心力？

但是，有心不代表有力。我不过是个普通记者，一个苟活的码字工，既无权力又无资源，想帮表妹谈何容易。所以，表妹说不急着找工作，先转几天找找感觉时，我大大松了口气。

表妹第一份工作是我替她找的，老年协会，钱不多，但好歹有个干的，也不怎么累。与电力公司的收入当然天壤之别，就这，还拐弯抹角托了许多关系，她的面试也就走个过场。不到两月表妹就辞了。协会要求严，一天三签到，她受不了这个，感觉卖身一样。最让她恶心的是，她的主管色眯眯的，下巴总是吊着一绺涎水。表妹原想主管大她许多，冷脸不理，由他臆想。但有一天她从卫生间回来，上司正舔她喝水的杯子。"他那样跟狗没什么区别，就差长条尾巴了"，表妹勃然大怒，将水杯狠狠砸到墙上。我没有责备她，若再干下去，主管的脑袋或许就残了。

　　第二份工作是她自己找的，私立学校。不用上课，在办公室，负责接待打印，零零碎碎，别的科室有杂务也喊她帮忙。她就是帮后勤干活时发现了那些她称之为"天杀"的秘密。食堂常常收一些病猪死猪，和好肉掺起来给学生吃。好肉是整扇买回来的，肉上盖着蓝戳。病猪死猪拉回来也要"检验合格"，才开膛破肚。在食堂一角有间库房，专门煺猪用的。那时，社会上时常曝出黑心馒头、黑心粉条的新闻，表妹没想到在她工作的地方就制造黑心肉。食堂是承包出去的，肯定连校长也骗过去了。表妹自觉力薄，向校长报告。校长大吃一惊，大骂这是犯罪。他嘱咐她先不要声张，他要派人搜集证据，还夸她立了大功。但数日后，那间库房变成了真正的库房，表妹也因为不适合学校工作被辞退。直到此时，表妹方明白校长就是元凶之一。她打电话举报，但因为没有证据，校方咬定她泄私愤，她差点把自己陷进去。我怪她不和我商量，当然我有未能言说的私心。她委屈而气愤，我怎么能想到呢？我哪想到校长也黑了心呢？

　　我入职就到了报社，再未变动，而表妹三天两头地换，导购，收银员，房产中介，售票员，健康顾问，理财顾问，等等，用妻子的话说，没有表妹干不了的，但没有表妹能干久的。某些时候确实是表妹的原因，但更多时候不怪表妹。她不肯示弱，不肯忍让，不肯屈服，未必是她的错。可话说回来，她算什么呢？既不是英雄也不是斗士，为什么就不肯改改脾性呢？哪怕她从身体里抽出一根肋骨，也不至于三十五六了连个稳定的睡觉地方都没有。

　　表妹最久的工作也就干了一年，五星级宾馆的办公室秘书。表妹虽非美人，但面貌清秀，身材又好，应聘秘书迎宾之类的角色，一砸就中。是干得久，才和老板相恋，还是因为和老板相恋才干久的？我说不好，当表妹说这个月在迪拜数星星，下个月在普吉岛看大海，我便感到不安，要么喜从天降，要么灾祸临头。我和她谈了一次，她没有隐瞒，果然是她的老板。他已是两个孩子的父亲，但答应离婚娶她。这样的故事太多太滥，角色不同，结局几乎一样。我忧心忡忡，并不只是怕她没有好的结局，而是为她的脾性，不顾一切，鱼死网破。舅舅骂过我几次了，表妹再遭遇意外，我没法向舅舅交代。但阻拦表妹是不可能的，我只能嘱她慎重，多几个心眼。老板答应一年之内离婚，第三百六十六天，表妹站到了五星级宾馆的顶楼。老板吓坏了，立即报了警。

　　那天是元宵节，宾馆又处在繁华地段，表妹立了不到十分钟，便引来一大众围观者。表妹的情绪并不激动，她很冷静。她的条件只有一个，老板的离婚证书，限时六十分钟。老板就是偷也来不及的。谈判专家出马，和表妹谈了二十分钟，表妹改变条件，要二十万现金。这对老板小事一桩，只要能用钱解决的，都不是问题。警车开道，工夫不大，二十万现金送至楼顶。警察按表妹的要求用竹竿将二十万人民币推至她跟前。表妹让他们退后，再退后，然后抓起一捆钱，撕开封条，抛撒下去。警察未能制止她。在她再次威胁下，只得选择站在原地，目睹她的疯狂举动。表妹撒了十九捆，第二十捆撕开后，没有往下抛，而是撒向警察和谈判专家，还笑着说，你们也别白忙活了。

表妹被拘了三日。她抛撒的人民币制造了混乱，几乎造成踩踏事故。没闯下大祸，但六个人因捡钱受伤住院，这罪名也不小了。我和老板接她出来，表妹扇他两个耳光，平静地说，两清了。

妻子说表妹傻蠢透顶，既然分手，损失费起码也得要上百万，表妹倒好，要二十万，还都送了人。我说她出气了。妻子反驳，气能当饭吃？

我自然不敢和表妹谈这个，她没跳下去实是万幸。我责备她，几乎被她吓个半死。她冲我挤眉弄眼的，声言割腕她是真想死的，但跳楼是装的，不过吓唬吓唬他。为他去死？妈的，除非我疯了！我愕然，吓唬他有什么意义？表妹说，痛快啊，难道不值吗？我说，不值，太不值了！万一……表妹打断我，没有万一，我不想死，谁也不能让我死！我语气软下来，求她别再用性命作赌，表妹顽皮地，好吧，那你请我吃小龙虾。

3

表妹借住的第二天，我跑到坝上康巴诺尔看遗鸥了。

我承认有躲避表妹的意思。并不是烦她，恰恰相反。那几日，我被某个重大问题困扰着，特意请了几天假，想躲在家里整理出个头绪。但表妹霸占书房，我不再有整理的可能。她会让我的脑子更加混乱。倒不至于故意捣乱，可只要她在眼前晃荡，我就无法专注。还有她的坏毛病，动不动就揪我的耳垂。从小就这样，高兴了揪，不高兴也揪，仿佛我的耳垂有什么魔力。童年或许可当作游戏，作为成人就不合适了。但表妹一如从前，无视他人在场，某次竟当着妻子揪我，还显摆地说我这对大耳生生是她揪长的，妻子该谢她，耳大才有福。我生怕妻子发作，抢在她前面开口，说你讲反了，说谢的人该是我，靠了这对大耳垂，才有幸娶上你嫂子。还揽了揽妻子，不然，她怎么会看上我？妻子撇撇嘴，没说什么。我明白不是我的话有效力，而是她自己控制住了。入睡前，妻子将隐忍已久的话吐到我脸上。我打着哈哈，不接她的茬。橡皮子弹，再疼也不要命。三十几岁了，还装少女，难怪嫁不出去。妻子又射击一梭。表妹一来，我和妻子都很紧张。我发现，若我不在场，妻子和表妹反相安无事，热不到哪里也冷不到哪里，就像平行的两条铁轨，近在咫尺却无交会。另外，我躲出去，表妹找工作就会积极许多，而有我相伴，她自然就懒散了。我催她，她就耍赖，反正有你这个后盾，我才不着急呢，或者装可怜相，你就让我过几天人过的日子呗。她软一会儿硬一会儿，我拿她没有任何办法。除非自觉无聊，她才浏览招聘网。变相地逼她，也是无奈。

康巴诺尔湖我来过多次了，除了第一次是采访，之后都是为了看遗鸥。从张家口坐车，两个小时就到湖边。海边我常去，这个滩那个滩的，我踩过也躺过，也在轮船上喂过海鸥，还有过中途夭折的艳遇，但我的心从未被偷走过，完整地去完整地回。康巴诺尔湖水域广阔，可与苍茫的大海还是不能比的，奇异的是，就这么一面高原湖水，却有摄魂夺魄的魔力。每一次来，魂就丢了。后来我意识到，偷走我心的不是湖水，而是遗鸥。是因为遗鸥濒临灭绝，还是遗鸥夸张的外形，又或是遗鸥如利箭离弦般矫健的身姿？真的说不上来，我只能说，这些精灵是有魔法的。

以往湖边只有三三两两的人，极其安静，那天停了两辆大巴，近百号人，拍照，喂食，冲天空尖叫。几对男女竟跳起霹雳舞，旁若无人。我讨厌这样的人，似乎处处是舞台。但我没说什么，更未制止。康巴诺尔不属于我，遗鸥也非我独有。我躲到南岸，在草丛坐下，仰视着射来射去的利箭。遗鸥算中型水禽，体长四十厘米。长相鲜艳，嘴巴和双足是红色，头部则是纯黑色，而双翅是白色，但飞起来翅膀尖端呈黑色。有个叫胡学文的作家写过一篇文章，说遗鸥像极了喜剧演员，我不大赞同。遗鸥的长相像化了妆，未必心里也是色彩斑斓。就冲遗鸥恪守一片水域，何尝不是孤傲悲情的主？

　　临近中午，嘈杂渐弱。不知大巴什么时候开走的，跳舞的几个人也消失了。遗鸥仍在翻飞，它们才是真正的舞蹈家。并非表演，天生如此。湖中心有个岛，在阳光映照下白花花的。那是栖歇的遗鸥和遗鸥产下的蛋。遍地都是，宣传部的干事曾这样形容。有两个游客想捡鸟蛋，尚未游到湖心便淹死了，之后再没人光顾小岛。干事还给我讲了另外一个故事，不无神秘和传奇。明月悬空的夜晚，一对男女到康巴诺尔湖殉情，手拉着手走向湖水。岸边泥土本应松软，但那个晚上石头一般硬。更诡异的是，当两人踏入月光下银灰色的湖水，双足没有陷没，就像走在镜子上。两人跌倒，爬起，仍是如此。他们不知怎么回事，好像冬天来临，湖水结冰了。可两人半袖，短裤，长裙，没有一丝寒冷的感觉。再次摔倒之后，两人索性躺下去。他们抚着身底，判断不出是镜是冰。惊骇，忧伤，兴奋，难过，两人无法描述彼时的心情，衷肠已诉过多次，但明月做证，两人又诉了一次。后来，疲乏袭来，进入梦乡，直到被阳光刺痛。醒来方发现双双躺在湖岸。干事再三强调是真的，因为男主角就是他的同学，若不信，他可以喊来同学。我没让他喊，故事嘛，信则真不信则假。而且，我愿意相信。

昨晚坐夜车，买的火腿面包还没吃完，打算在草地上填填肚子，顺便眯一觉，但阳光太盛，躺了一会儿便如烙饼了。登记宾馆时，服务员问我住几日，我说也许两天也许五天。未来是不确定的，是不是？服务员长相不俗，一定听惯了各种各样的搭讪，没有接茬，公事公办地，您的身份证！一个人出门就这点好处，随时随地说胡话扯废话而不必顾忌。我没和干事联系，除了第一次，我没再和他联系过。

傍晚，我在老地方餐馆坐定，点了一个炒口蘑，老板向我推荐炒黄花，说再不吃就吃不上了。我是吃过的，立即点头。然后问老板吃不上是什么意思。老板说一年比一年少，可不就快吃不上了？我问干旱还是挖的人太多？老板摇头，他说不出子丑寅卯，只知这一夏买黄花困难了，跑到村里也未必能买上。

吃到一半，我发了两条短信，一条给妻子，一条给表妹。她俩掐不起来，我心里有数。但远在坝上，总是有那么一点不踏实。几分钟后，表妹的电话便追过来。背景声音嘈杂，我听到了，还是问她在哪儿。表妹让我猜。我习惯性地沉下脸，不好好在家待着，乱跑什么？邻桌爆笑突起，表妹听到了，反问，你呢？不也在鬼混吗？我压低声音，别胡说，当地领导在旁边呢！表妹"嘻"一声，和他们在一起，能证明什么？我见过的不比你少。我嘱咐她早些回家之类，匆匆挂了。她令我紧张，即便千里之外，我说不出何故。妻子的短信来了，与我猜测的没有差别，但正是我想要的。

　　从餐馆出来，红灯笼已高高悬起，小县城特有的霓虹灯造型，喜气洋洋的。行走在街上，有入洞房的感觉。不过喝了半斤草原白，我头重脚轻，步态不稳。我当然没有喝醉，用主任的话说，我的酒量深不可测，半斤酒不过小意思。他是我的顶头上司，虽不是朝夕相处，但对我的了解超过了我妻子，许多方面都是。想起主任，我隐隐有刺痛感，像在推开洞房的时候，听到了不该听到的声音。起风了，红灯笼摇摆、撞击，令我眼眩。

　　出租车不多，等了足有一刻才过来一辆。去湖边！司机侧侧脑袋，似乎没听清。我提高声音，字正腔圆，康巴诺尔湖！现在吗？司机问。靠！我差点笑出来，明天去我现在打车干什么？我说，如果你不认识路，我可以当向导。司机"哎"一声，那你坐好了。又说，五十年没挪过窝，这旮旯我闭着眼都摸得见。我没理他，这有什么显摆的？出了县城，周遭漆黑，出租车立刻被吞噬掉，弯弯曲曲，灯光扒开的缝隙像极了血红的食道。车原本就不快，此时更慢了，似乎要拖延进入肠胃的时间。司机紧张了，我能感觉出来，他不住地从后视镜偷窥。照理我不该多嘴的，他终于忍不住了，只是——。我问，有什么问题吗？他说，这么晚了，你去那地方干什么？我顿了顿说，去看看。司机刨根究底，看什么？湖水，还是遗鸥？我可不想被人放到显微镜下细瞅，尤其在陌生的地方。我说，不看什么。司机干笑一声，你这话好奇怪，不看什么，跑到——我喂一声，看着点儿路！司机哑了，仍不时窥探着我。在路边停住，他指指左侧，那里就是。又问我几时回去，他可以在这里等我。我头也不抬，你不用等我了。

出租车掉头，消失在黑暗中。

我从公路下去，朝夜色中的康巴诺尔湖慢移。月残如刀，繁星满天，但不一会儿，四周便朦朦胧胧地亮了，我看到湖的轮廓，岛的昏影。没看到遗鸥，虽然我清楚遗鸥都栖息在岛上。我没有回答出租车司机，因为答不上。完全是突发奇想。看遗鸥，或许是，但不完全是。在灰白的湖边立定，我试着探了探脚。水气弥漫，没有结冰。凝望一会儿，我坐下来。也只是坐坐而已。此时此刻，我想，如果身边有一位女子……

突然间，数道光柱擦过草地和湖水，像切割机。夜空残碎，惊慌的遗鸥飞起。啼鸣、翅膀与身体撞击的声音如硕大的雨点砸落，我头皮一阵涩麻，不无惊恐与恼怒。偷猎！我想到这个词，只是手无寸铁，我不知自己能做些什么。仓促间，我手呈喇叭状，用力嘶喊。

直到光柱近身，并被抓住胳膊，我才醒悟过来，来的是当地警察，还有拉我来湖边的司机。虽然我一再解释，警察还是把我推上车，让我回去说。一左一右，似乎怕我跳车逃掉。

在警务室，我不得不亮出证件。说只是为了体验夜观遗鸥的感觉，绝无轻生念头。警察把记者证翻看几遍，仿佛担心被假证糊弄。再三解释后，警察终于相信了。上个月，有个外地女子想在康巴诺尔湖轻生，被他们救下，他们也是吓怕了。这么好的湖水，在这里自杀要挨骂的，不知那些人怎么想的，非得在这个地方结束自己。送我回宾馆的路上，那个参加工作不满一年的小警察向我抱怨，说我既然是记者，就该呼吁呼吁。我不让他送，他说领导有令。我进了房间，他站在门口，强调，就靠你了啊。

洗澡时，我突然笑了，这么戏剧的事情竟然发生在我身上。像我这样的俗物，怎么可能自杀？哪怕是变成格里高尔那样的甲虫，也不会的。呼吁？怎么呼吁呢？别处自杀可以，康巴诺尔湖不行，那是遗鸥的天堂？分寸把握不好，就不如不写。想起小警察恳切的眼神，我想，或许该试试的。自然，这样的稿子要事先找主任沟通，不然很可能白写。又是一阵刺痛，像是水雾陡然变成利箭。我关掉喷头，闭目静站了一会儿。电话响起，我几乎滑倒。我说不出彼时的感觉，那是我等待的电话，也是我害怕的电话。

4

从哪里说起呢？似乎哪里都很困难，都难以启齿。但既然不得不说，那就从容易的地方谈起吧，比如名字。

作家有笔名，演员有艺名，情报人员有化名，每个名字背后都有故事，光鲜或黑暗。作为记者，我也有个发稿时的名字：老秃。笔名？不合适。化名？也不准确。我不知道这算什么，反正这个名字代表另一个我。

报社工资不高，但我的收入还可以。基本工资也就仨瓜俩枣，我靠的是其他收入，写稿是一部分，另外一部分见不得光，是我收入的大半。主任冠以非常时髦的称呼：创新奖。如果有人——对不起，我不得不略去他们的名字——提供线索，我就去。偷偷排放污水的化工厂，或给学生吃变质食品的学校。总之，是有病的地方。我不是治病的，是把病看得更清楚更仔细一些，然后写篇稿子交给主任。我的任务到此为止，接下来的工作由主任完成。具体过程我不清楚。我的稿子多半是发不出来的，那么，这就意味着，我的卡上会收到数目不等的创新奖。主任的创新奖不会比我少，毫无疑问。当然，不是每次跟踪采访都有收入，那么，我的稿子就会在某个版面以醒目的标题出现。稿子末尾自然有两个不那么醒目的字：老秃。主任曾问过我寓意，我说少年时喜欢光头。小时候常剃光头是真的，但这个名字另有他意：秃鹫。我就是一只秃鹫，飞翔在天空，却盯着大地的疮疤和腐烂的食物，随时准备俯冲下去。我深深厌恶，却又无比喜好。我责备表妹没把死病猪肉的事告我，原因在此。主任是秃鹫之王，我不过是他麾下一个勤务兵。我听命于他，自然和他的关系非比寻常，但这种钢铁一般的关系在某个神鬼难测的下午突然崩裂，没有任何征兆。

两个月前，主任的老娘住院了，他前往陪护，同时给我布置一项采访任务。他强调了此次采访的重要，暗示这个月创新奖将会翻番，但也很危险，"安全第一"，他反复叮嘱。我没夸海口，只说见机行事。部里一个记者暗访时被发现，轰撵之后对方依然不甘，尾随记者至偏僻处殴打，生生打断三根肋骨。虽然明知何人所为，却没有证据，成了悬案。主任担心自有他的道理，若不是"咽不下这口气"，他不会让我冒着生命危险再披战袍。

我暗访的地方在河北与山东的交界，是一家化工厂。厌恶却又喜好，我说过，喜好并不只是为了创新奖，还有冒险的刺激。每年都有登山爱好者死于珠穆朗玛峰，但后来者从未止步，没有危险也就没了诱惑。虽然目的是腐肉，但冒险吃更有成就感。成——就——感。是不是很讽刺？秃鹫是不配有的，但我不想假装，成功暗访，逃出的那一刻，那些"东西"——姑且这么称呼吧，油然而生，挡都挡不住。

那一次暗访波谲云诡，但成绩不错。我是有杀器的，不然何谓老秃？计划一周时间，结果只用三天。过程写一部中篇小说绝没问题，兴奋令大脑发飘，本来要买回程票的，但转念一想，既然临近山东，何不去青岛玩一遭？任务完成，没必要急着回去，主任又不在，给自己放个假吧。

到青岛已是晚上，我就近找了家连锁酒店住下，次日一早打车到海底世界，然后是栈桥。据说栈桥的艳遇指数甚高，我向往已久。怎料时运不济，愿望落空，却与主任不期而遇。彼时，一少妇挽着主任的胳膊，正往主任嘴里塞她咬了一口的食物。我没想到，主任也没想到，两人相距三四米，表情呆硬，像大白天撞了鬼，魂吓丢了。还是主任反应快，他"哈"一声，问什么风把你吹来了。我惊醒过来，说听到了大虾吃人，顺便瞅瞅。主任问起他交办的任务，我说已经完成，晚上就可将稿子传他。我竭力不看少妇，这需要毅力，天晓得我怎么做到的。主任点点头，问我什么时候回去。我立即道，晚上就走。主任说，别急嘛，既然来了就好好玩玩，我说票已经买好了。主任说，你这个家伙。亲昵、自然，然后就走了。在和我说话时，少妇松开了他，离去时又蛇一样缠住他的胳膊。显然，主任撒了谎，老娘没住院，他不过是为偷情找借口。撒谎不是问题，谁没撒过谎呢，他能坐上主任的宝座，自然深谙此道；偷情也不是问题，我不也屡生贼心吗？问题在于不该被我撞见。但已然相遇，已然窥见主任的秘密，无论什么样的软件也无法删除。这不大好，我忐忑不安。

　　几日后，主任上班了，春风满面，别人问起老娘的病情，他说没有大碍，已经出院了。他似乎忘记了我和他的不期而遇，一个字也没提，而我也假装什么也没发生，两人一如从前。不，这是假象。我很快就觉出来。主任对我亲热了许多，在电梯相遇，他会拍拍我的肩，我汇报完工作，他竟起身送我，似乎我是尊贵的客人。但他的眼底却多了几分冰冷，虽然被热气腾腾的雾、被夸张的笑意掩盖，我还是能察觉到。说透彻点，他表面对我亲近，但实际上有意冷淡疏远我。我想起了《小公务员之死》，当然我不会死掉，但在死亡边缘的感觉更不好受。过失可以弥补，错误可以改正，可那意外的相遇并不是我的过失，也非我的错误，我既不能弥补也没法改正。我不知怎么办，只知照这样下去，我的职业生涯或许就走到尽头了。主任分派我的任务逐渐减少，我的稿子他常以这样那样的理由压下来，比如某某打了招呼，或那是某某的出生地。那些名字如雷贯耳，我不可能见到，见到也不可能证实，如悬案一样成了谜。收入自不必说，缩水到令人心惊。就这样熬了两个月，我和主任表面依然亲密无间，但实际距崩盘不远了。我想挽救——秃鹫终归还是需要果腹吧，却又束手无策。不得已，我请了一周假，想静一静，也许能琢磨出办法。表妹上门，我只能躲出来，跑到康巴诺尔湖。其实，我还想测试一下，主任会不会给我打电话。如若不打，怕是再没有挽救的可能，或许我该另图他路。我不是表妹，没有辞职的决心和勇气，而且想到换职业我就害怕。没错，在遥远的坝上，我期待的既不是妻子的，也不是表妹的电话，而是秃鹫之王的。在那个深夜，他竟然打来了。

　　他说明天要开全体职工会。就算变成遗鸥，我怕也飞不回去。我直言在外地，完后突然灵光闪现，说和朋友看看

海。主任随口问我男友还是女友。我嘿嘿笑，极为暧昧。主
任说，明白了，你小子悠着点，别搞坏身体，好多活儿等你
干呢。

　　5

　　危机出人意料地化解了。无疑，顺口扯谎成了我的投名
状。上班当天，我就接到一项任务，主任笑眯眯的，还掐掐
我的腰，似乎检查我是否累坏身体。是的，我是懦夫，只能
是懦夫。我对自己更加厌恶，但神经却松弛许多。月供是没
问题了，女儿出国的资金库也不会断炊——那是我和妻子共
同建造的。我不是表妹，一人吃饱全家不饿，肩有重担，所
以膝盖骨说碎就碎。

　　采访路上，我接到舅舅电话。去年冬天他中了风，命是
保住了，但留下后遗症，嘴歪眼斜，舌头也硬了。医生让他
多说话，不然语言功能越来越退化。病前舅舅三天两头给我
打电话，现在有了医生的叮嘱，更加理直气壮。他的电话多
半与表妹有关，询问表妹受没受欺负，又换了什么工作，和
什么人相亲了。就靠你了！舅舅的每个字都带着毛边，他说
得艰难，我听得吃力。唯有这四个字"就靠你了"，清晰，
沉稳，有力，铁锤一样。表妹投奔我时，舅舅就用这把锤子
敲击过我。十多年过去，他没换花样，依然干脆直接，带着

风声，夹着凶狠。舅舅的电话令我发怵，我不知怎么回应，但不能不接。

　　表妹的恋爱磕磕绊绊，伴随着悲壮。第一次割腕结束，第二次跳楼告终，自那之后整整两年，表妹没处过对象。当然，她没有绝望或伤透了心什么的，至少她的生活和情绪没受什么影响，更从未宣称要独身。舅舅不停地催，我也逮机会就劝。表妹总是笑嘻嘻地，好吧，明儿就找，公交车上的色狼多了去了，我争取给哥带一个回来。我叫她正经点，她装出苦相，没有合适的，我只有这么办啊。我说她再不找，舅舅说不定会杀上门来。表妹说，那又怎样，将我斩首示众还是捆绑游行？噎得我直咽唾沫。我常请她吃小龙虾，彼时，她嘴里没刀没剑，任我数落。她忙着吃，偶尔"嗯"一声，或点点头，要不就是简单回应：听你的。态度虽好，但迟迟不见行动。我绷了脸，令她下次务必带一个人来，不然就别登门了。她果然就带了一个来，是女伴，比她还豪爽，喝啤酒不用杯，连灌十瓶。我气坏了，整个晚上没说几句话。表妹自是看出来，拽拽我的耳垂，别生气哦，你逼我的，我能怎么办？要么你和嫂子离婚，我嫁你算了。我冷了脸，喝令她不要胡说。表妹挤挤眼，知道我的厉害就好，别再给我吹耳边风，逼急了，我什么事都干得出来。我深知她的秉性，虽有千言万语，却不再轻易碰那个话题。舅舅来电，我敷衍他正谈着。再问，我就说散了。舅舅质问我怎么回事，我说姻缘天定，没结果就是没碰到有缘的。我没有新鲜的理由。舅舅烦了，说别扯那些没用的，什么缘分，都是胡扯。舅舅只能给我打电话，表妹先是不接他的电话，后来干脆列入黑名单。我从舅舅的帮凶变成表妹的同谋，并非认同表妹，实在是对她没辙儿。

元旦前夕，表妹意外地带了一个男人上门。他叫张猛，矮表妹一头，脸颊深陷，瘦削又苍老，和表妹站在一起，实在不搭。那一阵，表妹在干房产中介，张猛是她同事。我交往过的中介，嘴甜如蜜，看谁都像取款机，而这个张猛呆板、拘谨，不停地搓着手掌。别怕，咱表哥比亲哥还亲，表妹很自然地揽揽张猛的肩，让他放开些。但张猛没放开，喝水要表妹端，吃饭表妹不停地给他夹菜。我胸口堵了石头，呼吸都不顺畅了。终于逮住单独和表妹说话的机会，她对我的问题极为愕然，我男友啊，难道你看不出来？我岂能看不出来？只是我不敢相信。证实后，我更加吃惊了，她还不是剩女，怎么就破罐子破摔了。脑里想着，竟然说出来。表妹来了气，谁是破罐子？摔了又怎么样？我连忙致歉，说一时心急，但觉得张猛配不上她。表妹鄙夷地，亏你还当记者，脑子落后一百年了。那你说，谁配得上我？她咄咄逼人。我不知谁配得上她，但这个张猛是不配的。我问她看上张猛什么了。表妹沉了脸，你别管，这是我的事，我来不是让你参谋把关的。

改天，我单独约表妹出来。虽然拦不住她——她认定的，没有谁拦得住，但我想弄明白她和张猛是如何处在一起的。

表妹绝不是饥不择食——我愤怒地驳斥了妻子的成见。她一定有她的理由。或者，张猛的事打动了她。表妹感叹，她和张猛发展成男女朋友，自己都没想到。

张猛比表妹入职晚，他念了个假专科，当然学费是真的，待拿到毕业证才知道上了当。入职时，张猛照实说了。他的诚实却成为笑料。本科文凭都不值钱了，何况专科，还是假专科，国家都不承认，那和垃圾没什么区别。世上的骗局虽多，但上这样小儿科的当实在不应该，张猛居然撞上。表妹没嘲笑张猛，但也没有多么关注他。一个月前，张猛带客户看房，被业主家的狗咬破了脚趾。业主说他家的狗打了疫苗，让张猛放心。张猛急于促成交易，没说别的，拐着走回来。表妹看见，顺口问了一句，结果怒从心起，她说天下哪有这样的道理，狗咬了人，不道歉不赔偿，只用"放心"就打发了。表妹当下就扯了张猛找业主，让业主出钱给张猛打疫苗。必须打疫苗，不然有可能得狂犬病。你想和疯狗一样到处咬人吗？表妹斥喝。张猛被表妹吓住，随表妹去了业主家。业主态度强硬，但表妹更强硬，几番争执，业主同意出疫苗钱，还补偿张猛二百元误工费。就是这二百元误工费让表妹身陷其中。张猛非要请表妹吃饭。其间，张猛讲了自己的身世和经历，表妹双眼潮湿。她不停地问，后来呢后来呢。一顿饭吃了三个半小时，从饭馆出来，表妹突然就爱上了张猛。

以表妹的经历，居然轻易掉进童话故事里。虽非陷阱，但绝对是一口井。张猛没骗她，是她自己骗了自己。我让她醒醒，她喜欢的是张猛的遭遇，而不是张猛这个人，她被虚幻的凄惨景象感动，与被黑布蒙住双眼没什么区别。她不是侠客，没有拯救谁的义务，她要找的是过日子的男人。无奈表妹意志坚定，我说什么她反驳什么。后来，她直截了当地塞住我，就是火坑我也跳了！

那个春节，表妹随张猛回了他的老家行唐。那里有张猛的继父继母，还有继父继母领养的弟弟妹妹。除夕，我躲到卫生间给表妹打电话，她声音欢愉，说忙着包饺子。她融入速度真够快的。照这个节奏，不出三个月就该谈婚论嫁了。她把张猛带到舅舅面前，舅舅该是什么反应？

初十，表妹一个人回来，满脸落寞。我猜她和张猛出现了"故障"，我很好奇，并伴有阴暗的喜悦，但不敢问她。她寡言少语，饭不吃水不喝，木偶一样坐在沙发一角。坐了多半天，她说要回住处，我送她下楼，问她想不想吃小龙虾，她摇头。我说没什么大不了的，别放在心上。她突然转身抱住我，号啕大哭。我没推她也没揽她，很是尴尬。几分钟后，她说没事了，然后就走了。隔了些日子表妹才告诉我经过，那时，她已经从低落的情绪中走出来。张猛不再到省城了，要留在行唐照顾继父继母，表妹苦口婆心，试图说服他，待她和他攒够钱，可以把他父母及弟弟妹妹接到省城，但张猛不肯。表妹虽然爱他，但是绝对不会留在行唐。张猛不敢爱她，他的继父继母也都怕她。我该做的都做了，他们为什么怕我？和我说话紧张得气都不敢出？我难道是妖怪？表妹盯着我，好像我脸上有她想要的答案。他是懦夫，表妹没有怨恨，只有失望，他不过是逃避，我不会和懦夫一起生活。我附和，是啊是啊。心下却想，张猛和她在一起有压力，和她分手，何尝不是解脱呢？

三个月后，表妹又处了一个，妻子介绍的，她学校的同事江夏。江夏业余写诗，出版过一本诗集。江夏也没表妹高，但年龄与表妹相仿，重要的是谈吐不俗，历史文学政治，似乎都懂，既能往大方向扯，也能往实用方面归。他唯一让人不适的是长发披肩。据说校方多次找他谈话，让他剪短。他抛出的话是，就算开除也不会剪的。江夏课上得不错，也没有其他陋习，校方就忍痛默认了。

我们四人吃了一顿饭，江夏与表妹互有好感，之后便渐渐来往了。表妹不在乎江夏头发长或短，认为那不是缺点，是特点。她也曾是文学爱好者，席慕蓉的诗抄了一大本，至今留着。表妹的字遒劲、大气，江夏一番惊叹，说她的字有黄庭坚之风。席慕蓉的诗也就那样，但表妹的字远超他的想象。他当下求赠，表妹说不过是一个笔记本，喜欢就拿去。江夏也有让表妹惊喜的嗜好，和她一样爱吃麻辣小龙虾。江夏还告诉表妹，小龙虾是他的灵感之源，他几乎所有的诗都是吃了小龙虾之后写出来的。"简直就是天生一对"，某天夜晚，表妹给我发短信。

五一，两人出游去西安，计划在大雁塔上朗诵江夏的诗。出了火车站，天降细雨。他们折到附近的商铺，江夏在门口抽烟，表妹进去买伞。店主要价十一，表妹也没还价，临时用一下，天晴就扔掉了。表妹付款，店主要价却变成五十一，两人争执起来。店主很凶，不知从哪儿摸出一把菜刀，表妹若不交钱，休想走出店门。江夏一支烟尚未吸完，他问清原委，扯表妹一把，叫她不要计较，并掏出一张百元钞拍在柜台上。表妹抢过来，几下撕得粉碎。不要说店主拿一把刀，就是拿两把刀，表妹也不会吓住。表妹推开江夏，江夏再拽，她狠狠踹他一脚，江夏小猫一样缩在角落，不吱声了。表妹伸过脖子让店主砍，骂不砍就不是你妈生的。表妹在乡村长大，骂起脏话也有一套。店主也是满口粗话野话，举着的刀却迟迟不敢落下。表妹数过三下，店主的胳膊已经抖了。表妹说你不砍，我就不客气了。操起雨伞狠狠一抽。店主鼻血狂涌，捂着脸蹲下去。表妹跳到柜台上，没有方向没有章法地一顿乱砸。警察进来，表妹还在抽打，店主像江夏一样抱头缩在角落。江夏报的警，他担心表妹闹出什么事来。

　　表妹在派出所待了一夜，次日上午才出来。出了楼道口表妹和江夏就吵上了，准确地说，是表妹在嚷，江夏不过是辩解。江夏认为表妹不该和店主争吵，对这种地痞流氓最好的办法就是躲，破财免灾，万一有什么意外那就不划算了。狗咬了你，你还非要咬狗一口才算出气？而表妹认为店主这样的无赖就是被江夏这样没志气的软骨头惯坏的。店主不知讹诈过多少人，所以才这么嚣张蛮横，若不给他点教训，还将继续讹下去。江夏说那不是表妹的责任，她又不是警察。表妹冷笑，这就是你当缩头乌龟的理由？争执到这儿，两人都发现了对方的另一面，但谁也不愿意服输。表妹笔头不如江夏，嘴巴却比江夏厉害。彼时，两人已经登上大雁塔。西风拂面，表妹斜视着江夏，将最致命的一句话抛向他，你成天说些拯救人类的大话套话，谁料一个混混就把你吓尿了！你不配写诗！掏出他的诗集，撕成两半，从塔顶丢落。表妹抛撒过二十万现金，一本诗集真不算什么。

表妹和江夏的关系在大雁塔终结。据妻子讲，从西安回来，江夏就剃了光头，不再写诗，一心一意上课。妻子说好端端一个诗人被表妹毁了。不过校长倒是乐滋滋的，计划假期带老师们去大雁塔旅游呢。

6

去过康巴诺尔湖吗？

某天，快下班时，主任把我从格子间叫进他的办公室，这样问。我愣住，显然主任不是随意问的。我没有贸然回答，因为揣摩不透他的用意。我装出熟悉却又想不起来的样子，是西藏吗？主任大笑起来，想得太远了，在坝上呢。我恍然大悟，哎呀，不久前在电视上看过，那里有许多鸟，漂亮极了。主任点头，没错，那叫遗鸥，快灭绝了。我小心翼翼地，有任务？主任笑着摇头，别总想着干活，该放松就放松，想去吗？我斟酌着，想倒是想——主任打断我，我们去度个周末，怎样？我装出向往的表情，那好啊。主任说，周五晚上走，我带上朋友，你也带上。我突然结巴，带……上……？主任的眼睛稍眯了眯，似笑非笑，你小子跟我就别装了，半斤八两，咱俩谁不知道谁？四个人，说话打牌都方便。虽然是八月天，背上却阵阵寒意。递交投名状还不行，主任是要坐实。我迟疑着，就是不知她这周是否有空。主任目光凌厉，不就请个假嘛，如有困难，我帮她请。我赶忙笑笑，哪能劳你大驾。主任说，那就这么定了，晚上你把你俩的身份证号发我……他制止了我插话，我那位擅长这个，让她订就可以。

　　从主任办公室出来，我的脑袋麻包一样，几乎压折脖子。原以为扯个谎就糊弄过去了，没料主任还有这么一招，真够狠的。我不能说实话，说了主任也不会相信，而且我和他刚刚弥合的关系就会重新生产裂痕。说不定就彻底崩塌了。想到此，我五脏翻腾，像烧沸了。只有顺着他，将这出戏演下去。我演不要紧，重要的是另一个角色，时间这么紧，去哪儿找呢？就是雇也来不及了。妻子是不可能的，主任见过她，而且她不会帮我演。那么……没错，我想到了表妹。其实，在主任说这么定了那一刻，我就想到表妹，但很快否掉了。现在，再一次想到表妹。没有人选，只有表妹。我有难——有点厚颜无耻了，表妹绝不会袖手。但这样的事，如何启齿？而表妹一旦知道她的表兄老秃以这样的方式讨好上司，鄙视就不用说了，没准还能搞出大乱子。可时间紧迫，没有他途，只能冒险。

我告知妻子不回去吃饭了，又给表妹发短信，叫她到煤机街与槐安路交口。无需多言，表妹回复"OK"。那里新开一家麻辣龙虾店，我和表妹去过。

我到那儿，表妹已经占了座，并点了菜。我说你动作够麻利的。表妹哼一声，你直接说爱吃就得了呗，非要绕个圈子。我说爱吃不是缺点，是特点。表妹笑出声，少来这套，爱吃就是爱吃，我不装！我说，那是，骂人你也理直气壮的。表妹说，我不乱骂，只骂该骂的人。我问白的啤的？表妹说啤的，这大热天，谁喝白的？！我瞄瞄她，据说女同志不宜多喝啤酒，对身材不好。表妹又哼一声，该长肉不吃也长，不该长肉吃也不长。在这点上，表妹是自信的，与初到省城时相比，她的腰几乎没有变化。我说你这话杀人呢。表妹问，怎么突然关心起我的身材了？我心里发慌，猛灌几口水，说，年龄不饶人，该注意的就注意。表妹板了脸，少提这个，你还让人吃不了。我忙说，好好，不提了。

麻辣小龙虾上桌，表妹双目飞光，"哈"了一声，忍着烫将一只虾拽起，放到碟子里。我皱眉，别烫着。表妹说，中午没吃饭，饿了。我说你一个人在家，连饭也懒得做？表妹摇摇头。出去了？我立即问，应聘去了？表妹不再看我，一心一意对付龙虾，间或简短回应，去了，或没意思。

我心怀鬼胎，没表妹吃得那么放肆，酒倒是灌下挺多。盘里的小龙虾被消灭掉大半后，表妹终于抬起头。我递了块纸巾给她，她揩掉嘴角的油渍。你今天不对劲，她盯住我。我暗暗心惊，故意朗笑，没什么啊。表妹问，你怎么贼兮兮的？我打着哈哈，被你的吃相吓着了，要是哪个男人……表妹说，我又不是妖怪，你也不是第一次见，有什么可怕的？我说，你不是小姑娘，以后端着点。表妹问，给谁看？我扫扫四周，哪怕给自己看呢。表妹说，我才不在乎，你今天喊我出来就为了给我上课？我说，我是你哥，我的话你得听。表妹嘻笑道，我爸的话都懒得听。我被她噎得半死，冷了脸。表妹挤挤眼，小妹无礼，别生气哦。探过身扯扯我的耳朵，让我笑一个。我察觉到邻桌的目光，别扭地咧咧嘴。表妹说，我就知道哥最听我的话了。我无奈地叹口气，让我说你什么好呢？表妹正色道，别藏着了，说出你的目的来吧，我就知道没有免费的晚餐，是给我介绍工作还是介绍男友？我摇摇头，说不再给她压力，顺其自然吧。表妹不相信，你真这么想？我说，不这么想，还能怎么办呢？表妹雀跃，你想开就好，为我掉头发不值得。我举举杯，那些话卡在喉咙，上不来下不去。可你看上去不怎么痛快呢，表妹说。我突然问，你去过康巴诺尔湖吗？表妹懵懂着，在哪里？云南还是四川？我说，坝上。然后讲了遗鸥，还有那个传说，问她想不想去。表妹问，你带我去？我灌了杯啤酒，说如果你想去。表妹追问，不带嫂子？我说，不带。表妹往前探探，哥，你不会图谋不轨吧？我斥她别胡说，表妹哈哈大笑，瞧你那胆儿，我不过开个玩笑，吓得脸都变了，什么时候去？我说，周末，不过，不只是你和我，我们部主任也要带女伴去。女伴？表妹眼珠滑动几下，点头，我明白了，你挺仗义的。表妹悟性高，一点就透，这正是我要的。我说，那就说定了！表妹"嗯"一声，我说你怎么贼兮兮的！我没理她，正好手机响了，是主任，叫我把身份信息发他。我发给主任，然后对表妹说，周五我直接从单位到车站，你自己打车去。表妹目光虚飘，我记住了，哥，你不会带我私奔吧。我说，和主任同行，可能你会受点委屈，你得忍着点啊。表妹不耐烦地，知道了，不就是巴结人吗？我小时候就会，只是不愿意，可为了哥的前程，我豁出去了，哪怕上刀山下油锅，怎么样？妹子我合不合格？我说，吃吧，凉透了。表妹扫兴道，没劲！夹起——终于夹了——一只小龙虾。

　　周五从上午开始，不，从那个晚上开始，我就热蚁一般。虽然表妹应了，但我没有确切把握。她是什么性情，我很清楚，她不会事事听我的。还有，我和她将同居一室，不然就演砸了，于此我心里并没底。我和她在同一个大炕睡过，那是孩童时代，家里来了客人，我都是到舅舅家借住。而现在……当然，这不是大问题，我有预案，就怕突发事件。常年写新闻稿，我满脑子贫乏的事故词汇。

　　表妹仍是比我先到，我叮嘱过了，她没拖拉杆箱，拎一个小的方形箱，粉艳如唇。她告诉我上午特意买的，并抢先挡住我的嘴，这钱我不能出，哥得给我报了。我只好说，这没问题，所有的开销归我。她欢喜地，太好了，可惜时间太短，要是住个一年半载那就好了。我没应，看看表，目光扫扫左边，又扫扫右边。约定的时间到了，主任仍没影儿。表妹倒没有不耐烦，学我扫掠一圈，问我主任长什么样，她眼力好，一眼就能认出来。我简要描述了，表妹"呀"一声，怎么你的主任像个马猴？我呵斥她，不要胡说……却暗暗吃惊，她这比喻还真有几分相似。

一刻钟后，主任与女伴到了，我和主任各做了介绍。女伴姓刘，明眸皓齿，带了几分羞涩，似乎刚刚迈出校门。她比主任至少小二三十岁。上次我没敢多看，印象不深，所以不确定这一个与上一个是不是同一人。当然，是与不是于我是一样的，只是心里滋生出难以名状的东西。

离上车尚有二十分钟，主任喊我到卫生间门口抽烟。主任的烟瘾不比我大，我猜他是有什么话不好当着两个女性问。表妹？这两个字随蓝烟吐出主任嘴巴。我笑笑，淡定地，她从小就与我好。主任愣怔了几分，突然暧昧地笑了，靠，你小子牛，竟然和表妹……！我脸有不安，不敢和主任比，还是你有魅力。主任捣我一拳，骂骂咧咧地，妈的，人活一世，不就图个痛快吗？没必要装！我附和，那是。主任问多久了，我"嘿嘿"几声。主任神会道，没想到，你小子还是根老油条！油条？我心里想，不过是一根猪大肠！

火车清早到张家口，主任的朋友接了我们，吃过早餐便上路了。从高速下来，国道上的大货车一辆接一辆，考斯特夹在中间，缓慢蠕动。主任有些急躁，又骂上了。主任的朋友解释，一到七八月这条路就肠梗阻了，尽是拉菜车。我没吭声，数日前来时并没有这么堵。结果到康保县城十一点多了，登记完房间就去吃饭。主任问什么时候看遗鸥好，朋友说当然是下午。主任说赶早不如赶巧，又问我，没问题吧。他目光如刀叉，要刺穿我的样子。我说当然没问题。他或许是察觉到我的不安。饭后回到房间，表妹问我拉不拉窗帘，我知道她白天睡觉也要拉窗帘，说随你便。表妹便拉了，但留了一条缝。光亮薄薄的，如斜插的刀片。表妹把自己扔到床上，漫不经心地，哥晚上也和我住在一起吗？我脸臊臊的，忙说，夜里我会另开房间。表妹"嘻"一声，紧张什么？我说夜里没睡好，睡会儿吧。表妹问，要是你主任知道你半夜另开了房间，会怎么想？我双腿发软，嘴巴却硬，那又怎样？表妹已经完全看穿我的把戏，我不能再有一丝隐瞒，说大不了辞职不干。半晌无语。过了一会儿，表妹说，既然演，就演得像点儿。我不知如何回应，点点头。

午后三点，主任的朋友把我们带到康巴诺尔湖的观望台，木板伸进湖面数米，脚下即是清澈的湖水。在草滩上观望感觉更好，但我不能说。我必须装出第一次到康巴诺尔湖。主任横扫一圈，失望地说，不是有几千只吗？不像啊。朋友指着湖中的小岛说，这是遗鸥的繁殖期，多数忙着孵化小鸟呢。大约是繁殖勾起主任的兴致，他的脸活络了许多，问遗鸥怎么配对，是一夫一妻还是逮谁和谁。朋友哈哈大笑，说自己不是鸟类专家，不懂这个，不过鸟是自由的，在配对上也该随便吧，反正长得都一样。主任和朋友就遗鸥是一夫一妻还是一夫多妻讨论起来。小刘笑盈盈地，未必感兴趣，但也没有厌烦。她的笑与话题无关。我猜。可表妹皱了几次眉头。我多次使眼色，她看见了，又好像没看见。

或许是觉得话题太单调，主任的朋友突然说，晚上烤羊肉串，现杀的羊。主任"嗯"一声，你看着安排……遗鸥什么味？他思维跳转太快，朋友愣了愣说，没吃过，不清楚，这可是国家一级保护鸟类，谁敢吃！主任大笑起来，大约是觉得朋友的不安可笑吧，我可没说吃遗鸥。朋友立即道，是啊，也未必好吃。主任说，你没吃过，不能说不好吃，我看不亚于鸽子。朋友说，或许吧。主任问朋友吃过鸽子没，朋友摇摇头，说本地人只喜欢烤羊肉。主任说羊肉虽好，和鸽子不是一个味儿。主任偏过头问我，我也摇头。主任又问小刘和表妹，小刘笑着摇头，表妹说，我不吃飞的东西。主任问，为什么？表妹说，不为什么，就是不吃。主任看看我，这是老秃的问题，其实鸽子很好吃的，特别是烤了吃。表妹突然说，换个话题好不好？真是煞风景！

场面顿时僵了。主任抛过一个眼神，我立即补救，一说烤，她就过敏。显然这句话没有说服力，主任看破了，但他很大度地笑了笑，我等是俗物，不说就不说。朋友也转移话题，提议看荞麦，十万亩，非常壮观。主任问，荞麦上空有鸟吗？朋友说，没遗鸥，但有麻雀。主任说，其实麻雀也很好吃的，别看小，壮阳。朋友"嘿嘿"笑了几声。主任说，老秃也喜欢吃的对不对？没待我张嘴，表妹叫，怎么没完没了？我心跳加速，踩踩她的脚，表妹推开我，别踩我！我尴尬并歉意地看着主任，我俩先回宾馆。主任呵呵一笑，目光如针，这是干什么？我不过说说，又没有真烤！难道说也不能说了？表妹叫，不能说！主任问，那我要说了呢？主任较真了。我被火燎了一般，求救地望着小刘。小刘仍是那副表情，与己无关的样子。表妹大叫，不能说，就是不能说！我试图揽她，被她甩开。主任问，那我就要说呢？你还把我扔湖里？我连连叫苦。他不该挑衅表妹，这世上没有表妹不敢干的。我挡着表妹，不让她靠近主任，但挡不住她的声音，你说一个试试？主任"哈"一声，靠，今天就烤了！！！

扑通一声，湖面碎裂，遗鸥射向天空。

我没勇气往下讲了，猜猜看，谁落入了水中？

消失的及正在消失的

世界上的物种已经消失许多，有一些正走在消失的路上。从天空到陆地，从陆地到海洋。有的你听过或者见过，有的可能从未听过见过，因为太过遥远。濒临灭绝，这个词倒不陌生，电视上、书籍上，频频见到这个词的身影。这些物种该是包含了人类。世界上消失的民族很多，如苏美尔人、阿卡德人、赫梯人、埃兰人、古埃及人，当然不只这些，还有很多。民族消失了，其创造的文明便黯然失色。至于原因，有些比较确切：气候、环境、战争、瘟疫，等等。但有一些真的很难确定，虽然不乏论述，但并不翔实可靠，所以可信度不高。这是文学的母题之一，当然，那需要鸿篇巨制，中篇难以承载。

我曾经想写一篇与动物，比如猴子有关的小说。据说某些餐馆出售活猴，食客可以如挑鱼一样选择，那些被关进笼子的猴子知道被选中的命运——这些精灵实在是太聪明了，所以当食客前来挑选时，猴子们互相推挤，然后将最弱的一只推至最前端。群体暴力？我不知用"残忍"还是别的词来形容，更难以想象那些人是怎么咽下去的。烹煮过程我几乎没有勇气描述。听友人讲述后，我是想写的，但就像写吃猴的过程一样，我始终没有勇气。

然后，与遗鸥相遇。濒临灭绝的鸟类之一。必须承认，我孤陋寡闻，若不是去康巴诺尔湖，我不会认识遗鸥。

我有许多记者朋友，他们给我讲述过采访的种种经历，说出来有些难为情甚至令人厌恶不齿，但出于压力或大家心知肚明的原因，虽不齿，还是必须屈从。初听，我很吃惊，当然这从另一方面再次证明我的孤陋寡闻。那时，我并未打算就此写一篇小说，浮光掠影是小说的大忌。

可某一天，我突然想起遗鸥。提及康巴诺尔，提及某个人的名字，我就会想起，遗鸥一直栖息在记忆的枝杈上，那些杂乱琐碎的故事便活起来，连缀成篇。

我许多小说以坝上为背景，当然，那个坝上是文学的坝上，我将人物和故事移植过来，须确保他们适应土壤，长势繁茂。但具体地名多为虚构。这一篇我用实名，那是真实的康巴诺尔。主角表妹当然是虚构的。祝福她！